Bibliothek der
phantastischen Abenteuer
Herausgegeben von
V. C. Harksen

Über dieses Buch Zu Unrecht haben Whites originelle, oft höchst witzige, immer aber geistreiche und amüsante Fantasy-Erzählungen und Romane lange im Schatten seines Artus-Zyklus gestanden. Dabei zeigen sich in ihnen seine Sprachkraft und der ganze schöpferische Reichtum seiner Imagination in höchster Vollendung. »Malplaquet« parodiert zugleich sich selbst, die englische Kinderliteratur und das ganze phantastische Genre. Fernab von traditionellen märchenhaften Erzählformen bewegen sich hier die Figuren, alltäglichen Dingen munter zugewandt, durch die Handlung. »Gullivers Reisen nach Lilliput« kennt jeder. Aber wer weiß schon, daß Captain Biddel, der Retter Gullivers, nach Lilliput zurücksegelte und Einwohner des Landes in England als Kuriositäten vorführte? Ein für Erwachsene und Kinder – und natürlich für alle, die schon immer wissen wollten, was aus Gullivers Lilliputanern in England geworden ist – höchst doppelsinnig lesbares Buch.

Über den Autor T. H. White (1906–1964) wurde in Indien geboren, wo sein Vater britischer Kolonialbeamter war. Nach seiner Schulzeit in Cheltenham/England besuchte White die Universität von Cambridge und war dann sechs Jahre Lehrer, bevor er sich entschloß, hauptberuflich als Schriftsteller zu arbeiten. Er verfaßte Gedichte, Bücher über Jagd und Sport und sogar Kriminalgeschichten. Sein Hauptwerk sind die fünf großen Artus-Romane, eine teils recht ironische Wiedergabe des Sagenkreises um König Artus und seine Ritter. White war ein umfassend gebildeter Mann, dessen Kenntnisse auf merkwürdigsten und abseitigsten Gebieten in seine Bücher einflossen und sie stellenweise zu wahren Fundgruben esoterischer Informationen machen.

T. H. White

Schloß Malplaquet
oder
Lilliput im Exil

Roman

Aus dem Englischen
von Rudolf Rocholl

Fischer Taschenbuch Verlag

Veröffentlicht im Fischer Taschenbuch Verlag GmbH,
Frankfurt am Main, Januar 1986

Lizenzausgabe mit freundlicher Genehmigung
des Diederichs Verlages Düsseldorf/Köln

Die englische Originalausgabe erschien 1947 unter dem Titel
›Mistress Masham's Repose‹
bei Shaftesbury Publishing Company Ltd., London
Umschlaggestaltung: Die Titelillustration von Claus-Dietrich Hentschel, Konstanz,
zeigt einen Ausschnitt seines Acrylbildes »Burgberg« (1982; 50 x 38 cm);
die Typographie besorgte Manfred Walch, Frankfurt am Main
Gesamtherstellung: Clausen & Bosse, Leck
Printed in Germany
980-ISBN-3-596-22702-X

AMARYLLIS VIRGINIA GARNETT
erzählt und zugeeignet

Die Hauptpersonen

Maria	die junge Herrin des ebenso gewaltigen wie abgelegenen Anwesens Malplaquet, ein einsames, aber couragiertes Mädchen
Mr. Hater	der Vikar, ihr Vormund, ein Rolls Royce fahrender, trotzdem aber gewissenloser Schuft
Miss Brown	Marias giftkrötenhafte Gouvernante, in Mr. Haters dunkle Machenschaften verwickelt
Mrs. Noakes	Köchin auf Malplaquet, eine handfeste, gutmütige Frau, die das Herz auf dem rechten Fleck hat und für Maria alles tut, was sie kann
Der Professor	leider der Zerstreutesten einer. Hochgelehrt, liebenswürdig, weltfremd und bettelarm. Mit Maria und Mrs. Noakes befreundet. Läuft in der Stunde der Not zu großer Form auf
Der Schulmeister	geistiger Führer und Chef-Ideologe der Lilliputaner, von heilsamem Einfluß auf Maria
Gradnag	der berühmteste Waldläufer und Kundschafter der Lilliputaner, ein strategisches Talent

›Ich nahm mir sechs Kühe und zwei Bullen lebendig, dazu ebensoviele Schafe und Böcke, in der Absicht, sie in meine Heimat zu bringen und dorten zu züchten ... Allzugern hätt' ich auch ein Dutzend der Eingeborenen mitgenommen ...‹

›Gullivers Reisen‹

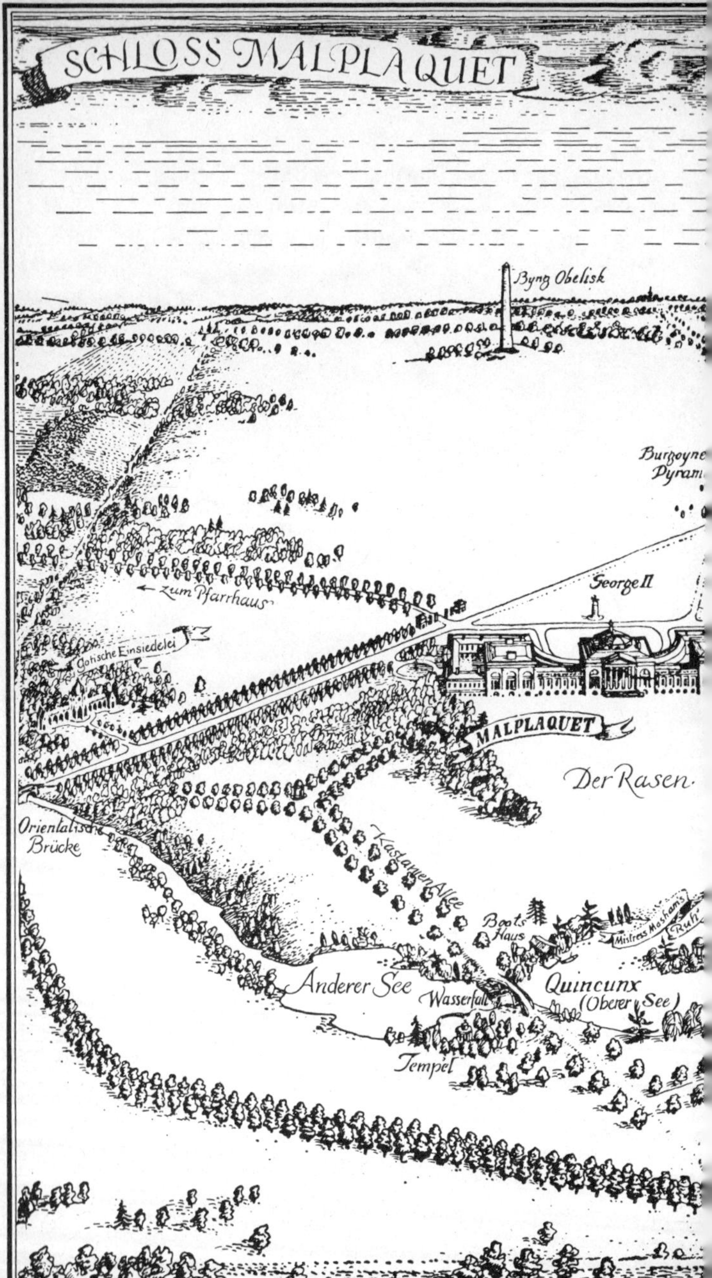

SCHLOSS MALPLAQUET
Byng Obelisk
Burgoyne
Pyram
George II
Zum Pfarrhaus
Gotische Einsiedelei
MALPLAQUET
Der Rasen
Orientalisch
Brücke
Kastanien Allee
Boots
Haus
Mistress Masham's
Ruh
Anderer See
Wasserfall
Quincunx
(Oberer See)
Tempel

Newton Monument
Arcadisches Tal
Neptuns Tempel
Griech. Amphi-theater
Buchen Allee
Grotte
Linden Gang
Palladio Brücke
Wildnis
nach Monks-Unmentionable
Tempel
Fest Wiese
Arc de Triomphe

I

Maria war zehn Jahre alt. Sie hatte dunkle Haare in zwei Rattenschwänzen und leuchtend bernsteingelbe Augen. Derzeit trug sie eine Brille, und von Natur her war sie gutherzig. Sie gehörte zu jenen unbekümmerten und entgegenkommenden Menschen, die erst etwas tun und hinterher darüber nachdenken. Nur: Wenn sie Kühen begegnete, ängstigte sie sich; und dazu gab es Gefahren – wie ihre Gouvernante –, gegen die sie gern einen Beschützer gehabt hätte. Zwei Dinge lagen ihr am Herzen: sie liebte Musik und spielte ganz ordentlich Klavier. Vielleicht war es auf ihr gutes Gehör zurückzuführen, daß sie laute Geräusche verabscheute und sich vor dem Getöse des Fünften November fürchtete. Das aber war, von den Kühen abgesehen, ihr einziger schwacher Punkt, und Spiele werden ihr bestimmt Spaß gemacht haben.
Das Unglück wollte, daß sie Waise war, was ihre Schwierigkeiten verwickelter machte als bei anderen Kindern. Sie lebte in einem riesigen Haus in den Weiten von Northamptonshire, das ungefähr viermal so lang war wie Buckingham Palace, doch langsam verfiel. Es war von einem ihrer Herzoglichen Vorfahren erbaut worden, einem Freunde des Dichters Pope, und umgeben war es von Alleen, Obelisken, Pyramiden, Säulen, Tempeln, Rotunden und Palladianischen Brücken, angelegt und errichtet zu Ehren von General Wolfe, Admiral Byng, der Prinzessin Amalia und ähnlichen Persönlichkeiten. Marias Eltern hatten verzweifelte Anstrengungen unternommen, den Besitz in Ordnung zu halten. Sie waren jedoch bei einem Unfall ums Leben gekommen, und danach war kein Geld mehr da, nicht einmal genug, um irgendwo einigermaßen angemessen aufgenommen zu werden. Die Abgaben und so weiter hatten alle verfügbaren Einkünfte aufgezehrt, und niemand konnte überredet werden, das Anwesen für eine Schule oder ein Krankenhaus zu kaufen. Infolgedessen mußten sie und ihre Gouvernante in zwei Zimmern schlafen, wo das Dach noch ziemlich dicht war; die Gouvernante benutzte einen der kleineren Salons

als Wohnzimmer, und für ihr Wohlergehen sorgte eine Köchin, die in der Küche hauste. Es stimmt tatsächlich, daß diese Kochfrau im Gang des Erdgeschosses ein Fahrrad hatte, auf dem sie den Flur hinunter fuhr, wenn es läutete, um die Tür aufzumachen.

Das Haus hatte dreihundertfünfundsechzig Fenster, von denen nur noch sechs heil waren, zweiundfünfzig Schlafgemächer und zwölf Gesellschaftsräume. Es hieß Malplaquet.

Marias Gouvernante war eine Miss Brown. Der Vikar des Ortes, der Marias Vormund war, hatte sie eingestellt. Aber der Vikar und die Gouvernante waren so abstoßend, daß es schwierig ist, unvoreingenommen von ihnen zu erzählen.

Der Vikar war fünf Fuß sieben Zoll groß, also normal, und sah aus, als wäre er fünfzig. Sein Gesicht war rot, mit Hunderten von kleinen purpurnen Äderchen durchzogen, weil er entweder an zu hohem Blutdruck oder an Herzschwäche litt oder auch an beidem. Es war nicht einfach, seine Augen zu sehen, teils, weil sie eine ähnliche Farbe hatten wie das übrige Gesicht, und teils, weil er eine Brille mit dicken Gläsern trug, hinter denen sie verschwommen lauerten. Seine Haare waren in der Mitte gescheitelt und glattgebürstet. Er hatte ziemlich wulstige Lippen und ging aufrecht und bedächtig, wobei er mit der Nase ein leise summendes Geräusch machte, wie eine Biene. Bevor er die Stelle als Marias Vormund bekam, war er Hausvater in einer Public School gewesen, und dort hatte sein einziges Vergnügen darin bestanden, die Knaben mit dem Rohrstock zu züchtigen – aber wegen seines schwachen Herzens konnte er nicht garsoviel anrichten. Er hieß Mr. Hater. Er war Junggeselle. Es war verdächtig, daß er einen Rolls-Royce fuhr und sich oft in London aufhielt, während Maria in dem verfallenden Schloß von Graupen und anderen Greulichkeiten leben mußte.

Miss Brown war Mr. Haters Hausmutter an der Public School gewesen. Sie muß irgendeine geheimnisvolle Macht über ihn besessen haben, denn es ist kaum vorstellbar, daß er sich so eine wie die freiwillig ausgesucht hätte. Ihre Nase war schmal und spitz und mit einem Buckel versehen, aber alles andere an ihr war quabbelig. Wenn sie sich hinsetzte, quoll sie auseinander wie eine Kröte, die man in die Hand nimmt. Ihre Augen waren kreidig-kalt wie Kieselsteine, und ihre Haare waren gelb. Sie waren zu einem straffen Knoten gebunden. Sie trug ein randloses Pincenez: eine Art Kneifer. Sie war ungefähr so alt wie der Vikar, doch ein gut Stück kleiner. Sie war auf eine verquere Weise grausam. Zum Beispiel: Als Marias letzter Onkel noch lebte, hatte er dem Kind zu Weihnachten hin und wieder eine Schachtel Schokolade geschickt. Miss Browns Vorkehrungen für diesen Fall verliefen gewöhnlich in mehreren Stufen. Zuerst durfte Maria das Päckchen nicht aufmachen, wenn es ankam – ›es könnten ja Bazillen drin sein‹. Also wurde es in der Küche erhitzt. Dann wurde Maria in den nordnordwestlichen Salon geholt, wo Miss Brown residierte, und das verdorbene Päckchen vor sie hingelegt. Der nächste Schritt bestand in der Behauptung, Maria habe schmutzige Finger (was gar nicht stimmte), und sie wurde in die Küche geschickt (ein Weg von zehn Minuten), um sich die Hände zu waschen. Wenn sie dann endlich zurückkam, erwartungsvoll und aufgeregt, und die arme zerschmolzene Schokolade vom Papier abgeklaubt wurde, erklärte Miss Brown sie für unsachgemäß verpackt und warf sie mit ihren makellosen Händen in den nächsten Teich – ›das Kind könnte ja krank davon werden‹.

Kaum zu glauben, aber es stimmt: dieses saubere Pärchen tat auf alle erdenkliche Art und Weise ›sein Bestes‹.

Maria hatte zwei richtige treue Freunde, die Köchin und einen alten Herrn Professor, der in einem abgelegenen Teil des Anwesens hauste. Manchmal war sie sehr unglücklich und manchmal sehr glücklich, weil junge Menschen nun einmal mehr in Extremen leben. Ihre glücklichste Zeit war, wenn sich der Vikar in London aufhielt und Miss Brown mit Kopfweh zu Bett lag. Dann wurde sie vor Freude fast verrückt – wie ein kleines Hündchen, das wild und gleichzeitig ganz ernsthaft mit einem Phantasie-Pantoffel umhertollt und ihn nach Herzenslust in Fetzen reißt. An einem solchen Sommertag, als ihre Peiniger aus dem Wege waren, beschloß sie, zum Quincunx zu gehen, um ein kleines Piratenstückchen zu probieren.

Der Quincunx war einer der Teiche am Ende des Rasens an der Südseite des Schlosses. Er war von Bäumen überwachsen, riesigen Erlen und Buchen und Wildkirschen und Sequoias und Zedern – alle angepflanzt von den zahlreichen Bekanntschaften des Dichters Pope –, und seine Oberfläche war mit Seerosen bedeckt. Am Ufer war ein verfallenes hölzernes Bootshaus mit einem Kahn darin, der leckte. In der Mitte des Sees war eine kleine, von Dorngestrüpp überwucherte Insel, und auf dieser Insel stand ein getünchtes Tempelchen in Form eines Kuppelgewölbes, oder, um es genauer zu bezeichnen, in Form eines Monopteros. Es war ein Runddach wie eine Eierschalen-Hälfte auf fünf schlanken Säulen, und heißen tat's Mistress-Masham's-Ruh.

Aber niemand hatte seit dem Tod von Königin Anne hier geruht. Niemand hatte die Nesseln auf der kleinen Insel gerodet oder die dicken Schichten vermodernder Blätter von den Marmorstufen gefegt oder die Lorbeer- und Rhododendron-Büsche beschnitten oder das Brombeergestrüpp gestutzt, das dicht um den vergessenen Tempel wuchs, ja sogar an den Säulen hochkletterte. Diese ganze zierliche Eleganz, einst von kundigen Händen so sorgsam errichtet, um auf Dauer zu bestehen, war dem Zahn der Zeit anheimgefallen. Der See selber war voller Schilfrohr, weil's kein Geld gab, es zu schneiden, und so war die Insel eine Art von im Meer versunkenen Atlantis geworden. Maria kannte als Einzige die verwucherten Pfade durchs Röhricht – doch wegen des Dornendickichts war sie nie auf der Insel an Land gegangen.

Es war ein wundervoller Tag im Juni – ja, es war genau der erste Juni-Tag –, und die Sonne tanzte auf den großen grünen Wiesen. Der Farmer, der diesen Teil des Geländes gepachtet hatte, trieb seine Schafe; sein Gesicht glänzte von Schweiß, und er schwenkte eine Flasche Mücken-Mixtur. Die grauen Eichhörnchen keckerten und meckerten in der Kastanien-Allee; die Ochsen auf der Festwiese – jenseits des Quincunx, also ungefährlich – schlugen mit den Schwänzen und tobten ab und zu sonstwohin, weil die Bremsen sie piesackten; Kuckucks riefen ihre Kuckucks-Terz; die Insektenwelt surrte summend im schimmernden immergrünen Ge-

sträuch; Kaninchen waren da und hohe Gräser und kleine Vögel, und Maria war braun wie eine Haselnuß.
Sie lag bäuchlings in der Barke und blickte vom Heck ins tiefe Wasser. An den Knien und am Oberkörper war sie grün von Modder; das Wasser aus dem Schöpf-Eimer war ihr in die Ärmel gelaufen. Sie war glücklich. Wenn der Kahn sich verfing, gab sie ihm einen Stupps. Während der Schiffsbug sich zwischen den Seerosen hindurchschob, beobachtete sie das Geschlinge der Algen und anderer Wassergewächse auf dem Teichgrund unter ihrer Nasenspitze. Libellen, blauen Nadeln gleich, und rubinrote Seejungfern – der Ehegemahl hielt sein Weibchen in Zucht und Ordnung, indem er's mit einem besonderen Zangenpaar der Schwanzspitze fest um den Hals gepackt hielt – flimmerten über der Oberfläche. Behutsam glitt sie dahin und schwebte über einen Schwarm von Barschen hinweg, die sich nicht stören ließen – oder aber ihre stacheligen Flossen aufrichteten und sie zornig mit ihren offenen Mäulern anstarrten. Ein paarmal kam sie an einem sechszölligen Jung-Hecht vorbei, der im Schutz der schwimmenden Blätter stand, und einmal geriet sie in die Nähe des Versammlungsplatzes der Schleie, die sich mit lautem Plumpsen verzogen. Sie hatten sich, wie eine Herde Elephanten, faul an den Stengeln der Seerosen geschubbert. Die Teiche von Malplaquet waren, das muß man schon sagen, zum Angeln ideal geeignet. Ganz früher, als sie noch nicht so zugewachsen waren, trafen sich hier die Angler aus Northampton zweimal im Jahr zum Wett-Angeln. Die Schleie wurden groß, bis fünf Pfund schwer oder mehr (was praktisch das Rekordgewicht darstellte), und bisweilen fing man einen Hecht von zwanzig Pfund. Die Barsche waren ganz ordentlich, aber nicht außergewöhnlich. Ja, und ein paar kleine Plötzen gab's auch.
Als Maria zu dem Inselchen von Mistress-Masham's-Ruh gekommen war, verspürte sie Piratengelüste. Tod und Teufel, sagte sie sich: es sollte doch mit dem Satan zugehen, wenn sie hier nicht kielholen würde und dabei vielleicht irgendeinen vergrabenen Schatz entdeckte. So ein paar Skeletteriche kämen ihr jetzt ganz

gut zupaß oder auch ein Kreuz aus eingetrocknetem Blut auf einer Landkarte aus verschrumpeltem Pergament.

Um die ganze Insel herum wuchsen Seerosen, dazu Froschbiß und Wasserhahnenfuß: derart dicht, daß es schwierig war, da durchzustoßen.

Sie paddelte umher und suchte nach einer Stelle, die Durchschlupf bot. Sie legte ihre Luntenschloß-Musketen auf der Ruderbank griffbereit und pustete erstmal auf die Zündhütchen, bis der Rum in ihrem Atem fast Feuer gefangen hätte. Sie lockerte ihren Hirschfänger in der Scheide und schritt auf dem Achterdeck hin und her.

Der einzige Ankerplatz war eine umgestürzte Lärche; sie war als Zapfen dort hingefallen, als die geadelte Lady Masham starb, und gewachsen und großgeworden und im Alter umgefallen. Sie lag von der Insel nach draußen und überbrückte so den schlimmsten Teil der Seerosen. Ein paar Äste versuchten immer noch, sich in Grün zu gewanden.

Maria legte mit ihrer Barke an der Lärche an und band sie fest, damit sie nicht abdriften konnte – ein Mißgeschick, wie Gulliver uns berichtet, gegen das alle erfahrenen Seeleute sich tunlichst zu schützen suchen. Dann zog sie sich Schuhe und Strümpfe aus, weil sie dachte, daß sie barfuß leichter klettern könne. Sie stieg auf den Baumstamm, schwang ihren Hirschfänger und stürmte mit einem Schlachtruf à la Maria ans Ufer, wobei ihre Brillengläser in der Sonne grimmig glitzerten.

II

Die Insel, auf der sie sich jetzt befand, war ungefähr so groß wie ein Tennisplatz. Man hatte sie mit Booten dort aufgeschüttet, als der Erste Herzog seinen Park verschönerte, und vor zweihundert Jahren war sie dem Wasser entstiegen: ein künstlicher Smaragd aus grünem Gras, gekrönt von der weißen Kuppel ihres Rundtempels. Hier hatte vielleicht jene Mistress Hill, die Mistress Masham werden sollte – oder gar Mistress Morley persönlich – bei sommerlichem Wetter in Samt und Seide gesessen und Tee getrunken. (Wenn's Mistress Morley war, dann hatte sie ihrem Rauchtee vermutlich einen Schuß Brandy zugesetzt.)
Jetzt aber war die Insel von allem möglichen Dornengestrüpp überwuchert. Drumherum war ein Gehege, ein äußerer Ring aus Brombeeren und Brennesseln, die den Dschungel aus Gesträuch erstickten, der sich dem Besucher bot. Es schien keine Möglichkeit zu geben, das Tempelchen unbeschadet zu erreichen, denn die Nesseln waren bereit zu stechen, und die Dornen waren bereit zu ritzen, und was sie eigentlich brauchte, war eine Machete oder ein Buschmesser oder ein ähnliches Instrument, mit dem sich die Indianer ihre Pfade durch den Busch hauen. Wäre sie ein Wildhüter oder Jagdaufseher mit dicker Joppe und Ledergamaschen gewesen, hätte sie sich vielleicht einen Weg durchs Dickicht bahnen können; wäre sie ein Landarbeiter gewesen, hätte sie sich mit Sichel oder Sense durchgekämpft; da sie indessen nichts dergleichen war, trotzdem aber fest entschlossen und mutig (von den Kühen einmal abgesehen), schlug sie sich mit dem Schöpf-Eimer durchs Gebüsch. Wenn sie einen Brombeerzweig niedergeschlagen hatte, trat sie vorsichtig darauf; wenn eine Dornenranke sich in ihrem Kleid verfing, blieb sie stehen und machte sich los; manchmal, wenn sie sich das Gesicht zerkratzte, stieß sie den entsprechenden Fluch aus; und so arbeitete sie sich, langsam aber sicher, mühsam in den Waldgürtel vor. An drei Stellen zerriß sie sich das Kleid, und ihre braunen Beine wa-

ren entsetzlich zerkratzt, bis sie schließlich kehrtmachte und ihre Schuhe holte.
Das Gestrüpp endete plötzlich, etliche Schritte von den Stufen des Tempels entfernt, und der Eindringling blieb mit einem Brombeerzweig in den Haaren stehen.
Wo das Geranke aufhörte, begann das Gras: glattes künstliches Gras, so, wie es schon zu Mistress Masham's Zeit gewesen sein mochte. Es war genauso kurz gehalten, vielleicht noch kürzer. Es war ein ebener Rasenteppich wie das ›Grün‹ beim Golf.
Tatsächlich: Man konnte an ein ›Golf-Grün‹ denken. Drum herum wuchs das Gesträuch, wie eine bei Golfplätzen häufige Eiben-Hecke. In der Mitte stand der schöne sonnen-überglänzte Tempel luftig-leicht auf seinen Säulen. Aber etwas war merkwürdig – und hier kriegte Maria Herzklopfen, sie wußte nicht warum – merkwürdig nämlich, daß alles so gepflegt aussah.
Sie blickte sich um, aber keine Menschenseele war zu sehen. Kein Blatt regte sich in dem kleinen Amphitheater, nicht die Spur einer Hütte war zu entdecken. Es war kein Schuppen für einen Rasenmäher da, und auch niemand, der den Rasen mähte.
Und doch hatte jemand den Rasen gemäht.
Maria zog sich einen Brombeerzweig aus den Haaren, befreite sich von den letzten Dornenranken und ging ihrem Schicksal entgegen.
Im Kuppelbau war an manchen Stellen der Verputz von den Wänden gefallen; die hölzernen Latten jedoch, die bei ihr daheim an den meisten Zimmerdecken sichtbar waren, kamen hier nicht zum Vorschein. Es sah aus, als wäre das Dach von innen ausgebessert worden – mit Mörtel oder Papiermasse, so, als hätten's Wespen getan. Auch lag, und das war wieder sehr sonderbar, kein Putz auf dem Boden. Er war fortgeschafft worden.
Alles war so sauber, so anders als die Wüstenei, durch die sie gekommen war – so abgezirkelt und gerundet und geometrisch wie bei der Fertigstellung –, daß ihre Blicke von Einzelheiten angezogen wurden.
Sie sah: Zuerst eine quadratische Öffnung, an die acht Zoll groß,

in der untersten Stufe, ihrer Meinung nach die Öffnung eines Ventilators – doch dahin führte ein Pfad, ins niedrige Gras getreten, wie ein Trampelpfad von Mäusen; alsdann sah sie im Sockel jeder Säule ein Sieben-Zoll-Türchen, möglicherweise gleichfalls mit dem Lüftungssystem verbunden – aber diese Türen hatten (fast so klein wie Streichholzköpfe, weshalb sie ihr nicht auffielen) winzige Klinken; schließlich sah sie eine Walnußschale, oder doch eine halbe, vor dem Türchen zu ihren Füßen. Sie betrachtete die Nußschale aufmerksamer – und blickte höchst verwundert drein.

Es lag ein Baby darin.

Sie bückte sich, um die Wiege aufzuheben, die aus einer Puppenstube zu stammen schien und schöner war als jedes Spielzeug, das man sich nur denken kann. Als der Schatten ihrer Hand auf das Baby fiel, das wohl einen Zoll messen mochte, bewegte es sein Köpfchen auf dem klitzekleinen Moos-Kissen, reckte beide Fäustchen, zog die Knie an, als wolle es radfahren, und gab ein dünnes Miauen von sich, das sie hören konnte.

Sie zog ihre Hand nicht zurück, als das winzige Wesen miaute. Im Gegenteil: sie hob die halbe Walnuß auf. Wenn es im Augenblick irgend etwas auf der ganzen Welt gab, das Maria unbedingt haben und behalten wollte, dann war's dieses Baby.

Sie hielt es sorgsam in der offenen Hand – aus Angst, ihm wehzutun, hielt sie den Atem an – und nahm das Wunderwesen in Augenschein, so gut es ging. Seine Augen, die so klein waren wie die einer Krabbe, waren baby-blau, wie es sich gehörte; seine Haut war zart malvenfarben, so daß es ziemlich neu sein mußte; es war nicht mager, sondern niedlich rund, und an den pummeligen Handgelenken zeigten sich winzige Fältchen – so, als trüge es ein dünnes Haar als Armband drumherum gewickelt, oder als hätte ein besonders geschickter Puppenmacher die Händchen nach dem Kugelgelenk Prinzip eingepaßt.

Das Geschöpf war wirklich und wahrhaftig lebendig und schien völlig damit einverstanden, aufgenommen zu werden, denn es faßte mit einem Händchen nach ihrer Nase und gluckste. Zumin-

dest wollte ihr scheinen, da sie das Ding mit schiefgelegtem Kopf wie eine Armbanduhr ans Ohr hielt und horchte, als mache es ein blubberndes Geräusch.
Während Maria von diesem unverhofften Glücksfall noch ganz hingerissen war, spürte sie an ihrem linken Knöchel einen scharfen kurzen Schmerz, so, als habe eine Biene sie gestochen.
Wie die meisten Menschen, die in den Knöchel gestochen werden, stampfte sie mit dem Fuß auf und hüpfte auf einem Bein umher – ein nutzloses Unterfangen, was Bienen betrifft, weil's die anderen nur wütend macht; und die erste kann ja ohnehin nicht nochmal stechen.
Sie balancierte die Wiege ganz vorsichtig in der Hand, während sie hüpfte; mit der anderen Hand hielt sie ihren malträtierten Knöchel; so stellte sie sich, auf einem Bein, aus sicherer Entfernung ihrem Angreifer.
Da, auf dem Marmorboden des Tempels, stand eine fette Frau, an die fünf Zoll groß, und schwang eine Art Harpune. Sie war in rostfarbenes Zeug gekleidet, wie ein Rotkehlchen, und sie war außer sich vor Empörung oder Entsetzen. Ihre kleinen Augen funkelten, die Haare hingen ihr lang in den Rücken, ihr Busen wogte, und in einer unbekannten Sprache schrie sie etwas von Quinba Flestrina. Die Harpune, die so spitz wie eine Nadel war, hatte einen Stahlknauf, halb so lang wie das Baby. Zwischen Marias Fingern an der Halte-Hand tröpfelte etwas Blut hervor. Je nun: trotz Mord und Totschlag und anderen Missetaten, die sie als Piratin auf den Planken eines Kaperschiffes vielleicht begangen haben mochte, war Maria keineswegs der Mensch, erlittene Blessuren heimzuzahlen, und ganz bestimmt kein Kidnapper oder Kindsentführer, der gewohnheitsmäßig verzweifelten Müttern ihre Babies klaut, nur um sich zynisch an ihrem Wehgeschrei zu laben. Sie erriet sofort, daß dies die Mutter des Findelkindes war, und so zürnte sie sich nicht über die Harpune, sondern bekam Gewissensbisse wegen des Säuglings. Ihr kam auf einmal die fürchterliche Vermutung, daß sie ihn werde zurückgeben müssen.
Aber die Versuchung, es zu behalten, war allzu verlockend. Nie

wieder würde sie etwas so Kostbares finden, das war ihr klar, und wenn sie tausend Jahre werden sollte. Überleg doch mal, sei ehrlich: Würdest *Du* ein lebendiges zollgroßes Baby seinen Angehörigen zurückgeben, wenn Du's irgendwo ganz zufällig fändest? Aber Maria überwand sich.

Sie sagte: »Entschuldigen Sie, bitte, wenn das Ihr Baby ist. Bittschön, ich hab' ihm nichts getan. Hier, Sie können's gerne wiederhaben.« Und den Tränen nahe fügte sie hinzu: »Und so geduldig ist das Dingelchen!« Sie beugte sich nieder, um der Mutter die Wiege zu Füßen zu legen.

Das aufgebrachte winzige Weib war entweder zu hysterisch, um richtig hinzuhören, oder sie verstand kein Kauderwelsch, denn sie stieß mit ihrem Stachel nach der riesigen Hand, sobald sie in Reichweite kam, und versetzte ihr einen Stich in den Daumen.

»Das hab' ich gern«, rief Maria. »Du falsche Schlange, du!«

Da gab sie das Baby also nicht her, sondern packte es, samt Wiege und allem, ins Taschentuch und stopfte das Bündel in ihre Rocktasche. Aus der anderen Tasche holte sie dann ein zweites Taschentuch, wedelte damit der Kindsmutter vor dem Gesicht herum, so daß sie rücklings hinfiel, stülpte es ihr über den Kopf, schnippste die Harpune beiseite und sammelte auch das Muttertier ein. Sie hatte so selten zwei Taschentücher bei sich (oder überhaupt eins), daß sie meinte, vom Himmel gesegnet zu sein. Als sie dann aber in der Säule neben sich ein Sausen hörte, wie das Gesumme eines Bienenstocks, da beschlich sie das Gefühl, es wäre doch wohl klüger, sich nicht allzu fest auf diesen Segen zu verlassen.

Sie steckte das größere Bündel in die andere Tasche – es trat wütend um sich – und machte sich auf den Weg zum Dornendickicht. Als sie dort angekommen war, drehte sie sich um und warf einen letzten Blick auf den Tempel. Sie sah, wie drei kleine Männchen an der Säulentür miteinander kämpften. Zwei davon klammerten sich an die Arme des Dritten, um ihn zurückzuhalten, und dieser versuchte sich freizumachen, um ihr nachzulaufen. Es war ein ansehnlicher Kerl in einem Pelzgewand aus Maulwurfsfell und gut eine Handspanne groß.

III

Als sie den Nachen abgestoßen hatte und in sichere Entfernung gepaddelt war, legte sie den Schöpfeimer weg und holte das größere Päckchen aus der Tasche. Die Frau hatte während der ganzen Zeit getreten und gestrampelt und geflattert wie ein Vögelchen, um freizukommen. Sobald Maria sie ausgepackt und auf den moddrigen Boden des Boots gesetzt hatte, stand sie keuchend da und preßte sich die Hand aufs Herz. Das Ganze sah aus wie ein Elfenbein-Figürchen. Dann lief sie geschwind zum Dollbord, als wolle sie ins Wasser springen, hielt jedoch inne und starrte die Riesin an, die sie gefangen hatte: das Ur-Bild eines in Menschenhand gefallenen wilden Geschöpfs. Maria zog das andere Bündel hervor und legte das Baby mitsamt seiner Wiege der Mutter zu Füßen; die riß es aus der Nußschale und redete in einer fremden Sprache auf es ein, wobei sie es genau untersuchte, um sicherzugehen, daß ihm auch nichts passiert sei. Ist doch klar: sie sagte zu dem Baby, daß es Mütterchens Einziges und Allerliebstes war, aber ja, und hatte dieser eklige Frauen-Berg vielleicht versucht, unser Herzchen zu stehlen?

Maria leckte ihre Wunden, wusch sie im kühlen Wasser des Sees, trocknete sie mit den Taschentüchern und ließ dabei das Mutter-Kind-Schauspiel nicht aus den Augen. Es ging auf die Teezeit zu, und sie hatte eine Menge zu erledigen. Sie war entschlossen, sich keinesfalls von ihren Schätzen zu trennen – zumindest nicht von dem Baby –, und wußte andererseits doch ganz genau, daß Miss Brown ihr einen Strich durch die Rechnung machen werde. Entweder würde sie die Findlinge konfiszieren und in den Karton zu Marias Federmesser und billigem Kompaß sperren, oder sie würde sie für sich behalten – vielleicht aber sorgte sie sogar dafür, daß sie ersäuft wurden, so, wie sie's mit Marias Lieblings-Kätzchen tat. Maria jedoch war wild entschlossen, nichts dergleichen zuzulassen.

Wo konnte sie die Zwerge verstecken? Miss Brown lag ständig

nach irgend etwas Ungehörigem auf der Lauer, und im ganzen großen Schloß Malplaquet gab es kein einziges Fleckchen, das unsere Heldin für sich allein hatte. Im Spielzeugschrank war längst kein Spielzeug mehr, so daß es nur auffallen würde, wenn sie die Winzlinge dort versteckte. Ihr Schlafzimmer wurde einmal die Woche durchsucht.

»Da werd' ich sie«, sagte sie, »in die kleine Schublade meines Nachttischs legen – jedenfalls über Nacht, denn Miss Brown wird mir wegen ihres Kopfwehs nicht vor morgen in die Quere kommen.«

Diesmal machte sie aus dem nassen und blutigen Taschentuch einen Beutel; alsdann nahm sie ihre beiden Gefangenen und steckte sie sorgsam hinein. Die Zipfel band sie mit einem Stück Bindfaden zusammen. (Sie war nämlich recht patent und trug stets Bindfaden bei sich; ihr Herr Professor hatte ihr nämlich erklärt, patente Leute hätten so was stets bei sich: ein Federmesser, einen Schilling und ein Stück brauchbare Schnur.) Die Wiege ließ sie beiseite, weil sie dachte, es würde nicht ohne Schrammen abgehen, wenn man sich mit so einem Ding im Beutel herumschlagen mußte. Nun nahm sie Kurs aufs Bootshaus, machte den Kahn fest und eilte schnurstracks heim.

Im Vorbeigehen warf sie einen Blick in die Küche, in der Backöfen standen und Herde und Bratspieße: genug, um hundertfünfzig Personen ein Gericht von zwölf Gängen vorzusetzen – sie selber gaben sich mit einem Spiritus-Kocher zufrieden –, und erkundigte sich bei der Köchin nach Miss Brown.

»Jesses – Miss Maria, dein'Strümpf'! Herrjeh, un' die Flecken an's Kleid!«

»Jaja, ich weiß. Ich möcht' nur wissen, ob Miss Brown ...«

»Die siehst' heut nicht mehr, mein Schäfchen, un' dafür könn' wir auf den Knien danken. Geh du mal auf dein Zimmer hoch, auf Zehnspitzen, un' bring mir die Strümpf', wenn du annere angezogen hast. Wär' auch besser, du ziehst'n Kittel an, bis daß ich mir das Kleid hab' vorgenommen.«

»Gibt's was zum Tee?«

»Ja doch, Miss. Erdbeeren gibt's.« Sie machte eine bedeutungsvolle Bewegung mit dem Kopf und fuhr fort: »Wie ich gesehn hab', daß sie's mit dem Kopfe hatte, könnt' man sagen, da bin ich so frei gewesen un' hab' mir'n Pfund von deinem Herrn Perfesser geborgt, un' dazu gibt's 'nen Tropfen Kondensmilch, wo wir für Weihnachten aufgehoben gehabt haben. Bescheiden, schon wahr, aber schmecken soll's dir schon, Herrin von Malplaquet.«

Man braucht es wohl kaum zu erwähnen: Die Köchin war ein alter Dragoner mit Gemüt und hatte mit Miss Brown nicht viel im Sinn. Sie brachte ihr Leben in der düsteren Küche zu und hatte bloß Maria, der ihr Herz gehörte, und dazu noch einen verfetteten Collie, den sie von ihrem verstorbenen Mann geerbt hatte und der Captain hieß. Morgens holte er die Zeitung aus dem Dorf (die trug er in der Schnauze), und manchmal ging er mit einem Korb einkaufen.

Maria sagte: »Frau Köchin, wenn Sie mal von Piraten gefangen genommen werden sollten oder von Indianern umzingelt, oder wenn Sie aus Versehen ins Meer fallen und von einem Haifisch verfolgt werden, dann werd' ich dafür sorgen, daß Ihre guten Werke nicht vergessen sind, und wenn's mich mein Leben kostet.«

»Danke, Miss Maria«, sagte die Kochfrau, »danke ergebenst.«

Sie stieg die Freitreppe hinauf und ging den Herzoglichen Flur hinab, bestieg die Seitentreppe und schlenderte den Korridor für vornehme Fremde entlang, kletterte die ausgetretenen Stufen fürs Personal empor und schlich auf Zehenspitzen über den Gesindegang. An dessen Ende, dort, wo das Hauptdach noch intakt war, befanden sich die beiden kleinen Schlafzimmer von Maria und Miss Brown. Die Köchin brauchte rund eine Dreiviertelstunde, bis sie von der Küche nach oben kam, weil sie's mit den Beinen hatte, und Captain jappste furchterregend, wenn er hinter ihr die Stufen hinaufkeuchte. Aber Miss Brown ließ sich trotzdem das Bett von ihr machen.

Sie lugte durch die offene Tür.

Da lag der Drachen auf dem Bett, die pompöse Nase steil in die

Höhe. Sie las ein violettes Buch mit kissengleich-gepolstertem Einbandrücken, das sich ›Das tägliche Licht‹ nannte. In der anderen Hand hielt sie ein mit Eau-de-Cologne getränktes Taschentuch, und mit dem wedelte sie ab und zu über ›Das tägliche Licht‹ und betupfte dann und wann ihre Nasenspitze, die infolge dieser Bemühungen rötlich angelaufen war und glänzte.

Miss Browns Charakterzüge konnte man an ihrer Umgebung erkennen. Vor Marias ängstlichen Augen standen dreißig Paar Schuhe, vorn zugespitzt wie Maurerkellen, an den Zehen runzlig, fein säuberlich ausgerichtet unter dem Tisch. Auf dem Kleiderschrank lagen graue Kapotthüte mit Hutnadeln drin. Auf dem Nachttischchen waren ein paar Bücher aufgereiht, die Miss Brown für ergötzlich hielt: Das ›Journal‹ von George Fox, ›Heiligleben‹ von J. Taylor, und ›*The Pilgrim's Progress*‹, über das Huckleberry Finn einst sagte, die Darlegungen seien ›zwar interessant, doch knochentrocken‹. In einer Ecke des Zimmers stand ein Schrank, der all den Flitter-und-Flimmer-Kram enthielt, mit dem Miss Brown ihren Busen herausputzte; der Toilettentisch war voll scharfer oder spitzer Gegenstände; und das Ganze roch nach unbenutzten, mit Lavendel oder Mottenkugeln parfümierten weggeschlossenen Handtaschen aus rissigem Leder.

Auf dem Fensterbrett lagen die Instrumente zum Spionieren: das Teleskop, mit dem sie vom Fenster aus beobachtete, und das Vergrößerungsglas, mit dem sie nach Schmutz suchte.

Ihr Zögling ließ sich auf Knie und Hände nieder. Maria kroch, hier unten vor Miss Browns Blicken geschützt, am Bett vorbei und erreichte unbemerkt das Fenster. Sie nahm das Vergrößerungsglas zwischen die Zähne, allwo Piraten ihr Messer zu tragen pflegen, wenn sie nicht gerade trinken. Sie kroch zur Tür zurück, ließ im Vorübergehen eine Heftzwecke, die sie für solche Zwecke bereithielt, in einen der Schuhe fallen, und gelangte ohne Ungemach wieder auf den Gang.

Dann lief sie flink in ihr Zimmer.

In dem kahlen Raum, dessen gesamtes Mobiliar aus Eisen verfertigt war, holte sie ihr kostbares Bündel hervor. Sie öffnete es auf dem Bett. Die kleine Frau lag da wie ein erstickender Frosch, den Säugling noch immer fest an sich gedrückt, und Maria betrachtete sie in aller Ruhe durchs Glas.

Das Kleid war dürftig. Es war ein simples Gewand, wie eine Mönchskutte gegürtet, und schien aus seidenfeiner Wolle gestrickt zu sein. An manchen Stellen war es ausgefranst und abgetragen, ansonsten aber zweckdienlich. Das Gesicht der Frau war rosig und gesund. Das Baby hatte, wie zu erwarten, blaue Augen. Maria legte sie in die kleine Schublade, als sie ihre Inspektion beendet hatte, packte ihre verschmutzten Kleidungsstücke zusammen und schlich sich auf Zehenspitzen nach unten zum Tee.

IV

Als die Herrin von Malplaquet indes am nächsten Morgen aufstand, war sie gar nicht glücklich. Erdbeeren und Sahne waren unberührt, obwohl sie eine Untertasse in die Schublade gestellt hatte, und ihre Gefangene bedachte sie nur mit finsteren Blicken. Mit ihr zu spielen kam überhaupt nicht in Betracht.

»Frau Köchin«, sagte sie beim Frühstück, »glauben Sie, daß Miss Browns Kopfweh heut' besser ist?«

»Nee«, sagte die Köchin.

»Sie hat mir ein paar Mathe-Aufgaben aufgegeben; sieht nach Algebra aus; soll ich vor dem Essen machen.«

Verschmitzt spielte sie mit ihrem Löffel und blinzelte.

»Ich möcht' den Professor besuchen.«

»Dann lauf un' besuch'n, Herzchen. Wenn der Jemand wachwird, sag' ich eben, daß du mit diesen Algerern zugange bis' oder-wie-das-Zeugs-heißen-tut, wo sie nach fragen möcht'.«

»Frau Köchin ...« begann Maria.

»Ja, mein Herz. Mit den Haifischen das, das hast du schon gesagt gehabt.«

Der Professor war arm wie eine Kirchenmaus, und er lebte allein an einem der Reitwege in einer ehemaligen Wildhüter-Hütte.

Um das ganze verfallende Schloß herum lagen riesige Alleen, die sich in alle Richtungen erstreckten und auf denen die verblichenen Herzöge in voller Gala auszufahren pflegten, wenn ihnen der Sinn nach frischer Luft stand, und wo der Graf von Paris und die Königin Victoria übers Wochenende zu Besuch gekommen waren. Diese Alleen hatten sich in breite Fahrwege verwandelt, die man dazumal für eine der besten Fasanen-Dickungen in Europa hielt, und in denen hatte König Edward häufig drauflos geballert. Schließlich waren die Kutschwege ganz verschwunden und zu grünen Alleen geworden, lang und schmal, die von den Gutsverwaltern an Viehbauern verpachtet wurden.

Auf einem solchen Reitweg also lebte der Professor.

Er war ein sogenannter ›Versager‹, gab sich aber alle Mühe, das zu verbergen. Eine seiner Schwächen bestand darin, daß er kaum des Schreibens mächtig war – abgesehen von einer Schrift aus dem zwölften Jahrhundert, in lateinisch, mit allerlei Abkürzungen. Ein weiterer Mangel zeigte sich in der Tatsache, daß er, obwohl sein Cottage vor Büchern barst, nur selten etwas zu essen hatte. Von den Kursnotierungen an der Londoner Börse – Imperial Chemicals, zum Beispiel – hatte er, gleich Maria, keinen blassen Dunst.

Tagsüber hackte er für gewöhnlich Holz und säbelte sich einen Brotkanten ab. Abends, wenn er ein paar Scheite angezündet hatte, saß er vor dem Feuer und genehmigte sich ein Gläschen, wobei er über die Äußerungen von Isidor, Physiologus, Plinius und dergleichen nachdachte. Sein Lieblingsgebräu war ein Wein aus Schlüsselblumen, Löwenzahn, Holunder oder Stachelbeeren, den er selber kelterte. Hiervon befeuert, träumte er im sanften Glühen der glimmenden Scheite von unerreichbaren Erfolgen: er stellte sich vor, der Master of Trinity habe ihn in einer Vorlesung namentlich erwähnt, oder Dr. Cook habe ihm angetragen, ihn in einer Fußnote zu Zeus zu zitieren, oder eins der ärmeren Colleges habe ihm gar eine unbedeutende Gastprofessur mit einem Stipendium von fünf Pfund pro Jahr in Aussicht gestellt, so daß es mit dem Brotrindensäbeln ein Ende haben werde.

Am zweiten Juni war der Professor früh aufgestanden, um Löwenzahn zu pflücken. Er spazierte die Alleen auf und nieder, knipste die gelben Blütenköpfe mit den Fingern ab und steckte sie in einen Sack. Er merkte nicht, wie Maria den Reitweg entlang angestampft kam.

»Beidrehn!« rief sie. »Prisenkommando an Bord!«

»Trollt Euch«, sagte er prompt.

»Wißt Ihr, mit wem Ihr redet?«

Er richtete sich altersschwach auf, rückte seine Brille zurecht und nahm sie in Augenschein.

»Doch, dünkt mich. Es ist die Schwarze Maria, der Schrecken der Tortugas.«

»Dann haltet Ihr wohl besser Eure Zunge im Zaum und zeigt Euch unterwürfig.«

»Warum?«

»Darum.«

»Plarum?«

»Schon gut«, sagte sie. »Ich kann mich nicht auf Kindereien einlassen. Ich bin aus bestimmten Gründen hergekommen.«

»Wenn du mit diesen ›Gründen‹ Frühstück meinst – da muß ich dich enttäuschen: ich hab bloß ein halbes Pfund Mostrich im Haus.«

Sie legte ihre Hand auf seinen flaschengrünen Ärmel, und er ließ den Sack fallen. Daß er Frühstück erwähnte, rührte sie, denn sie wußte genau, daß er kaum je genug zu essen hatte. Ein wenig scheu legte sie ihren Arm um den Alten.

»Ich hab' was gefunden.«

»Was für was?«

»Kann ich hier nicht zeigen. Ich hab's mitgebracht, aber im Gras könnt's weglaufen. Ich möcht's Ihnen in der Hütte zeigen.«

Er sagte: »Meine Güte, Maria, ach du meine Güte. Muß schon sagen, bin heilfroh, dich zu sehn. Komm rein, komm rein. Hab' zuerst gar nicht gemerkt, daß du's bist. Natürlich bist du in meiner Hütte willkommen – ich hab' bloß noch nicht abgewaschen.«

Sie legte die Fünf-Zoll-Frau auf den Tisch zwischen die Brotkrümel. In der einzigen Teetasse war Tinte. Sie erzählte die ganze Geschichte und erläuterte ihre Schwierigkeiten – daß Miss Brown dagegen sein werde, daß sie nicht wisse, wo sie die Wichtelmännchen verstecken könne, daß sie nicht essen wollten und so weiter und so weiter.

»Tja«, sagte er. »Woll'n mal sehn. Ist einer von diesen modernen Schreibern, möcht' ich meinen. Martin oder Swallow oder ... Ja doch, du meine Güte: muß unser Dr. Swift gewesen sein. Dem ist auch die Ähnlichkeit aufgefallen. Tatsächlich, ja: sein Spitzname beim Ld. Treasurer war Martin, wenn ich mich recht erinnere. Ja doch, ja. Und Dr. Swift war 1712 in Malplaquet, wie wir wissen. Ist damals direkt aus Twit-nam mit dem Poeten Pope hier-

her gekommen. Aber das war lange vor den ›Reisen‹. Hum, tja, hum hum.«
»Ich weiß nicht, ob . . .«
»Halt mal bitte dein Mäulchen, Mädchen. Unterbricht den Gedankenfluß. Nun, was könnte natürlicher sein, als daß der unsterbliche Meister hier für Motte die ›Reisen‹ beendet hätte – könnt' er '25 wiedergekommen sein? – und wo wär' ein besserer Ort zu finden, die mühsame Schriftstellerei zu betreiben, als der kühle stille Hafen von Malplaquet-Masham-Eiland? Gar kein Zweifel: bestimmt hat er aus Versehen ein paar Lilliputaner zurückgelassen. Schriftsteller sind ja manchmal geistesabwesend – allseits bekannt . . .«
»›*Gullivers* Reisen‹?«
»Gulliver! Genau! Eine Bereicherung der Annalen von Malplaquet, daß ›Gulliver‹ hier beendet wurde und daß sie das Völkchen zurückgelassen haben. Entschuldige mich – ich muß nachschlagen.«
Sie ließ die Beine von einer Seifenkiste baumeln, paßte dabei auf, daß die Vielleicht-Lilliputaner nicht ausrissen; und der alte Herr schleppte eine Erstausgabe nach der anderen an, unter Keuchen und Staubwolken, doch mit behutsamen Händen. Er fand nicht viel, nein: enttäuschend wenig.
»Hier heißt's wortwörtlich, daß kein einziger Bürger abtransportiert wurde. Gulliver nahm sich ›sechs Kühe und zwei Bullen lebendig, dazu ebensoviele Schafe und Böcke‹. Auf der Schiffsreise wurde ein Schaf von Ratten gefressen, und eine Kuh und ein Schaf schenkte er Kapitän Biddel, der ihn nach Hause brachte. Humhum. –
Moment«, fügte er hinzu, hastig. »Hier steht, daß Gulliver, auf seinem Ruderboot, Blefuscu am vierundzwanzigsten September 1701 verlassen hat. Von diesem Captain Biddel wurde er am sechsundzwanzigsten an Bord genommen, dreißig Grad südlicher Breite. Bedenke: nur zwei Tage später. Seine Geschichte hat er Biddel erzählt – zum Beweis schenkte er ihm die Tiere –, und als sie nach England zurückkehrten, konnte er das übriggebliebene Vieh für sechshundert Pfund verkaufen! –

Glaub mir«, fuhr der Professor fort, nahm seine Brille ab und stieß damit nach ihr, »damals waren sechshundert Pfund noch sechshundert Pfund. Ja doch: Stella hat's zuwegegebracht, mit einem Kapital von kaum mehr als der doppelten Summe recht ordentlich zu leben. –

Wenn du«, sagte er, »Kapitän wärst und so einen Schiffbrüchigen aufgenommen hättest, zwei Rudertage von einem bekannten Breitengrad entfernt, ein Dutzend Viecher mitführend, sechshundert Pfund nach gutem Gelde wert – na, was würdest du da tun?«

»Ich würd' umkehren und die Breite absuchen.«

»Und hernach?«

»Hernach würd' ich mir haufenweise holen. Liebe Güte: ich würde Menschen mitbringen!«

Er klappte das Buch mit einem Knall zu (was er allsogleich tief bedauerte), stellte es abwesend wieder an seinen Platz im Regal und nahm einen ganz anderen Gedankengang auf ...

»Ist doch einerlei«, sagte sie. »Und wenn dies ... dies Ding ... dieses alberne Frauchen – wenn das tatsächlich aus Lilliput oder Blefuscu käme, dann wär' mir damit auch nicht geholfen.«

»Nein?«

»Sie ißt nicht.«

»Nein?«

»Sie tut überhaupt nichts.«

Er verschränkte die Hände im Rücken, schubberte auf dem Fußboden und verzog das Gesicht.

»Macht überhaupt keinen Spaß.«

Er knabberte an seinem Bart, verdrehte die Augen und starrte zur Decke. Dann drehte er seine Augen zurück, ließ sein Barthaar fahren und sah seine Besucherin hochmütig an.

»Warum sollte sie Spaß machen? –

Warum soll sie was tun? –

Warum soll sie essen? –

Gehört sie dir?«

Maria spielte nervös mit den Fingern; er aber setzte sich auf die Seifenkiste und nahm ihre Hand.

»Liebes Fräulein Nachbarin«, sagte er, »eins kann ich dir versprechen, und das ist, daß ich dich nicht fragen werde, wie's *dir* gefallen würde, in ein Taschentuch gepackt zu werden. Ist mir klar: steht nicht zur Debatte, daß du in ein Taschentuch gewickelt wirst, nein, es geht um dieses Wesen. Ich möchte aber einen Vorschlag machen. Wie wir alle wissen, bin ich in den Augen der Welt ein Versager. Ich herrsche nicht über Menschen oder Völker, ich täusche sie nicht um der Macht willen, und ich versuche auch nicht, sie zu beschwindeln und übers Ohr zu hauen und ihr Auskommen in meinen Besitz zu bringen. Ich sag' zu ihnen: geht nach eurem Belieben des Wegs, und ich werd' mein Bestes tun, den meinen zu gehn. – Nun gut, Maria: es ist zwar nicht modern oder modisch, es führt auch zu nichts, aber es ist etwas, woran ich glaube – daß man nicht über andere herrschen soll, daß man sich nicht anderen überlegen und großfühlen darf, nur, weil sie klein sind. – Liebes Kind, du hast doch selber Größe, und du brauchst sie doch nicht dadurch zu beweisen, daß du sie anderen gegenüber ausspielst.«

»Ich tät' ihr aber doch nichts! Ich würd' sie nicht beherrschen wollen!«

»Vielleicht aber täte sie dir etwas? Überleg doch mal, was passieren könnte. Nehmen wir an, du bringst es fertig, sie zu zähmen; nehmen wir an, du brächtest es sogar fertig, all die anderen Leutchen auf der Insel-der-Ruhe zu zähmen. Ganz ohne Zweifel gibt's dort noch etliche mehr. Da wärst du dann die Allergrößte – einerlei, wie freundlich und entgegenkommend –, und sie wären klein und häßlich. Sie würden von dir abhängig werden; du würdest vielleicht die Knute über sie schwingen. Sie würden servil, und du würdest überheblich. Glaubst du denn, daß das einer Seite zum Guten gereichen könnte? Nein. Ich glaube, sie würden dadurch nur unterdrückt, und du wärst es, der sie unterdrückt.«

»Ich würd' sie nie und nimmer unterdrücken!«

»Nein?«

»Ich würd' versuchen, ihnen zu helfen.«

»Aber Gott hilft denen, die sich selber helfen.«

Sie holte ihr zerknülltes Taschentuch hervor und fing an, es zu zerreißen.
»Was soll ich denn tun?«
Er richtete sich steifbeinig auf, ging zum spinnwebenverhangenen Fenster und blickte starr hinaus.
»Das kann *ich* dir nicht sagen.«
»Was würden *Sie* tun, Herr Professor?«
»Ich würde sie wieder auf die Insel bringen und ihnen dort die Freiheit geben und alles Gute wünschen.«
»Keine Menschlein behalten?«
»Keine.«
»Herr Professor«, sagte sie, »ich könnt' ihnen doch helfen, wenn ich manchmal zu Besuch käme. Ich könnte graben.«
»Nichts ist. Sie müssen selber graben.«
»Ich hab' niemanden zum Liebhaben.«
Er wandte sich um und setzte seine Brille auf.
»Wenn sie *dich* lieben«, sagte er, »– sehr schön. Dann darfst du sie liebhaben. Aber glaubst du denn, Maria, daß du sie dazu bringen kannst, dich um deiner selbst willen zu lieben, indem du sie als Gefangene in schmutzige Taschentücher stopfst?«

V

Schweren Herzens ruderte sie den Kahn zur Insel. Dort band sie ihn an die Lärche und holte ihr Bündel hervor, wobei ihr – gänzlich un-piratenhaft – nach Tränen zumute war. Sie legte die Gefangenen auf den Baumstamm.
Die kleine Lilliput-Frau stand auf, das Baby fest an sich gedrückt. Sie war zerknittert und zerknautscht, ihre Haare waren zerzaust, und das überstandene Erlebnis hatte sie arg mitgenommen. Als sie aber richtig zu sich gekommen war, da tat sie etwas, das für Vieles entschädigte. Sie machte vor Maria einen Knicks. Gleich darauf ruinierte sie alles, indem sie kehrtmachte und ums liebe Leben lief.
Unsere Heldin paddelte verzagt um die Insel und stellte fest, daß der Pfad, den sie geschlagen hatte, versperrt war. Das Dornengestrüpp war wieder zu einem Schutzschild aufgerichtet und verwoben worden.
»Und doch«, dachte sie, »ist's schließlich *meine* Insel. Ich hab' sie entdeckt, und ich darf mich umschaun, soviel ich mag. Wenn ich sie dann schon freilassen muß, seh' ich doch nicht ein, weshalb ich mir meine eigene Insel verbieten lassen sollte.«
Also vertäute sie den Nachen wieder an der Lärche und überlegte. Gar zu gern wäre sie an Land gegangen, um den Tempel zu besichtigen, denn dort würde sie gewiß interessante Dinge entdecken – auch wenn das Völkchen sich verstecken mochte.
Während sie so überlegte, fiel ihr Blick auf den Baum, und dabei dämmerte ihr mehr und mehr, daß es mit ihm etwas auf sich hatte. Die Wurzeln lagen noch am festen Land, und die Lärche lag in den See gekippt, so daß ihr Wipfel ins Wasser tauchte. Der gerade Stamm hob sich in sanfter Neigung aus dem See; die Zweige, die mit ihren kleinen Zapfen hervorragten, hatten sommerliches Grün angelegt; und auch an der einen Seite des Baumstamms regte sich Grünes: ein verschwommener Vorhang hing, wie die hellen Lärchenzweige selber, ins Wasser. Das Ganze ähnelte einer Tarnung.

Maria kroch ans andere Ende des Kahns, so nahe an den Tarnvorhang, daß sie ihn heben konnte. Dort drunten, in einem Dock zwischen Netz und Baumstamm, lagen Dutzende von Kanus vor Anker. Es waren Kanus allerfeinster Güte: jene nämlich, mit denen die Eskimos – in die wasserdichte Oberhaut eingeknöpft – im Wasser Kobolz schießen, ohne unterzugehen. Der einzige Unterschied bestand darin, daß diese Lilliputaner-Boote, etwa acht Zoll lang, also eine Handspanne, zu beiden Seiten klappbare Ausleger hatten. Maria betrachtete sie von nahem. Sie waren der Bequemlichkeit halber beim Anlegen zurückgeklappt, und sie holte das nächstliegende aus dem Wasser, spielte damit herum und entdeckte, daß die Ausleger in einem Schlitz lagerten. Diese Ausleger nun konnten, indem man sie nach vorn und unten bewegte, im Heck wie die Schwingen einer Möwe angelegt werden; wenn man sie nach hinten und oben pullte, wurden sie außenbords in Position gebracht, ähnlich den Beinen eines Wasserläufers. Sie wußte es zwar jetzt noch nicht, doch diese Schiffchen wurden zum Fischfang auf dem See benutzt; und wenn man die Ausleger in Stellung brachte, konnte man Fische bis zu einem Pfund oder mehr fangen, ohne zu kentern.

Sie legte das Kanu wieder an seinen Ankerplatz und ließ das Netz sachte sinken.

Sollt' mich nicht wundern, dachte sie, wenn's so was auf der ganzen Insel gäb'. Was ist denn mit den Schafen und den Kühen? Klar: Die Leutchen verteidigen sich, indem sie sich verstecken. Das Dornendickicht soll streunende Menschen abhalten. Ich möchte wetten, das Golf-Grün war voller Kühe, eh ich kam – deshalb war's so kurzgeschoren –, und während ich mich durchs Brombeergestrüpp schlug, wurde alles weggetrieben. Und weiter: was hat's dann mit der viereckigen Tür in der untersten Stufe auf sich, mit diesem Einlaß, zu dem ein Pfad führt? Würd' mich gar nicht wundern, wenn sie das Vieh da reingetrieben hätten. Vielleicht ist die Stufe ausgehöhlt und dient als Kuhstall. Ja, und ich könnt' mir denken, daß sie die Wiege in ihrer Eile zurückgelassen haben, und da ist die Mutter natürlich rausgekommen, um sie zu

verteidigen. Wenn man die nicht zurückgelassen hätte, hätt' ich von all dem überhaupt nichts bemerkt.
Sie müssen doch Posten haben, dachte Maria weiter. Wenn ich irgend was auf der Insel verstecken wollte, würde ich Wachposten aufstellen. Und wenn ich dann sähe, daß ich aus dem Kahn steige, könnt' ich mir Bescheid geben, daß ich im Anmarsch wär' – da hätte ich noch reichlich Zeit. Ich mache jede Wette, daß sie schon angefangen haben, alles zu verstecken, als sie mich ins Bootshaus gehen sahen.
Der beste Platz für einen Posten, dachte sie und schaute zum Kuppeldach empor, wäre da oben drauf.
Und oben drauf war etwas. Sehr klein, nicht leicht zu entdecken, vielleicht platt auf dem Bauch liegend –: etwas befand sich da, kaum größer als eine Eichel. Das mochte der Kopf des Ausgucks sein.
Maria winkte fröhlich hinauf, denn plötzlich sah sie ihre Zukunft deutlich vor sich liegen. Auf einmal war sie wieder glücklich und paddelte los, um den Professor zum zweiten Mal an diesem Tag zu konsultieren, ehe Miss Browns Kopfschmerzen besser wurden.
Er war dabei, einige Bemerkungen von Solinus zu übersetzen, und als er sie sah, hob er nur fragend die Augenbrauen, so:
?
Sie nickte.
»Gut.«
»Ich bin wegen der Sprache gekommen.«
Er wies auf den Tisch.
Darauf lag, beim Titelblatt aufgeschlagen, in braunes Kalbsleder gebunden, ein wunderschöner Oktav-Band, datiert 1735. Hier war zu lesen:

EINE ALLGEMEYNE BESCHREYBUNG
DES KAYSERREICHES LILLIPUT
von seiner ersten Errichtung
hin durch eine lange Reihe von Printzen
mit

BESONDERER ERWAEHNUNG
ihrer Kriege und Politick, Gesetze,
Wissenschaft & Religion
ihrer Pflantzen und Thiere
ihrer eigenthuemlichen Sitten u. Gebraeuche
sowie andterer hoechst sonderparer und nuetzlicher
Dinge
welchem ist hinzugefueget
EIN KURTZES VOCABULAR
iherer Sprache, zusammen mit seynen
Entsprechungen
Von Lemuel Gulliver, eynstens
Wundartzt, und dann eyn
Captain verschiedener
Schiffe.

»Eine Rarität«, sagte der Professor bescheiden. »Ja, ich glaube nicht, daß es noch andere Exemplare davon gibt. Du kannst sie in den ›Reisen‹ erwähnt finden.«
Sie sah sich das Wörterverzeichnis an:

QUINBA, s., f., ein Weibliches (Frau).
QUINBUS; s., m., ein Maennliches (Mann).
RANFU-LO, s., m., kein sing., die Breeches.
RELDRESAN, s., n., ein Sekretaer ...

»Ist nicht ganz einfach, eine Sprache aus dem Wörterbuch zu lernen.«
»Was andres haben wir nicht. Am Schluß sind ein paar Redewendungen.«
So setzte sie sich denn neben ihn, und während er etwas von Solinus murmelte, murmelte sie ›die korrekten Formen der Anrede‹. Sie war erstaunt, daß die Redewendungen nicht die sonst üblichen waren, wie: ›Haben Sie (ein wenig) Käse?‹ – ›Ist meine Tante in dem Laden des Friseurs?‹ – ›Bitte geb meinen Federhalter dem

Händler von Gemüsen‹ – und so weiter; nein, sie bezogen sich auf derlei Dinge, wie: ›Bestellen Sie mir gütigst eine Platte Kaffee‹ – ›Ärgerlichst! Ich habe gebrochen das Scharnier meiner Schnupf-Tabak-Dose‹ – ›Kommt, Ihr Herren, seid Ihr für eine Quadrille?‹ – und: ›Madame, die Stühle sind wartend.‹

VI

Miss Browns Kopfschmerzen hatten noch üblere Nachwirkungen als sonst. Sie stellte Maria giftige Fragen nach der Algebra, nahm die Kochfrau ins Kreuzverhör und ließ sogar (auf Verdacht) dem Professor eine pointiert formulierte Mitteilung zukommen, des Inhalts, daß sie ihn ersuche, sich nicht in die Erziehung ihres *Little Chargé* einzumischen. Bloß, weil Maria glücklich ausgesehen hatte, war die Gouvernante zu der Überzeugung gekommen, daß sie etwas verbrochen haben müsse. Diese Befürchtung teilte sie auch dem Vikar mit, der ihr attestierte, ihre Einstellung sei wahrhaftig christlich; doch zum Glück entdeckten sie nichts, was eine Bestrafung hätte rechtfertigen können.

Den Rest der Woche gab's nur Lehrbücher und Kopfnüsse – die Miss Brown mit einem geschwinden Schlag ihres Lineals verabreichte, das so flink vorschnellte wie die Zunge einer Kröte beim Fliegenfang. Etliche neue Quälereien wurden eingeführt. Eine bestand darin, daß Maria sich jeden Nachmittag zwei Stunden lang hinlegen mußte – ihrer Gesundheit zuliebe; dabei waren die Jalousien halb geschlossen, und zu lesen gab's auch nichts. Dies hieß ›der Ruhe pflegen‹. Eine andere Schikane sah so aus: wenn Miss Brown das Gras für feucht befand, was sie immer tat, dann mußte Maria ungeheure Fußballstiefel tragen, die der Vikar bei einem Ausverkauf ergattert hatte. Sie waren ihr viel zu groß, sie kam sich lächerlich darin vor, und sonntags mußte sie damit zur Kirche gehen; da hätte sie sich am liebsten in ein Mauseloch verkrochen. Miss Brown wußte, daß Kinder konservativ sind, was die Kleidung angeht, und sich nichts Schlimmeres vorstellen können, als hinterwäldlerisch zu wirken; und weil sie Marias Scheu und Schüchternheit kannte, hatte sie diese teuflische Tortur ersonnen. Wenn sie in diesen Monstrositäten einherschlurfte, dachten alle, sie wäre zu arm, um sich richtiges Schuhwerk leisten zu können; und das wußte Miss Brown genau.

Zum Tee gab's keine Erdbeeren mehr.

Trotz allem aber fühlte Maria sich keineswegs mies. Sie führte jetzt ihr eigenes Geheimleben und dachte über ihre Pläne zur Eroberung von Lilliput nach; nachts blieb sie stundenlang wach und las unter der Bettdecke beim Licht der elektrischen Taschenlampe der Köchin. Der Herr Professor hatte ihr liebenswürdigerweise eine Erstausgabe von ›Gullivers Reisen‹ geliehen, dazu auch das Buch mit den Redewendungen, und so erlernte sie nun die Sprache. Sie wirkte zufrieden und wie entrückt, und das machte ihre Gouvernante halb wahnsinnig. Am Montag gab's eine Szene; es ging um ›Undankbarkeit‹, und Miss Brown stellte kategorisch fest: ein undankbares Kind zu haben sei schlimmer als eine Schlange am Busen zu nähren; und dies rief wieder einen Kopfschmerz-Anfall hervor – früher als erwartet.

Maria lief am nächsten Morgen zum See. Unterwegs machte sie beim Herrn Professor halt, um einige Kleinigkeiten abzuholen, die er durch eine geheime Vermittlung mit der Kochfrau besorgt hatte.

Der Weg durchs Dornengestrüpp war verbaut, doch sie schlug sich wieder hindurch und stand dann mit klopfendem Herzen unter dem Kuppeldach.

»Glonog«, sagte sie und blickte verstohlen auf ihren Zettel, obwohl sie den Satz am Abend zuvor auswendig gelernt hatte, »lumos Kelmin pesso mes?«

Das sagte sie dreimal – laut, aber unsicher – und hoffte, daß die Konstruktion so richtig sei. (Heißen sollte es: Bitte, wollt ihr mit mir einen Frieden schwören?)

Fast im gleichen Augenblick wurde ein kleiner Mann aus einer der Säulen-Türen geschoben. Er war schäbig gekleidet und sah aufgeregt und entschlossen aus, so, als sei ihm klar, daß er für sein Vaterland sterben müsse.

»Glonog«, rief das Männchen mit hoher, heller Stimme – wie man eben schreit, wenn man jemanden begrüßt, der drei- oder viermal größer ist als das eigene Haus, »advuntos!«

Hastig holte sie das Wörterbuch des Professors hervor und sah schon unter ›glonog‹ nach, als ihr bewußt wurde, daß sie's ja eben selbst gesagt hatte. Immer mit der Ruhe, dachte sie: gar so schlimm kann's ja nicht sein, wenn er mit ›bitte‹ beginnt. Also schlug sie ›advuntos‹ nach und fand es auch gleich: ›ADVUNTINTIMMY, V. I., intrans., weggehen, rausgehen, abhauen‹.

»Du häßlicher Wicht, du«, rief sie. »Wieso soll ich abhaun, wo's doch meine eigne Insel ist?«

Das kleine Männchen wurde zwar blaß, verkündete jedoch lautstark und verständlich: »Es ist un-sere Insel, meine Dame, Eur-Ehren, gnä-Fräulein, schon seit fast an die dreißig hundert Monden.«

»Interessiert mich nicht, seit wann's eure Insel ist. Gebaut hat sie ein Vorfahr von mir, der Erste Herzog. Das hat in einem von den Büchern in der Bibliothek gestanden, eh die Bücher verkauft worden sind.«

»Sieh mal an«, sagte der kleine Mann und zeigte für den Bruchteil einer Sekunde Interesse; er war in mittleren Jahren und setzte Fett an; wäre er besser gekleidet gewesen, hätte man ihn für einen Rechtsanwalt oder Abgeordneten halten können. »Unsere Gelehrten befassen sich schon seit lang-em mit der Frage, die Herkunft einer solcher-artigen erstaunlichen Kon-struk-ti-on zu bestimmen.«

»Ihr drückt euch vorzüglich aus. Und Englisch könnt Ihr auch?«

»Ist un-se-re Zweitsprache geblieben, meine Dame – seit's Exil unter Captain John Biddel.«

»Dann muß mich das kleine Frauchen doch verstanden haben ...«

Bei diesem Stande des Gesprächs wurden sie von einem Bengel unterbrochen, der etwa drei Zoll groß war und von der Säule vorgeschubbst wurde, um dem Sprecher geschwind eine Nachricht zu überbringen. Es gab ein kurzes Geflüster, dann machte das Knäblein kehrt und ging würdevollen Schritts von dannen – aber nur ein Stück, denn dann kriegte er's mit der Angst und raste den Rest zurück. »Kurz-um, meine Dame«, sagte der Wortführer – offensichtlich hatte man ihn instruiert, sich mit Riesen in kein Geplausche einzulassen –, »ich bin von meinen

Landsleuten beauftragt, Euer Entgegenkommen zu erbitten, dies arme Terri-to-ri-um fürderhin nicht mehr betreten zu wollen.«

»So so«, sagte Maria. »Verstehe. Hab bitte keine Angst, wenn ich mich jetzt bewege. Ich setz' mich nämlich hin.« Behutsam ließ sie sich auf der untersten Stufe nieder und stützte ihren Ellbogen auf die oberste, wodurch ihr Kopf ganz in die Nähe des seinen kam, was ihn der Mühe enthob, brüllen zu müssen. Der Bote wich zurück.

»Tja«, sagte sie, »über diese Angelegenheit habe ich mit meinem Professor gesprochen. Ihr Leutchen versteckt euch auf der Insel – warum? Offenbar doch wohl deshalb, weil ihr Angst habt, von Menschen eingefangen zu werden; und der Herr Professor meint, ihn tät's nicht wundern. Er sagt, ihr wärt nur durch Geheimhaltung geschützt, denn ihr könntet uns nie und nimmer entwischen, wenn das Geheimnis rauskäm'. Aber es *ist* rausgekommen. Was hat's da für einen Sinn, mich fortzujagen, wo ich's schon weiß? Mein Herr Professor sagt, der Zufall hätt' euch in meine Hände gegeben, und es wär' zwecklos, die Stalltür abzusperren, wenn der Gaul schon ausgerissen ist. Er sagt, ihr könntet jetzt gradsogut mit mir Freundschaft schließen, damit ich keinem was verrate. Ja, er sagt, das wär' eure einzige Hoffnung.«

»Meine Dame ...«

»Ehrlich«, sagte Maria, »ich würd's keinem verraten. Ich würd's nicht mal der Frau Köchin erzählen.«

»Der Zufall, werte Dame ...«

»Hör zu. Geh bitte los und erklär denen da in der Säule, was er gesagt hat. Sag ihnen, daß ich das Geheimnis mit meinem Leben schützen werde, ob deine Freunde nun nett zu mir sind oder nicht. Der Professor sagt, ich dürft' nicht mit Aufdeckung drohen. Er sagt, das Geheimnis müßt' auf jeden Fall gewahrt bleiben, und jeder anständige Mensch müßt' alles andere euch allein überlassen.«

»Der Herr Professor, Madame ...«

»Euer kleines Frauchen weiß Bescheid. Ich wette, der ist kein Wort

entgangen. Also: geh jetzt und beredet's, bitte, und der Professor sagt, ich soll höflich rumwandeln, während ihr's besprecht.«
Der Bote blickte drein, als wolle er alles Mögliche durcheinander sagen, aber er nahm sich zusammen, dachte ein bißchen konfus nach, erinnerte sich der ›Kon-struk-tion‹, die er gern mit ihr diskutiert hätte, machte den Mund auf, machte ihn wieder zu, blickte zur Säulentür, verbeugte sich und zog sich zurück. An der Tür drehte er sich um, machte den Mund wieder auf, machte ihn wieder zu und verschwand.
Maria umschritt das Grün; sie hielt aufmerksam Ausschau, konnte jedoch nichts entdecken. Allerdings bemerkte sie vier etwa daumengroße Steinwälle, durch die die Wiese in Weideflächen fürs Vieh unterteilt wurde. Bei ihrem ersten Besuch hatte sie die für Drainageröhren gehalten. Sie sahen aus, als wären sie aus Schuttbröckchen vom Tempelinneren errichtet, und das war, wie sie allmählich vermutete, wahrscheinlich hohl. Ameisen, das wußte sie, fraßen in tropischen Gegenden manchmal die Möbel von innen auf – oder vielleicht waren's Termiten –, und es sah ganz so aus, als hätte das kleine Völkchen hier dasselbe getan. Jedenfalls standen nirgendwo Häuser oder andere Gebäude, die sie hätten verraten können.
Als sie vom Grün genug hatte, setzte sie sich auf die Stufen, für fast eine halbe Stunde, doch nichts deutete darauf hin, daß die Konferenz im Kuppelbau zu Ende gekommen sei. Also promenierte sie zum zweitenmal ums Grün, besuchte das getarnte Dock für die Kanus und warf einen Blick aufs Gestrüpp. Da war wenig zu entdecken. Es hatte indes den Anschein, als wären im tiefsten Teil des Dickichts (wir würden es im Wald als Unterholz bezeichnen) kleine Pfade, die in verschiedenen Richtungen zum Fluß führten; aber die wären allenfalls einem Kaninchen aufgefallen. Etwas aber fand sie doch: und das war ein Würger, auf einem der oberen Zweige in einer Schlinge aus Roßhaar gefangen. Er war tot. Maria blieb ungerührt, da sie bezüglich der Aufspießgewohnheiten dieser Vögel keine Illusionen hegte, und sie konstatierte, daß ihn offenbar jemand für den Mittagstisch gefangen hatte.

Nach diesen Exkursionen setzte sie sich wieder auf die Stufen, nochmal eine halbe Stunde, und wünschte sehnlichst, die Parlamentsdebatte möge allmählich zu einem Ergebnis führen.
Als die Sitzung endlich beendet war, kam der Abgesandte von vorhin allein wieder heraus; er blickte befriedigt drein und wichtig und war ein bißchen außer Puste. Er verbeugte sich höflich, wischte sich mit einem winzigen Taschentüchlein die Stirn und verkündete, die Eingabe des Herrn Professors sei angenommen! – Wenn sie freundlicherweise hier sitzenbleiben wolle, in sicherer Entfernung von den Kuhställen, dann sei das Völkchen bereit, sich ihr zu zeigen.
Sie saß da, wie gewünscht, hielt vor Aufregung den Atem an; und der Bote stellte sich neben sie, als sei sie seine höchst persönliche Entdeckung. Nun begaben sich allerlei wundersame Dinge.
Zuerst wurde das Tor in der untersten Stufe geöffnet, und heraus kamen die Kühe, jede von einem Hütejungen am Strick geführt, damit sie nicht durchgingen, wenn sie Maria sahen. Es war schwarz-buntes Fleckvieh, dem friesischen ähnlich, und sonderbarerweise zeigten die Tierchen keinerlei Furcht. Wahrscheinlich war sie zu groß, um zur Kenntnis genommen zu werden. Sie hielten sie wohl für einen Baum, und dabei ließen sie's bewenden. Die Schafe kamen als nächstes, alle machten mö-mö-ö-ö-ö, und die Lämmchen blökten und hüpften. Wenn die Lämmer tranken, wedelten ihre Schwänze wie winzige Propeller: das konnte man deutlich sehen. Die Kühe und Rinder waren ungefähr vier Zoll groß, also etwa fingerlang, die Schafe knapp die Hälfte. Etliche Hütehunde (wie aus der Arche Noah) rannten um die Schafe rum, kläfften kieksend und genossen die Veranstaltung allem Augenschein nach ganz ungemein.
Als das Viehzeug ums Grün herumgeführt und in die Sicherheit der Treppenstufe zurückgetrieben worden war, kam aus demselben Eingang eine Prozession von Fischern. Die marschierten im Kreis, warfen verstohlene Blicke auf die Riesin, trugen Paddel für die Kanus, Harpunen wie jene, mit der sie attackiert worden war,

kleine Fischerhaken und Angeln mit Roßhaarleinen. Sie hatten hüfthohe Wasserstiefel aus gegerbtem Mauseleder an.
Während die Fischer ihre Parade abhielten, war unbemerkt die Bevölkerung der Insel aus den Türen in den fünf Säulen herausgekommen. Sie drehte sich um, als der letzte Fischer verschwunden war – und da standen sie zu Hunderten auf der obersten Tempelstufe. (Später kriegte sie raus, daß es über fünfhundert waren.) Diese Zahl lag höher, als man vom Grün her hätte annehmen können, aber sie lebten auch vom Fischfang und von der Jagd und benutzten nächtens geheime Weidegründe auf dem Festland, wie wir noch hören werden. Als sie sich umdrehte, sagte das ganze Völkchen mit *einer* Stimme: Oooooooooo – h!«
Sie waren in Lumpen.
Na ja, es waren nicht direkt Lumpen, als sie näher hinschaute, aber doch Arbeitsklamotten, die teils aus Schafswolle gestrickt waren und teils aus Maulwurfsfellen oder Mäusehäuten bestanden. Ein paar Frauen hatten sich Umhänge aus feinflaumigen Vogelfedern gefertigt.
Alle standen da und starrten sie mit offenen Mündern an, und die Mütter hielten ihre Kinder fest an der Hand, und die Männer standen mehr vorne – für alle Fälle.
Keiner wußte weiter.
Schließlich fielen ihr die Instruktionen ein. Sie verkündete, daß sie jetzt aufstehen werde – sie brauchten also keine Angst zu haben. Als sie dann aufstand, gab's wieder ein »Oooooo-h«. Sie sagte, sie sollten bleiben, wo sie waren: sie käme sofort wieder. Geschwind lief sie zum Kahn und holte das mitgebrachte Paket. Als sie zurück war, wies sie das versammelte Völkchen an, in der Mitte Platz zu machen – ein paar Säuglinge begannen zu plärren –, und legte das Mitbringsel auf den Boden.
Um die Leutchen nicht unnötig zu irritieren, machte sie nur fix den Bindfaden los und trat dann rücksichtsvoll zurück – wobei sie achtgab, keinen zu zertreten. Sie sagte: »Nun seht mal nach.«
Der Advokat (oder was immer er darstellen mochte) war *cool*: er überwand sogleich alle Ängste und beorderte einige Fischer her-

bei, die seinen Anweisungen gemäß das braune Packpapier entfernten. Maria konstatierte anerkennend, daß sie das Papier nicht einfach abrissen, sondern es bewundernd und behutsam behandelten. Ja, ein Stückchen Karton, das etwa einen halben Acker Land bedeckte, schien ihnen brauchbares Baumaterial zu bedeuten. Als die Umhüllung beseitigt war, schob sich das Völkchen langsam näher, zwischen Neugier und natürlicher Zurückhaltung schwankend, und der Anwalt (in Wirklichkeit war's der Schulmeister) sah sie an, um in Erfahrung zu bringen, was denn nun kommen solle. Sie wies ihn mit einer Handbewegung an, die Geschenke auszubreiten.

Die seidenen Taschentüchelchen brachen den Bann. Als die Frauen sie sahen, waren sie flink mit ihren Fingern zur Stelle und bewunderten die leuchtenden lustigen Farben. Die Tücher – sechs Stück zu je *threepenny* von Woolworth – waren aus Kunstseide, durchsichtig dünn, für Damen, drollig bedruckt.

Sie zerrten sie nicht umeinander, nein: sie breiteten sie geradezu ehrfurchtsvoll auf der Treppenstufe aus. Etwas solcherart Kostbares hatten sie nicht mehr zu Gesicht bekommen, seit ihre Ahnen aus dem mächtigen Lande Lilliput entführt worden waren – zweihundert Jahre zuvor. Dann kam das Päckchen mit Nadeln. Die Männer befingerten diese Waffen, wogen ihr Gewicht und ihren Schwerpunkt, wiegten die Köpfe und kommentierten alles kennerisch.

Eine Partie Nägel, ein paar Pfennige wert, wurde von einigen Leutchen zur Seite gezerrt; es waren wohl Schmiede, denn sie behämmerten jeden einzelnen dieser Eisenbarren, wuchteten die Nägel hoch, ließen sie mit einem klitzekleinen Klimpern fallen und begutachteten gedankenvoll ihre Güte.

Ein Päckchen Rasierklingen – jene mit nur einer Schneide, mit denen man sich nicht in den Finger schnibbelt, wenn man einen Bleistift anspitzen will – erwies sich als schier unlösbares Entwicklungsproblem. Als sie aber ausgepackt und von ihrem fettigen Papier befreit waren, erhob sich allseits anerkennender Beifall der Bewunderung. Denn während dieser zweihundert (oder mehr)

Jahre hatte es bei diesem Völkchen keinerlei Metall gegeben, abgesehen von den rostigen Stiften in den Latten und Leisten des Kuppelbaus – sonst nichts, allenfalls die sechs Hirschfänger (oder Entermesser), die aber jetzt als Harpunen dienten.

Den unstrittigen Glanz- und Höhepunkt indessen bildete der Inhalt einer Papiertüte. Maria öffnete sie selber – die Leutchen blieben erwartungsvoll beiseite – und sortierte die Sachen säuberlich. Es waren preiswerte Creme-Schokolade-Stückchen.

Über diese Dinge war sie sich mit dem Professor regelrecht in die Wolle geraten. Dieser nämlich hatte mit der Dickköpfigkeit der Riesen darauf beharrt, für kleine Leute Kleinigkeiten zu kaufen: also altmodisches Granulat zum Garnieren von Torten und Kuchen, solch buntes Streuselzeugs: winzige Zuckerkügelchen, rosa und weiß und blau. Maria aber hatte auf herkömmlichen normalgroßen Schokoladenstücken bestanden. – Was wäre *Dir* denn lieber gewesen: Ping-Pong-Bällchen aus steinhartem Zuckerguß, oder fußballgroße Kugeln aus Creme-Schokolade? Für die Leutchen aus Lilliput gab's da gar keine Frage. Im Handumdrehen war die Hälfte der Schokolade mit Hilfe einer der Rasierklingen in Scheibchen geschnitten und geschnitzelt, und jedermann mampfte kopfnickend, lächelte seinem Nachbarn zu, betatschte sich den Bauch und nahm noch einen Happen.

Es war ein Sieg auf der ganzen Linie.

Plötzlich aber gab's einen Augenblick der Bestürzung. Alle Esser hörten auf, ihre Schnitzchen zu essen; alle Frauen ließen Tränchen auf ihre Taschentüchlein tropfen; alle rotteten sich in einer Ecke des Pflasters zusammen und fingen an, auf den Schulmeister einzureden. Maria betrachtete es besorgt.

Gleich darauf kam der Schulmeister zurück.

»Das Volk, meine Dame«, sagte er verlegen, »hat beschlossen und entschieden, daß Trans-ak-ti-o-nen solchen Ausmaßes unter den zivilisierten Na-ti-o-nen im Wege des Barverkehrs ausgeführt und geregelt werden sollten. Vierhundert Sprugs, meine Dame, Eur-Ehren, gnä-Fräulein, das ist der ganze Schatz, den wir aus unserm unglücklichen Lande retten konnten, und diese Münzen haben wir seither als Sou-ve-nir-s von unsrer einstigen Größe in Ehren ge-hal-ten ...«

Maria war über die Sprugs im Bilde. Sie hatte wie wild in den ›Reisen‹ gelesen, nachdem sie das Völkchen entdeckt hatte, und wußte, daß dies die Goldmünzen von Alt-Lilliput waren – das Stück so groß wie eine Ziermünze oder ein Konfetti-Plättchen.

»Au-wei, du meine Güte«, sagte sie. »Aber das hier ist ein Ge*schenk*! Dafür braucht doch keiner zu bezahlen. Ich hab' mein Sparschwein geplündert, und der Herr Professor hat alles eingekauft, und wenn Miss Brown dahinterkommt, geht's mir an den Kragen. Wir haben das alles freiwillig für euch besorgt – *with our love* und von Herzen gern.«

»Ein Geschenk, meine Dame«, sagte das Schulmeisterlein mit unerwartetem Pathos und vergoß ein Tränchen, wie ein winziges Tautröpfchen in einem Spinnennetz, in seinen rechten Ärmel, »eine Gabe von solch großmütiger Gewal-tig-keit, Madame«, er vertröpfelte noch drei, »ist nach all diesen Monden, ist, meine Dame, Eur-Ehren, gnä-Fräulein, Mademoiselle, ist ...«

Und das arme Kerlchen zerfloß völlig. Es waren halt zuviele Schocks an einem Tag gewesen.

Maria machte mitfühlend kehrt und ließ ihnen Zeit zur Erholung.

VII

Miss Browns Kopfschmerzen dauerten manchmal drei Tage: einen Tag zum Kriegen, einen zum Behandeln und einen zum Erholen von der Behandlung. Infolgedessen war unsere Heldin in der Lage, der Insel einen dritten Besuch abzustatten.
Diesmal kam alles ganz anders.
Kaum hatte sie an der Lärche festgemacht und gemerkt, daß man ihren Weg mit Dornengeranke versperrt hatte, als die Zweige sich aus eigenem Antrieb zu heben begannen. Der Durchgang mußte natürlich vor anderen Menschen verbarrikadiert werden, wenn sie weg war, aber das Völkchen hatte eine Anzahl Schnüre und Taue aus Pferdeschwanz-Haaren an den Ranken befestigt, und an denen zogen nun etliche auserwählte Pioniere mit aller Kraft. Alsbald war der Weg frei.
Sie verbeugte sich vor dem tatkräftigen Techniker-Trupp und ging in Richtung Tempel. Als sie das Grün erreichte, blieb sie wie angewurzelt stehn.
Das Völkchen hatte sich an drei Seiten des Pflasters versammelt, still und stumm. Zwischen den Säulen flatterten an ausgespannten Roßhaarseilen bunte Wimpel, rot und grün und gelb. In der Mitte hing die Unionsflagge, die sie als Staatsflagge Englands erkannte, obwohl die roten Diagonalstreifen fehlten. (Der eigentliche *Union Jack* kam erst lange nach Hogarths Zeiten auf, was Maria allerdings nicht wußte.) Unter der altertümlichen Fahne hatte eine Kapelle Aufstellung genommen. Es war ein sonderbarer Spielmannszug – achtzehntes Jahrhundert – mit Flöten, Fideln und Trommeln. Als man sie sah, wedelte der fette Kapellmeister aufgeregt mit den Armen, und die Leutchen legten los. Sie spielten ›*The British Grenadiers!*‹
Sie stand stocksteif da, während das ganze Stück zweimal gespielt wurde: die winzigen Roßhaar-Bögen strichen über die Mausedärme; die Rohrflöten, echt Binse, tremolierten unter Elfenbeinfingern; und das Gedröhn der Eicheltrommeln donnerte über

den Platz. Als der letzte Ton verklungen war, machte Maria einen Hofknicks: das war ihr in Erinnerung an die von ihr gefangene Lilliputanerin eingefallen, und sie knickste so gut sie konnte. Dabei bewahrte sie Würde, und weil dies ihr allererster Hofknicks war, vollführte sie ein wahres Wunderwerk.

Als sie den Kopf hob, bot sich ihr ein verblüffendes Bild. Auch all die kleinen Frauchen hatten einen Knicks gemacht und verharrten unterwürfig! All die kleinen Männlein hatten ihren linken Fuß vorgestellt und den rechten abgewinkelt, ihr derart huldigend – oder, wie man's in alten Tagen hieß: sie ›beugten das Knie‹.

Dann, als alle sich mit allgemeinem Rascheln wieder aufgerichtet hatten, beschrieb der Kapellmeister mit seinem Taktstock etliche komplizierte Parabeln, die Trommler malträtierten ohrenbetäubend ihre Instrumente, und der ganze Spielmannszug setzte sich zum Klang von ›*A Right Little, Tigth Little Island*‹ in Marsch. (Exil-Lilliputs Insel-Hymne.) Dabei enthüllten sie die im Hintergrund aufgebaute Riesen-Überraschung.

Das war: ein angezapftes Weinfaß, ungefähr so groß wie ein Humpen; ein ganzer Ochs, am Spieß gebraten oder nach Freibeuterart gegrillt und auf drei frischen Lorbeerblättern ausgelegt; sechs Laibe Gras-Samen-Brot, jedes so groß wie eine Walnuß; und ein Würfel ihrer Schokolade, den sie aufgespart hatten, obwohl sie diesen seltenen Leckerbissen liebendgern selber gegessen hätten.

Man hatte sie zum Festschmaus geladen.

Sie war derart verzaubert, daß sie nichts zu sagen wußte. Also machte sie wieder einen Knicks, diesmal kleiner, erstieg die Stufen in hoheitsvoller Haltung und kniete zu ihrem Festmahl nieder.

Der Wein war aus Holunderbeeren, besser als der des Professors; an dem Ochsen war fast so viel Fleisch wie an einem Rebhuhn; die Brote waren frischgebacken und schmeckten köstlich. Während sie aß, stand das Völkchen in angespanntem Schweigen um sie herum und ließ sich nichts entgehen, erinnerte sich indes, nicht

Ooooo zu sagen und keine persönlichen Bemerkungen über die Größe der Zähne usw. zu machen.
Kaum war sie fertig und fragte sich, ob sie ein kurzes Nach-Tisch-Gebet sprechen oder einfach aufstehen solle, da bedeutete ihr das Schulmeisterlein, das darüber gewacht hatte, daß niemand sich danebenbenahm, auf den Knien zu bleiben. Eine Gruppe von Frauen mühte sich, durch die Menge nach vorn zu gelangen; sie schleppten ein schweres Bündel, das ungefähr die Ausmaße eines Schiffssegels hatte. (Und es war in der Tat ein Schiffs-Segel, wie wir sehen werden.) Maria blieb, wo sie war, und das Gebündelte wurde vor ihren Knien niedergelegt. Ein Dutzend williger Hände faltete es auseinander.
Es war ein Taschentuch!
Das Völkchen war bestrebt gewesen, etwas Derbes für sie zu finden, so, wie der Professor bestrebt gewesen war, etwas Kleines für sie zu finden – daher war dies kein gewöhnliches Taschentuch aus Leinen. Nein, es hatte mehr die Struktur eines Seihtuchs. Das Bezaubernde aber war, daß man eine Dankadresse am Rand herum eingearbeitet hatte, in Kreuzstich, wie ein Sticktuch, mit der feinsten grünen und gelben Wolle. Die Widmung lautete:

eine unterthaenige GABE fuer unsern
FRAU-BERG + Von den BUERGRN und der
GEMEINDE LILLIPUT IM EXIL +
mit dem Wunsch fuer weitere GESUNDHEIT
und WOHL-ERGEHEN +
GOD save The KING +

An dieser kunstvollen Arbeit mußten sie die ganze Nacht genadelt und gewerkelt haben.
Maria stellte fest, daß des Schulmeisters Rührung sie angesteckt hatte. Sie sagte: »Nein, was für ein hübsches Taschentuch! Soll ich mir die Nase damit putzen?« Und ohne weitere Umstände – aus Angst, sie könnten etwas von einer Träne bemerken – steckte sie ihre Nase mitten hinein und schneuzte sich.

Es war ein voller Erfolg. Alle klatschten anerkennend in die Händchen – noch nie hatten sie einen solchen Schneuzer gehört –, und ein kleiner Bengel, der in Geheul ausbrach, bezog sofort Hiebe.
»Der letzte Wid-mungs-satz«, erklärte der Schulmeister, »liegt seit den Tagen von Kapitän John Biddel in unsern Ar-chi-ven. Er hat unsre Vorfahren gelehrt, es auszusprechen, meine Dame, um Ihre Landsleute zu unterhalten, und dieser besondere Um-stand entfachte in uns die Hoffnung, daß es sich als ak-zep-ta-bel erweisen möge.«
»Wie gütig von euch«, sagte Maria und wischte sich die Augen, »wie gütig, etwas auszusuchen, was für mich akzeptabel ist. – Und natürlich«, fügte sie hinzu, sich nochmals schneuzend, »wird auch der König entzückt sein.«
Als diese rührende Szene zu Ende war, erklärte der Schulmeister, man habe ihn dazu bestimmt, ihr als Cicerone zu dienen. Er sei beurlaubt, um ihr alles zu zeigen, was sie zu sehen wünsche, und ihr alles zu erklären, was sie erklärt haben möchte, und er hoffe inständig, daß die simple Lilliputanische Ökonomie, wie unvollkommen sie auch sei, bei ihr auf Interesse stoßen möge. Maria entgegnete, sie werde sich ehrlich und aufrichtig bemühen, ihr Vertrauen und ihre Achtung zu erringen – du liebe Güte, dachte sie, nun red' ich auch schon so geschwollen –, und sie wiederholte vor der Menge, daß sie ihr Geheimnis bewahren werde. Sie blickten wohlgemut und gleichzeitig skeptisch drein, als sie dies aus ihrem Munde hörten; sie kannten Maria noch nicht gut genug, um sicher zu sein, daß sie zu ihrem Worte stand. Immerhin waren sie bereit, ihr Glauben zu schenken. Um die Wahrheit zu sagen: was sie am meisten beeindruckt hatte, war ihr Hofknicks gewesen. Mochten sie auch noch so klein sein – sie wurden gern respektvoll behandelt, sogar von einem ›Berg‹, und die Höflichkeit ihres neuen Riesen hatte einen vorzüglichen Eindruck hinterlassen.
Als erstes zeigte man ihr den Staats-Schatz.
Der bestand aus wenigen und unerheblichen Gegenständen, und die wurden im höchsten Raum unter der Kuppel aufbewahrt. (Marias einziges Bedauern, was die Wunder der Insel betraf, war die

Tatsache, daß sie kein einziges Mal die Räumlichkeiten zu Gesicht bekam, in denen das Völkchen eigentlich wohnte. Sie hatten keine eigene Stadt gebaut, aus Angst, entdeckt zu werden, und waren gezwungen, unter beengten Bedingungen in der Kuppel – quasi ›im Untergrund‹ – zu leben. Der Schulmeister erklärte ihr später, sie versäume nichts, wenn sie das Innere nicht sehe, denn, so meinte er, es handle sich um eine Art Mietskaserne, kalt und dunkel und zugig; aber wegen des Sicherheitsrisikos müsse man sich halt damit zufriedengeben. – Die drei Stufen waren ausgehöhlt, so daß sie ein eckiges dreigeschossiges Gebäude darstellten, und in jeder Säule führte eine Treppe nach oben. Jede Treppe hatte 240 Stufen. Innerhalb der eigentlichen Kuppel waren andere Räumlichkeiten, und eine Wendeltreppe mit 80 Stufen führte zu der winzigen Plattform oben auf dem Dach, wo der Ausguck Posten bezog. All diese Räume und Treppen bekamen nur durch kleine Luftlöcher in den Steinfugen Licht, oder durch Ritzen im Verputz der Kuppel, und die Höhlung der gesamten untersten Stufe diente als Kuhstall, Kornspeicher, Vorratslager und Gemeinschaftsküche. Zum Kochen und zum Beheizen der Räume verwendeten sie Holzkohle in kleinen Pfannen, damit kein Rauch sie verriet. Die Holzkohle wurde in Meilern auf dem Festland aus Lorbeerzweigen gewonnen, in einer Gegend, die Maria als ›Urwald‹ kannte. Der einzig vorzeigbare Raum war der allerhöchste, unmittelbar unter dem Wachtposten. Er war rund und diente als Sitzungssaal fürs Parlament oder zum Tanzen, obwohl der Boden einige Unebenheiten aufwies; und ebenhier wurde der Staatsschatz aufbewahrt.) Sechs Träger brachten ihn herunter, Stück für Stück, und stellten ihn vor Maria zur Schau, wie die Assistenten bei einer Auktion. Das Prunkstück war das uralte Porträt des Kaisers von Blefuscu, lebensgroß, wie's in ›Gullivers Reisen‹ beschrieben ist. Weiter gab's eine kleine Truhe mit den zweihundert Gold-Sprugs. Maria hätte gar zu gerne eine solche Münze gehabt, traute sich aber nicht, darum zu bitten – da war sie dann geradezu überwältigt, als sie ihr beim nächsten Besuch von sich aus eine verehrten. Den Schluß des bescheidenen Bestandes bildete eine Kollektion der

Original-Gewänder, wie sie die Gefangenen von Captain John Biddel getragen hatten, als er sie auf einer Tour durch England zur Schau stellte. Sie waren fadenscheinig, nicht aber mottenzerfressen, sowenig Deine Kleider je von Eulen zerfressen würden, und sie bestanden aus ein paar umsäumten Röcken aus blauer Seide, weißen Pantaloons, weißen Stockings, Schnallenschuhen, Dreispitzen und Damenkleidern. Die meisten der von der Kapelle benutzten Musikinstrumente gehörten ebenfalls zum Staatsschatz. Sie waren nach Captain Biddels Anweisungen hergestellt worden, und seine Gefangenen hatte man gezwungen, auf ihnen zu spielen, um die Volksmenge zu unterhalten.

Als diese Museumsstücke vorgeführt worden waren, referierte der Schulmeister über die Geschichte des Völkchens seit den Tagen Gullivers. Die Umstehenden hörten höflich zu, den Bericht ihres Werdegangs genießend, wie oft sie ihn auch schon gehört haben mochten.

»Ein studiertes Mensch von Eurer Ka-pa-zi-tät, gnä-Frau«, sagte der Schulmeister, »und Einer, der jetzund mit den Annalen unserer Rasse vertraut ist – nicht zu reden vom Beherrschen unsrer Muttersprache –, dem wird bewußt sein, daß das Kai-ser-reich von Lilliput vor rund drei-tau-send Mon-den von einem Mann-Berg besucht wurde. Das Ge-scheh-nis fand statt während einer Periode der Feind-se-lig-keit zwischen jenem Kaiserreich und dem benachbarten Lande Blefuscu, aus welchen beiden Na-ti-o-nen unser Volk hier unterschiedlos entsproß. –

Wenig mag dem Mann-Berg bewußt geworden sein, meine Dame, im Ver-lau-fe seiner folgenden Reisen, und bis zum Tag seines Todes, welche Ka-la-mi-tä-ten sein Besuch auf unsre Vorfahren herabbeschworen hat! Denn nicht eher hatte er die Schwester-Insel auf seinem ma-jes-tä-ti-schen Schiff verlassen gehabt, welches, wie Ihr Euch ins Gedächtnis rufen wollet, von ihm in bejammernswerter Kon-di-ti-on zum Glücke entdeckt wurde, kiel-oben treibend, als daß es dem Kaiser von Lilliput gefiel, einen Krieg gegen seinen Cousin von Blefuscu zu de-kla-rie-ren, indem er fälschlicherweise Blefuscu feind-se-li-ges Verhalten vorwarf, in-

dem man dem Mann-Berg erlaubte, aus jenem Lande zu fliehn – ge-gen-sätz-lich zu einer eigens aus Lilliput ausgesandten Botschaft, ihn ab-zu-hal-ten, von welchselbiger Insel besagter Berg ein Un-ter-tan war, ein Nardac und ein entlarvter Verräter. –
Der Feldzug, meine Dame, welcher der Kriegs-er-klärung folgte, wurde durch die Formel vom dicken Ende un-ziem-lich auf die Spitze getrieben – eine Mei-nungs-ver-schie-den-heit, die wir, wie ich füglich sagen darf, durch den Entschluß bereinigt haben, solch Zwistigkeit auf die Ei-des-Kolumbus-Weise zu erledigen – und weil kein Kirchenketzer nur eine Spur nachgeben wollte, wurde der Krieg von grausamen A-tro-zi-tä-ten und Unmenschlichkeiten bestimmt, die bis dato in den Annalen unsres Volkes kein Beispiel haben. –
Kornfelder wurden niedergebrannt, Vieh wurde fortgetrieben oder abgeschlachtet, die Städte wurden mit to-ta-ler Belagerung belegt, was ihre Bewohner zum Hung-er-to-de verurteilte, und die Kaiser beider Reiche starben einer durch des andern Hand in einer ein-zi-gen Schlacht vor den Mauern von Mendendo. Die An-ar-chie, die daraufhin unter den Anführern der rivalisierenden Frak-ti-o-nen herrschte, von denen jede die Weisungsmacht an sich reißen wollte, verminderte die Hoffnungen auf Aussöhnung noch mehr; und auf eine solche, in den Grundfesten erschütterte Zi-vi-li-sa-ti-on, meine Dame, brach dann nach siebenzehn Monden des Raubens und Zerstörens dieser Captain Biddel herein. –
Denn das war die zweite Wirkung des Besuchs von dem Mann-Berg, der, wie sich später herausstellte, Culliver oder Gulliban hieß. Der nämlich, Madame, Eur-Ehren, gnä-Fräulein, hat's nicht für nötig befunden – anders als Eur-Ehren –, unsern Aufenthalt vor der Außenwelt geheimzuhalten. Der hat die In-dis-kre-ti-on begangen, den Seeleuten, welche ihn nach Hause brachten, unsre gesamte Ö-ko-no-mie zu entblößen. Dem Kapitän des Schiffs, besagtem Captain Biddel, hat er ein Pärchen unsres Rindviehs geschenkt; und Letzterer entdeckte den großen Wert des Fells wegen der Feinheit der Wolle und kehrte für eine neue Ladung nach Lilli-

put zurück, das ja nicht schwer zu finden war, wenn man die Breite abfuhr. –

Captain Biddel, meine Dame, war unsern Annalen zufolge ein rechter Seemann seiner Ära und seines Landes, weder besser noch schlechter als andre seines Standes. Für ihn, Madame, bestand – und ich bitte um Erlaubnis, mit untertänigster Dankbarkeit hinzufügen zu dürfen, daß wir bislang keinen Anlaß fanden, solch eine Dis-po-si-ti-on bei Euch zu kon-s-ta-tie-ren – unser geschlagenes Land aus Geschöpfen, die keine Menschenrechte besaßen und auf die keine Staatsrechte zutrafen. Unser Vieh war für ihn Profit, weil wir's nicht verteidigen konnten, und unsre Leute waren Beute seiner Habgier, denn er hatte beschlossen, uns in seinem Heimatland als Ma-ri-o-net-ten und Puppenfiguren oder *Muppets* vorzuführen. –

Meine Dame, Eur-Ehren, gnä-Fräulein, wir sind geflohen, wer noch fliehen konnte vor den Piraten seines Ge-spen-ster-schif-fes. Wir haben uns in Fels und Wald versteckt und – viel zu spät – unsern verderblichen Bruderzwist begraben. Unsre übriggebliebenen Herden zerstoben, teils fanden sie ihre eigene De-s-truk-ti-on im Meer, teils fielen sie diesen un-dis-zi-pli-nier-ten Matrosen in die Hände, die sie fröhlich in Viehhürden oder *Corrals* aus den Rumfässern ihres Schiffes sammelten. Die Hauptstadt Mendendo wurde, auf der Suche nach Sklaven, zum letztenmal heimgesucht, aber die De-s-pe-ra-ti-on der Leute war schon vor Ankunft von Biddel derart gewesen, daß nur dreizehn überlebende Flüchtlinge gefunden wurden, und die gerieten sofort in den Besitz ihres zukünftigen Herrn. Lilliput, gnä-Frau, und Blefuscu beendeten in jener schick-sals-dunk-len Epoche ihre Existenz unter den Völkern der Vorzeit.«

Unter den Zuhörern gab's ein Aufseufzen, als der Schulmeister an diese Stelle kam, und er selber blickte fragend zu Maria auf, so, als sei er bereit, eine Entschuldigung entgegenzunehmen. Schließlich war ja Kapitän Biddel ein Berg gewesen wie sie.

»Ist niemand übriggeblieben?« fragte sie.

»Das, gnä-Frau, ist die große Frage, welche die Lilliputaner im Exil

ständig bewegt. Natürlich haben wir keine Mög-lich-keit, eine Entscheidung zu fällen. Unsre Phi-lo-so-phen haben gehofft, Eur-Ehren – vielleicht verleitet von den verführerischen Her-zens-träumen, nicht ganz von den bewunderten Vorfahren abgeschnitten zu sein –, daß kleine Reste unsrer Blutsgemeinschaft überlebten, und vielleicht existiert auf der alten Breite ja noch ein Lilliput-Redivivus, von ihnen neu erbaut, gemäß der Herrlichkeit unsrer Art.«
»Wenn ich reich bin«, sagte sie, »werden wir eine Yacht kaufen und auf die Suche nach ihnen gehn. Der Herr Professor macht eine Übersetzung des ›Hexameron‹ von Ambrosius, die ihm ein Vermögen einbringt, wenn sie veröffentlicht wird, und dann fahren wir alle zusammen los.« Die Leutchen seufzten und blickten beiseite – sie verstanden nichts von der kommerziellen Forderung an den heiligen Ambrosius –, und der Schulmeister fuhr mit seiner Geschichte fort. (»Holt das Schloß fürs Re-cep-ta-cu-lum«, sagte er zu den Trägern, »wir werden gleich Verwendung dafür haben.« Später, als er von der Gefangenschaft erzählte, wurde es ihr vorgelegt – ein billiges Vorhängeschloß, das aussah, als wolle es sagen: Mich kriegt ihr ja doch nicht auf!)
»Zu den Gefangenen von Mendendo«, sagte er, »gehörten Flimnap, der Schatzmeister, und zwei Gentlemen im Range eines Snilpall, sowie sieben Frauen und drei Männer. Diese Personen – allesamt Vorfahren der hier An-we-sen-den – wurden mitsamt dem von den Pi-ra-ten eingefangenen Vieh zum Schiffe gebracht. Bei günstigem Winde lichtete Captain Biddel die Anker und segelte zu den fernen Ufern seines Heimatlandes, sehr zufrieden mit der Hoffnung auf weitre Abenteuer und nach größerm Reichtum. –
Wie elend, gnä-Frau, war die Verfassung unsrer Landsleute, von aller Zuflucht zu den Wiegen ihrer Väter abgeschnitten, des-il-lu-si-o-niert durch die lange Reihe der Ka-ta-s-tro-phen, die den Ei-Krieg begleitet hatten, umgeben von Wesen jenseits jeder Pro-por-ti-on, ohne jeden Vergleich mit sich selber und in einer un-hy-gi-e-ni-schen Kiste verurteilt zur Knechtschaft in einem fremden Klima! –
Denn Captain Biddel hatte den Schiffszimmermann angewiesen,

ein Re-cep-ta-cu-lum zu kons-tru-ie-ren, dessen Schloß Ihr hier seht, einen Verschlag für Mensch und Tier, in den alle un-ter-schieds-los eingepfercht wurden; und ihre einzige Nahrung bestand aus Schiffszwieback, in Wasser eingekrümelt, was man als ausreichend für das Vieh befand, das der Wund-Arzt Gulliban in frühen Monden mitgenommen hatte.–

Gnä-Frau und Eur-Ehren, ich möcht' Euer mitfühlend Herz nicht mit den Beschreibungen der Wi-drig-kei-ten der Überfahrt belasten, während welcher der Großteil des Viehs einer Seuche zum Opfer fiel, noch besonders auf die Un-wür-dig-kei-ten hinweisen, welchen unsre Vorfahren unterworfen wurden, nachdem sie an jenen fremden Gestaden gelandet waren. –

Captain Biddel verkaufte sein Kommando, weil er sich größern Reichtum durch das Zur-Schau-Stel-len seiner Gefangenen auf den Jahrmärkten des britischen Königreichs versprach; und auf diese Weise wurden über fünfzehn Monde lang der Hofschatzmeister von Lilliput, die beiden Snilpally nebst den acht überlebenden Gemeinbürgern – ihrer zwei waren bei der Überfahrt verstorben – auf den Kirmessen und Kirchweihn der Neptuns-Insel vorgezeigt. –

Musik-In-s-tru-men-te, gnä-Frau, welche Ihr bereits gehört habt, wurden nach den Anweisungen ihres Herrn gebaut und verfertigt. Die englische Sprache, für sie wegen der unterschiedlichen Pronun-ti-a-ti-on immens schwierig, wurde ihnen vom un-er-sätt-li-chen Geiz ihres Besitzers aufgezwungen. Die alten Fähig-und-Fertig-keiten der Lilliputaner – wie Springen und Kreuchen und Tanzen auf dem Seile – wurden zur Ver-lus-tie-rung des Pöbels, ausgebeutet. Und all die Dar-bie-tung-en, welche den unglücklichen Gefangenen nur die Peitsche eintrug – ihr Tyrann hatte sich mittlerweile angewöhnt, Vergehen durch Auspeitschen mit einem Zweig Heidekraut zu sühnen –, ließen nur eine einzige Hoffnung zu: die Aussicht aufs Grab. Gnä-Frau, unter solcherart Bedingungen wurde den Zur-Schau-ge-s-tell-ten beigebracht, in den Ruf auszubrechen: *God save the King!* Unter solchen Kon-di-ti-o-nen, gnä-Frau, wurde die Flagge von St. Georg geschwenkt – als

Höhepunkt des vom Seemann Biddel zu-sam-men-ge-stell-ten Programms. –
Diese Fakten, Eur-Ehren«, fuhr das Schulmeisterlein freundlich fort, »werden nicht aus irgendeinem Gefühl der Bitterkeit gegen Euch erwähnt, sondern allein als Gradmesser unsres Re-s-pek-tes; denn wir sind willens, Euch Eure Güte durch jede Art von Vorfüh-rung zu lohnen.« Maria verneigte sich.
»Captain Biddel«, so fuhr er fort, »wurde in seinen Pro-fit-Erwar-tung-gen nicht getäuscht. Der Ruf seiner Show zog bei jedweder Kirmes zahlreiches Pub-li-kum an, und die Bemühungen des Völkchens – ständig zu großartiger Zur-Schau-s-tell-lung seiner arti-s-ti-schen Fähigkeiten gezwungen – brachten seinem Herrn ein ansehnlich Ver-mö-gen ein. Captain Biddel, Madame, derlei Versuchungen gegenüber nur un-zu-reich-end gewappnet, verbrachte seine Zeit ge-zwung-ge-ner-maß-en in den Schänken und Lokalitäten der Jahrmärkte und gab sich nun dem Trunke hin. Überzeugt, unser Völkchen fürchte nur allzusehr seine Rasse, um eine Flucht zu wagen – und in der Tat wurden unsre Vorfahren und Ahnen vom Atem und von den ge-wal-ti-gen Gesichtern verschreckt, welche sich bei jedweder Gelegenheit versammelten, vom Gestank ihrer Personen und der bu-ko-li-sch-en Gier, welche sie of-fen-bar-ten –, hatte Captain Biddel es vernachlässigt, den Verschlag nächtens zu verschließen, an den Nächten, welche nun, vermöge seines Al-ko-hol-kon-su-mes, unmerklich immer häufiger wurden. –
Das Völkchen indessen, Madame, litt gar noch übler unter der Tyrannei seines Herrn, je mehr seine Kon-s-ti-tu-ti-on unter den Auswirkungen seiner Aus-schweif-ung-gen litt. Der in die Jahre gekommene Flimnap, immer gezwungen, seine A-kro-ba-tick auf dem Seile zu vollführen, fürchtete sich mit jedem Tag mehr vor einem Unfall. Die andern, lang von den Müh-se-lig-keit-ten ihres Tagwerks und der drohenden Hei-de-kraut-peit-sche entmutigt, gaben sich mehr und mehr dem Gedanken hin, ob denn nicht der Tod, verbunden mit der letzten Hoffnung auf Befreiung, den E-len-dig-lich-keit-ten ihres Zustands vorzuziehen sei. –

Und in diesem Sta-di-um unserer Hi-s-to-ri-e wurde der Kapitän nach Schloß Malplaquet beordert, um seine *Puppets* vor dem Hofstaat des re-gier-ren-den Fürsten vorzuführen. –
Captain Biddel, meine Dame, speiste am Vorabend des Auftritts in Northampton, und zwar aus-schweif-fen-der denn je. In der Erwartung, von einem so hohen Herrn eine hübsche Entlohnung zu bekommen, vermutlich auch noch mit einer wertvollen Em-pfehlung an die modische Welt versehn, feierte er seine For-tü-ne mit etlichen Humpen Grogs. Alsdann rief er nach seinem Pferde und einer letzten Bouteille als *Vade-mecum* und machte sich auf nach Malplaquet, allwo er die Nacht zu verbringen beabsichtigte. –
Eine Brücke, Madame, überspannt den Gießbach fluß-ab des Andern Teichs, vierhundert Blustrugs gen Westen.«

»Doch ja«, sagte Maria. »Das wird die Orientalische Brücke sein, nehme ich an. Auf jeden Fall ist's die von der Northampton-Allee.«

»Bei diesem ko-los-sa-len Bauwerke, gnä-Frau, so ist es uns überliefert, wurde Captain Biddel ein Opfer seines Rausches und kletterte von seinem Klepper, um die Sicherheit der *Terra firma* zu suchen, auf welchselbiger er allso gleich in Schlummer fiel. –
Das Völkchen in seinem scheußlichen Verschlage – welcher, wie stets, an die Pferdekruppe gebunden war und den abzuschließen er vergessen hatte – kam auf den Sattel gekrochen, um sich einen Ü-ber-blick im nächtlichen Dunkel zu verschaffen, währenddes der Gaul geduldig an der Seite seines Herren graste. Es war eine Mondnacht. Der Wasserlauf war deutlich zu sehen, wie er aus dem Unter-See herauskam, und das ganze Land ringsum schien verlas-sen. Der Ent-schluß zur Flucht wurde auf der Stelle gefaßt, wobei alle fei-er-lich ihre Absicht erklärten, lieber von ei-ge-ner Hand zu sterben, denn weitere Gefangenschaft zu erdulden. –
Trossen wurden befestigt; Taue und Seile ihrer Zirkusnummern erwiesen sich als brauchbar. Schafe und Rinder wurden schnell hin-un-ter-ge-hiev-t. Den Verschlag loszumachen, erwies sich als schwierig, doch schließlich wurde auch dieser zu Boden gebracht. Der Plan von Flimnap lautete dahingehend, seine kleine Welt auf

dem Was-ser-we-ge zu tran-s-por-tier-ren, bis eine Zuflucht auf andern Ufern entdeckt werden könnte. –
Ich werde Euch, gnä-Frau, nicht länger mit der Geschichte unsrer Wandrung in-kom-mo-die-ren. Jedenfalls: Das Re-cep-ta-cu-lum – der Verschlag – wurde fluß-auf getreidelt; dergestalt überwand man die Strömung. Die stillen Wasser des Andern Sees erlaubten es, das Vieh an Bord zu nehmen, und alle zusammen na-vi-gier-ten sie nun zum Ost-Ufer, wo, als der Morgen dämmerte, die Ex-pe-di-ti-on unter den überhängenden Zweigen eines Rie-sen-bau-mes Obdach und Unterschlupf suchte. –
Ein paar halbherzige Aufspür-Versuche wurden während der frü-hen Morgenstunden aus dem Versteck heraus beobachtet. Es wurde die Mutmaßung geäußert, daß der benebelte Biddel – seit seinem Vorstoß ohnehin ei-ni-ger-mas-sen verwirrt – vielleicht keinerlei Erinnerung mehr an seine Ak-ti-o-nen und Po-si-ti-o-nen haben mochte und möglicherweise seine Schritte zur letzten Taverne zurückzulenken versuchte, wo er üppig gespeist hatte, und unterwegs immer noch nach seinem Verschlage suchte.
Am nächsten Abend wurde unsre Arche – wie wir sie ruhig nen-nen dürfen – im Schutze der Dunkelheit unter wirklich un-be-schreib-lich-hen Mühen den Wasserfall zum Obern See hinauf-ge-schleppt. Ein Kundschafter, ausgesandt, die Umgebung zu erkunden, kehrte mit In-for-ma-ti-o-nen über die Geheim-Insel zurück, allwo wir seither leben – und wo Ihr, Eur-Ehren, Madame, gnä-Fräulein, heute steht.«

VIII

Maria mußte zugeben, daß sie doch ein wenig erleichtert war, als die Historie zu Ende ging. Ihr dröhnte der Kopf von den komplizierten Ausführungen und der anstrengenden Sprechweise, und insgeheim meinte sie, es mache mehr Spaß, Fragen zu stellen, als solchen Vorträgen zu lauschen. Auch kam's ihr ein bißchen sonderbar vor, mit ›Madame‹ und ›Eur-Ehren‹ und ›gnä-Fräulein‹ tituliert zu werden, weil sie schließlich ›Maria‹ hieß, und sie war entschlossen, alles Weitere auf weniger formeller Ebene zu diskutieren. Am besten wär's wohl, sich mit dem Schulmeister allein und vernünftig zu unterhalten, statt hier so öffentlich aufzutreten.

Andererseits sah sie sogleich, daß es Schwierigkeiten geben werde, wenn sie mit ihrem Cicerone auf Entdeckungen ging, denn auch der gewandteste Mensch hatte es nicht leicht, mit einem Wesen spazieren zu gehen, das ihr nur bis zum Knöchel reichte. *Ein* Problem war das Schritthalten. Ein Schritt von ihr entsprach ungefähr zwölf Schrittchen von ihm; also würde er rennen müssen, um mit ihr auf gleicher Höhe zu bleiben; aber sie mochte nicht gern vorschlagen, ihn zu tragen. Es hatte etwas Klein-Kindhaftes, getragen zu werden, und sie wollte ihn nicht demütigen, denn sie verfügte über ein gewisses Taktgefühl, obgleich sie erst zehn war. Hinzu kam, daß sie Angst hatte, ihn zu tragen, weil sie ihn vielleicht allzu fest drücken konnte, und sie vermutete, daß er fürchten werde, sie könne ihn fallenlassen.

Maria hatte ihren Holunderwein getrunken, während sie dem historischen Vortrag lauschte. Nun schlug sie vor, er solle sich doch – wenn er ihr die Gegend zu zeigen wünsche – in das Faß stellen, so, wie Matrosen im Krähennest eines Kriegsschiffes, und das werde sie in der Hand tragen. Er war von diesem Vorschlag entzückt, der ihn davor bewahrte, von ihren kraftvollen Fingern beschädigt zu werden, und ihm zugleich seine Würde beließ. Während sie das Fäßchen im See auswusch und mit den Resten ihres Taschentuchs trocknete – nicht mit dem neuen –, entließ er die Volksmenge mit einer kurzen Ansprache und ermahnte alle, Maria nicht anzustarren, sondern lieber achtzugeben, ihr nicht unter die Füße zu geraten.

Wie sie so das Schulmeisterlein im Fasse mit sich trug, gab's auf ihrem Weg übers Grün eine Menge mehr zu sehen, und sie hatte viele Fragen.

Zu den Dingen, die sie zuvor nicht entdeckt hatte, gehörte ein, zum Teil von Gestrüpp versteckter, unterirdischer Rattenstall.

Von Lilliput waren keine Pferde mitgebracht worden. Gulliver hatte sich damit nicht abgegeben, und Kapitän Biddel waren keine ins Garn gegangen, weil bei den Kavallerie-Attacken der letzten Feldzüge fast alle umgekommen waren. Das Völkchen von Lilliput war daher im Exil gezwungen gewesen, sich auf die Ratten ihres Adoptiv-Landes zu verlegen, die bei der Ernte eingesetzt wurden und zu dringenden Botengängen aufs Festland Verwendung fanden. Sie waren flink, indessen nicht fromm, wenn man sie ritt; bei der Landarbeit waren sie kräftig und einsichtig. Der Schulmeister sagte, sie seien nicht bösartig, wenn man sie als Jungtiere fange oder selber züchte; sie seien klüger als die anderen domestizierten Tiere und bei angemessener Haltung keineswegs schmutzig. Ernährt würden sie mit den Abfällen des Gemeinwesens. Etliche wurden ihr zur Begutachtung vorgeführt und trabten am Leitzügel. Zufolge ihrer kurzen Läufe wurden sie stets kurz geritten, wie beim heutigen Galopprennen üblich.

Sie wollte gerne etwas über die Ernährung des Völkchens wissen, über seine Lebensweise, seine Feinde und Gefahren – und über all das, was ihr Führer als ›Ökonomie‹ bezeichnete.

Interessant war für sie unter anderem, daß sie Insekten aßen und sich Blattläuse als Sirup-Spender hielten, wie's Ameisen tun. Der Unterschied bestand darin, daß die Ameisen sie als Kühe betrachteten, während die Lilliputaner sie wie Bienen behandelten. Der Gedanke, Insekten zu verspeisen, behagte ihr anfänglich nicht, doch als sie sich erinnerte, wie der Professor ihr erklärt hatte, daß Hummer praktisch Insekten seien, sah sie ein, daß der Unterschied nicht allzu gravierend war. Der Schulmeister erklärte ihr, das Völkchen koche Kellerasseln genauso, wie wir Hummer kochen, und sie würden beim Kochen rot und sorgten für schlechte Träume.

Was das Spielzeugvieh anging und den Nahrungserwerb von fünfhundert Leutchen auf dem Grün, so erfuhr sie, daß die Kolonie außer den Kanus eine veritable Fregatte besaß – er werde sie ihr zeigen –, und daß sie auf dieser jede Nacht ihr Vieh zur Weide aufs Festland brächten. Überhaupt spiele sich das Leben Lilliputs eigentlich zur Nachtzeit ab – er erklärte ihr, daß sie, indem sie mit ihr konferiert hätten, allesamt furchtbar spät zu Bett kämen –, und ihr Mehl-Getreide (Yorkshire-Fog und Ray-Gras und Cock's-Foot oder Knäuelgras) ernteten sie unterm Herbstmond auf der Festwiese und führten es auf der Fregatte heim. Nachts fischten sie auch. Im Winter diente die Fregatte als Walfangboot, um Hechte zu fangen, denn im Winter war Fisch ihr Hauptnahrungsmittel. Auch dies geschah bei Nacht.

Die Lilliputaner hatten Trapper, also Fallensteller. Diese kühnen Männer machten sich auf ausgedehnte Trecks in den Park; bisweilen waren sie einen Mond lang fort und brachten Felle und gesalzenes Fleisch mit. Sie fingen Wühlmäuse, Feldmäuse, Spitzmäuse und sogar Ratten, mußten jedoch stets vor Katzen und Wiesel auf der Hut sein. Jedes Jahr kehrten zwei oder drei der tapfersten Jäger nicht zurück. Vielen von ihnen war es gelungen, Kaninchen in Schlingen zu fangen; aber sie mußten in Trupps ausziehen, um das Fleisch nach Hause zu schaffen.

Zu den meistgeschätzten Speisen gehörte Fuchsbein; Froschschenkel gab's bei ihnen zu Weihnachten, wie Truthahn oder Pute bei uns.

Ringelnattern, für uns hübsche und absolut harmlose Tierchen, waren den Lilliputanern gefährlich, weil sie – ähnlich der Boa Constrictor – alles fraßen, was Froschgröße hatte, wenn der seltene Fall eintrat, daß sie einmal Hunger verspürten. Andererseits schmeckten sie vorzüglich.

Im Winter, wenn die Zeiten schlecht waren, fingen die Trapper manchmal wilde Enten auf dem See, indem sie an gut befestigten Angelhaken Köder auslegten; so kamen sie an Stockenten, Haubenenten, Tafelenten und Krickenten. Die Bläßrallen, Teichhühner und Lappentaucher lieferten minderwertiges Fleisch. Im Winter wurden die Unbilden der Jahreszeit dadurch aufgewogen, daß die Nächte länger waren, wodurch entsprechend länger gejagt werden konnte. Der Schulmeister erzählte Maria, daß man zu Lebzeiten seines Vaters ein interessantes Experiment unternommen habe. Es handelte sich um nichts Geringeres als um den Versuch, Vögel als Flugzeuge zu verwenden. Man hatte eine junge Dohle gefunden, die noch nicht flügge war, und sie unter Schwierigkeiten mit Insekten und gehackten Würmern am Leben erhalten. Sie war groß geworden, zahm zwar, wenn auch bissig, doch weigerte sie sich anfangs, überhaupt zu fliegen. Man war gezwungen, sie hungern zu lassen, und zerrte sie hernach mit festgezurrten Flügeln auf die Kuppel; dann hatte der Mann, der sie – wie ein Falkner – mit Ködern atzte, mit dem Köder auf der Erde wie wild gewunken. Schließlich hatte sie jemand abgestoßen, und sie war zu Boden geflattert, um sich füttern zu lassen. Als sie sich ans Fliegen gewöhnt und einige Kräfte in die Schwingen gekriegt hatte, band man ihr eine Strippe um die Flügelschultern und unter der Brust herum, und der wagemutige Aeronaut saß jeden Tag eine Weile auf ihrem Rücken; die Schnüre hatte er als Halfter in der Hand, und deren Schlingen benutzte er als Steigbügel. Natürlich war sie – außer zu den Mahlzeiten – stets angebunden. Natürlich mußte der Aeronaut Schutzpolster anlegen (wie Hundeführer, die Polizeihunde abrichten), weil sie gern über die Schulter nach ihm pickte. Endlich war er auf ihr ein paarmal von der Kuppel zur Erde geflogen, doch das Experiment war zum Schluß an der Frage der Navigation gescheitert. Später entdeckten sie, daß es möglich war, den Vogel in Kreisen fliegen zu lassen, oder nach rechts oder links, indem man ihm Zügel anlegte und ihn mit leichter Hand dirigierte. Aber sie hatten kein Mittel gefunden, ihn nach Belieben zum Starten zu bringen oder mit dem Fliegen aufzuhören und zu landen. So waren denn alle Flüge nach Art von Ballon-Aufstiegen

vor sich gegangen, die irgendwo zu Ende gingen, und schließlich hatte man das Unternehmen aufgegeben.
Trotz Marias Bemühen, ihn noch mehr von dem Dohlen-Bomber erzählen zu lassen, der sie ungeheuer faszinierte, schien der Schulmeister sich der Sache zu schämen – vielleicht, weil die Geschichte schiefgegangen war – und hielt lieber Vorträge über ›Politick‹.
Es gab wenig Gesetze, wie er berichtete, doch ein gut Teil öffentliche Meinung. Todesstrafe gebe es nicht. Es gab keine Kriege: was dem glücklichen Umstand zuzuschreiben war, daß es niemanden gab, gegen den man hätte Krieg führen können. Schriftsteller und Barden und Musiker wurden zu Recht als Handwerker betrachtet, wie Tischler, und, wie Tischler, nach der Güte und Gediegenheit ihrer Werke bewertet. Es gab keine ge-offen-barte Religion, weil sie durch den Eier-Krieg vernichtet worden war. Die Mütter wurden als Oberhäupter ihrer Familien angesehen. Sie glaubten, das Allerwichtigste auf Erden sei: herauszufinden, was man gern tat, und das dann zu tun. So wurden die, die gerne Jäger waren, Jäger; die, die gern fischten, gingen auf Fischfang; und jeder, der überhaupt nichts gerne tat, wurde von den anderen mit äußerster Sorge und größtem Mitleid unterhalten – denn der galt als bedauernswertester aller Sterblichen.
Es gab drei Mahlzeiten pro Nacht. Bei Morgengrauen gingen sie zu Bett, und bei Sonnenuntergang standen sie auf. Ihren Kindern wurde kein Wort von Algebra beigebracht; statt dessen lernten sie alles Wissenswerte über das Leben, will sagen: Naturgeschichte und ihre eigene Geschichte und Ökonomie und was sonst noch mit dem Leben zu tun hat. Nie wurde ihnen gesagt, ihre Eltern wären besser als sie.
Maria mußte zugeben, daß dies alles wundervoll klang; am liebsten aber wollte sie doch die Fregatte sehn.
Der übliche Weg dorthin war einer der Geheim-Pfade durchs Brombeergestrüpp. Leider war's ein Pfad, auf dem sie nicht gehen konnte. So gingen sie zum Kahn hinunter und stakten um die Insel, um von draußen heranzukommen.
Sie lag wunderhübsch versteckt.

Der Kanal, der zu ihrem Liegeplatz führte, war mit Blättern von Seerosen abgedeckt, wie sie um die Insel herum vorkamen, doch diese Blätter hatten keine Stengel. Sie waren nur flache Teller, die auf dem Wasser trieben, und wurden einmal die Woche erneuert. Lief die Fregatte aus, zog man sie beiseite.

Am Ende des Kanals befand sich ein Landzipfel, der die gewinkelte Einfahrt zum Hafen verbarg; darüber wuchs Gebüsch. Sie war viele Male um die Insel gekommen, ohne ihn zu entdecken. Erst dadurch, daß sie auf Anweisung des Schulmeisters dem Kanallauf folgte und das Buschwerk anhob, gelangte sie zum Hafen.

Da lag die Fregatte friedlich vor Anker. Sie hatte Geschütz-Luken, aber keine Geschütze: auf der Insel gab's weder eine Gießerei noch Schießpulver; Tauwerk und Takelage waren aus Roßhaar, gestohlen von den Pferden auf der Festwiese; das Segeltuch bestand aus demselben Material wie das Geschenk-Taschentuch; der Admiral war der große junge Ehemann, der versucht hatte, ihr nachzusetzen, als sie seine Frau und das Baby an sich genommen hatte; und alle Matrosen waren ihr zu Ehren auf dem Pfad heruntergekommen und bemannten die Wanten.

IX

Eine Woche nach dieser Fregatten-Besichtigung wurde Maria zur großen nächtlichen Wal-Jagd als Zuschauerin geladen. Die Nacht bot nicht nur größere Sicherheit, weil Miss Brown im Bett lag, sondern es war auch viel natürlicher, die Lilliputaner zur Nachtzeit zu beobachten, weil sie bei Tage schliefen.
Maria wartete ungeduldig in ihrem Schlafzimmer und wollte fort, aber sie wußte, daß die Gouvernante mit dem Vikar nach dem Abendessen bei einer Tasse Kaffee im Neptun-Tempel saß. Durchs Fenster konnte sie die reglosen Gestalten im Mondschein sehen, zwei kleine Punkte unter den Silbersäulen, denn der Tempel war als einer der Blickpunkte des Schlosses gebaut worden. Hinzu kam der Umstand, daß die Wale der Lilliputaner Hechte waren, und diese Fische nehmen den Köder nur zu gewissen geheimnisvollen Zeiten an, die sie selbst bestimmen. Eine solche wurde für heute abend gemeldet, denn das Völkchen hatte beobachtet, wie kleine Plötzen aus dem Wasser sprangen, um ihr Leben zu retten: ein unfehlbares Zeichen dafür, daß der Hecht auf Nahrungssuche war. Sie hatten versprochen, ihr einen großen zu fangen, wenn möglich, denn im tiefsten Loch stand ein berühmtes zwanzigpfundiges Ungeheuer; das hatten sie gesehen. Maria ging auf dem Linoleumboden ihres Schlafzimmers hin und her; sie wollte sich nicht hinlegen, weil sie Angst hatte einzuschlafen, und verwünschte Pastor und Gouvernante an den Grund des Teichs.
Der Vikar war ständiger Gast auf Malplaquet, gewöhnlich zum Tee. Oft begegnete sie ihm nachmittags, wenn er summend vom Pfarrhaus herüberkam. Er hielt sich steif, die Hände im Rücken, und ging gemessen gemächlichen Schritts, den Mund mißbilligend verzogen. Warum er kam, blieb ein Rätsel, denn mit Miss Brown sprach er kaum, wenn er da war, und was er aß, schmeckte ihm nur mäßig.
Beim Tee saßen sie für gewöhnlich beiderseits des Kamins im nord-nordwestlichen Salon, zwischen sich einen pagodenförmi-

gen Kuchenständer und ein Beistelltischchen mit dem silbernen Tee-Gerät. Manchmal sagten sie überhaupt nichts. Höchstens sagten sie acht Sätze: »Das Brot ist zu dick geschnitten« – »Ich werd's der Köchin sagen« – »Noch Tee?« – »Danke« – »Kuchen?« – »Danke sehr« – »Das Kind ist heute wieder zu spät zum Essen gekommen« – »Rücksichtslos«. Miss Brown verschlang gewöhnlich gierig drei Sahnetörtchen (mit der Gabel), aber der Vikar suchte sich meist den ekligsten Kuchen auf der Pagode aus, offenbar aus Trotz. Nach dem Tee streifte er stundenlang geheimnisvoll durch die Räume des Schlosses.

Da saßen sie nun also auf den Stufen des Neptun-Tempels im lauschigen Mondenschein, während die kostbare Zeit verrann. Es war jener berühmte Tempel, in dem Dr. Johnson die vierte Stanze seiner unsterblichen ›Pomphoilugoppaphasmagoria‹ gedichtet hatte, die da beginnt: ›Gedenke des furchtbaren Hippopotamus‹ – aber das kümmerte sie wenig. Es war Juni, und die Nachtigallen von Malplaquet taten ihr Bestes. Sie hörten sie nicht. Sechs kannelierte Säulen erhoben sich zu beiden Seiten und trugen einen Giebel, auf dem Neptun, als Hochrelief, unter dem Beifall etlicher Delphine dem Viscount Torrington nach der Schlacht von Cape Passaro einen Kranz aus Seetang reichte. Nie sahen sie ihn an. Vor ihnen auf dem silbrigen Rasen des Arkadischen Tals mümmelten die tausend Wildkaninchen von Malplaquet und hoppelten und mümmelten wieder, während die Eulen mit lautlosem Flügelschlag auf der Jagd nach Atzung für ihre Jungen einherglitten. Der Vikar und Miss Brown starrten glasig-kieselig dorthin, wo die hohe Säule des Newton-Denkmals die sanfte Biegung des Tals mit seinem schlanken Finger beschloß, wie Salz im Mondlicht glimmernd – aber das sahen sie ebenfalls nicht.

Sie dachten an Maria, wie diese an sie dachte, und sie hatten guten Grund. Es gab da etwas, das sie nicht entdecken durfte, etwas, das sie selber finden beziehungsweise ändern wollten. Ihnen behagten die Unterhaltungen mit dem Professor nicht – der eine Autorität auf dem Gebiet alter Gesetze war und nichts inniger genoß als eine handfeste Auseinandersetzung über *nolle prosequi* –, weil ihr Ge-

heimnis mit einem verschwundenen Pergament zusammenhing, das sich auf das Erbe von Malplaquet bezog. Der Vikar summte leise vor sich hin.
»Es ist eine Frage von *mort d'ancestre*«, sagte er schließlich.
»Das könnte kein Kind verstehen.«
»Eines Tages wird sie mündig.«
»Das dauert noch Jahre.«
»Aber durch ihre Gespräche mit dem Alten, Miss Brown–?«
»Ich werde sie verbieten.«
»Hm-m-m-m.«
»Noch Kaffee?«
Eine ganze Weile später sagte der Vikar: »Sie sollten auf sie achtgeben.« Dann erhob er sich schwerfällig und schlug mürrisch den Heimweg ein.
Maria kroch, sobald ihre Gouvernante fest eingeschlafen war, durch die mondbeglänzten Gänge. Sie stieg die verschiedenen Treppen hinab, ließ die rohen Holzstiegen der weniger wichtigen knarzen, tappste auf den blanken Marmorstufen der wichtigeren, huschte von einem Mondstrahl zum nächsten. Im Erdgeschoß wählte sie eine Abkürzung durch den großen Ballsaal, wo ihre Füße im abgefallenen Stuck der Adams-Decke scharrten, und die drei-Tonnen-schweren Lüster, zu groß zum Verkauf, tönten geheimnisvoll kristallen; durch des Dritten Duke's Bibliothek, die ein gewaltiges gipsernes Hosenband als Goldrelief an der Decke trug, zur Feier des *Order of the Garter*, des Hosenbandordens, den der Herzog nach zwanzig Jahren der Haarspalterei endlich bekommen hatte – und den er um den Hals trug, sogar beim Baden in Brighton; durch den großen Speisesaal ging sie, der einst einen Mahagoni-Tisch von der genauen Länge eines Kricket-Pitch's beherbergt hatte; durch den kleinen Salon, wo man die beiden Grinling-Gibbons-Kaminsimse von den Wänden gerissen hatte, um sie zu verkaufen, was Höhlungen hinterließ, die nachts zum Fürchten waren; und durch den wirklich unbedeutenden Morgen-Salon, ein Zimmer mit nur einem einzigen Kamin, dazu noch aus bloßem Marmor. Maria wanderte von Dunkelheit zu Helle, von Helligkeit

zu Dunkel, an den Reihen der mit Läden verschlossenen Fenster entlang, bis sie wie in einem bös flackernden Kinofilm aussah: für ein Dauerbild lief sie zu langsam. Endlich kam sie zu den großen Doppeltüren an der Südseite, stieß sie so weit auf, daß sie hindurchkam, und erschien im vollen Mondschein zwischen zwei gewaltigen Stein-Karyatiden mit antikem Fries, vom Vierten Herzog aus Herculaneum gestohlen, dreißig Fuß über ihr, und den fünfundzwanzig Marmorstufen, die auf die breite Terrasse zu ihren Füßen führte.

Sie hatte überlegt.

Was der Herr Professor auch sagen mag, dachte sie: ich seh' nicht ein, wieso ich den Leutchen keine Geschenke machen soll, wo sie mir doch auch Geschenke machen. Sie hatte erfahren, daß die seidenen Taschentücher durch Lotterie-Lose verteilt worden waren, da der Stoff nur für zwanzig Kleider reichte. Der Rest ging leer aus.

Wenn ich reich wär', dachte sie, und in einem soliden kleinen Häuschen wohnen könnte und ein bißchen Geld flüssig hätte: wie gern würd' ich sie da alle kleiden! Den Männern gäb' ich altmodische Trachten, wie ihre Vorfahren sie trugen: blaue Röcke und kanariengelbe Westen und weiße Hosen und Seidenstrümpfe und winzige Degen! Und die Frauen müßten geblümte Gewänder aus dem gleichen Jahrhundert haben. Und ich würd' Kutschen für sie machen lassen, die von Ratten gezogen werden, oder gar Chaisen, und alle würden sie so bunt und lustig aussehn wie ein Beet voll Blumen ...

Ja – aber Maria hatte nur noch *three shillings and nine pence.* Damit konnte man nicht einmal genügend Taschentücher für die Kleider der anderen Frauen kaufen.

Etwas aber, dachte sie und wurde wieder froh, kann ich trotzdem tun: ich kann der Köchin allerlei abschwatzen. Eine alte Pfanne, deren Stiel abgebrochen ist, könnte Wert für sie haben, als Kochkessel furs Vieh. Ich muß an all die überzähligen Dinge denken, die den Menschen nicht mehr von Nutzen sind, für das Völkchen aber möglicherweise Kostbarkeiten darstellen: Sachen wie ge-

brauchte Zahnbürsten als Besen oder Marmeladentöpfchen als Fässer, oder vielleicht sogar ein oder zwei Unzen oder ein Lot Salz und Pfeffer, die lange reichen und kaum entbehrt werden würden. Aber die *three and nine pence half-penny* muß ich behalten, das wird ein besonderes Geschenk, und was soll's sein?
Geschenke gibt's zweierlei, konstatierte sie, während sie wieder flackernd die Kastanienallee hinuntertrottete: entweder nützlich und praktisch oder schön und dekorativ. Ach, hätt' ich doch bloß einen richtigen Haufen Geld – sagen wir: ein Pfund!
Hierüber machte sie sich immer noch Gedanken, als sie den Nachen zur Ruhe-Insel stakte, und war nun bei dem Schluß angelangt, daß es ein nützliches Geschenk wäre, ihnen ein Meerschwein-Pärchen zu kaufen, um Zugtiere zu züchten, vielleicht auch zum Mästen, wohingegen ein schönes Geschenk wäre, Weihnachtskarten zu besorgen – sofern sie nicht geschmacklos waren, sondern Segelschiffe zeigten oder Kutschen aus dem achtzehnten Jahrhundert im Schnee oder sonst irgend etwas, das die Leutchen aus ihren Annalen wiedererkennen könnten – und sie in Passepartouts zu rahmen, so daß man sie an den Wänden des Rats-Saals aufhängen konnte. In der Mitte, so stellte sie sich vor, müßte das alte Porträt des Kaisers hängen, mit seiner Habsburger-Lippe, in einem Gewand teils europäisch, teils asiaterisch. Beim Schein der Windlichte könnten sie großartig wirken, dachte Maria hoffnungsvoll.
Und dann dachte sie weiter: Oder ich könnte ihnen auch beibringen, wie man Kartoffeln anbaut, ähnlich Sir Walter Raleigh. Für *three and nine* würde man wohl schon eine Menge Kartoffeln bekommen.
Das Völkchen war erleichtert, als sie eintraf, denn man hatte sie schon beinahe aufgegeben.
Die Fregatte war auf dem See – schön sah sie aus, wie sie ihre weißen Segel im silbernen Licht spreizte –, und die Matrosen waren an ihren Posten, und man wartete nur auf den Ehrengast, um mit der Expedition zu beginnen.
Das Traurige daran war nur, daß sie nicht aufs Schiff steigen

konnte. Es war kaum fünf Fuß lang. Da riet man ihr, sich bei der Lärche in den Kahn zu stellen und von dort aus zuzusehen, und das Schulmeisterlein erbot sich, im Faß getragen zu werden, so daß er ihr die einzelnen Manöver erklären könne.

Der Quincunx war derart zugewachsen, daß nur die tiefsten Stellen nahe der Mitte frei von Pflanzen blieben, denn die meisten Wassergewächse, außer Entengrütze, brauchen Wurzeln im Boden, und diese wachsen nicht unterhalb einer bestimmten Tiefe. Und in der größten dieser Senken hauste der Hecht. Und zu diesen Breitengraden segelte folglich die Fregatte. Als sie dort ankam, wurde lebender Köder mit entsprechenden Haken über Bord geworfen, und die Fregatte steuerte die nächstliegenden Seerosen an und ging im tiefen Wasser vor Anker. Der Köder hing an einem achtsträhnigen Tau aus Pferdeschweifhaaren, das durch eine Klüse im Bug über eine Trommel lief, die gebremst werden konnte: eine Art Ankerspill.

Kaum hatte sie Anker geworfen, und kaum zappelte der Köder nach Köder-Weise, da gab's im Wasser ein Schnappen und Wirbeln. Man ließ die Leine auslaufen, wobei Marias Schulmeisterlein aufgeregt bis zehn zählte; dann wurde die Bremse angezogen, und die Trommel-Mannschaft kurbelte emsig, um die Angelhaken einzuholen. Nach einem Dutzend Umdrehungen wurde sie gebremst und arretiert.

Die ganze Fregatte wurde zwei oder drei Fuß nach vorn gezogen – der Schulmeister sagte, es seien fünfunddreißig *glumgluffs* – und begann, unter dem Zug des Monsters hin und her zu gieren. Man gab ihm Leine an der Trommel, wenn es zu wild kämpfte, doch bei jedem Anzeichen des Schwächerwerdens wurde die Bremse angezogen, und wenn es einen Augenblick lang reglos lag, holten die Fischer das Tau über die Winde ein.

Der Admiral gab seine Anweisungen vom Heck.

Auf vielerlei Weise war's ein kitzliges Geschäft, denn der Hecht wurde regelrecht abgejagt, nicht von der Fregatte her, sondern von ihrem Anker. Zwei Trossen bedurften der Aufmerksamkeit, nicht nur eine.

Nach der ersten Minute sagte der Schulmeister bekümmert, es sei nicht der große Hecht. Er hatte es bis zu einem gewissen Grad an dem Platschen ablesen können, denn der große wäre widerspenstiger gewesen, und auch von den Schlingerbewegungen des Schiffs. Er fügte hinzu, daß er seiner Ansicht nach ungefähr vierhundert *snorrs* oder neun Pfund wiege; bei diesem Gewicht wären sie gewöhnlich ungestüm.

Die eigentliche Gefahr bestand darin, daß die Zähne des Hechts das Tau kappen konnten. Sie brauchten ein Drahtseil am Ende, eine Art Stahltrosse, doch im Park war kein brauchbarer Draht zu finden. Der Stacheldraht, den der Bauer verwendete, der das Land pachtete, war viel zu dick.

Als das Ungeheuer an die zwei Minuten lang abgejagt war, begann es nachzugeben. Langsam wurde es längsseits gezogen, machte noch einen Ausfall, als es seine Fänger gewahrte, wurde wieder eingeholt, und diesmal drehte es sich im Wasser, ehe es sich auf die Seite legte, offenbar bezwungen. Aber davon war es weit entfernt. Hechte haben eine ungeheure Lebenskraft, die noch stundenlang anhält, nachdem sie längst am Ufer liegen, und die wirklichen Schwierigkeiten des Walfangs fingen nun erst an.

Sobald der glänzende Fischleib ausgestreckt neben der Fregatte lag, machten sich fünf ausgewählte Harpunierer an die Arbeit. Die Harpunen wurden ihm in Abständen von sechs Zoll tief in den Rücken getrieben, und mit Hilfe von daran befestigten Leinen zurrte man ihn fest an die Seite des Schiffs. Dann kam der Admiral vom Heck – das letzte Wagnis nahm er stets selber auf sich – und kletterte mit der sechsten Harpune über eine Strickleiter außenbords hinunter. Seine Aufgabe war es, sie dem Tier nahe dem Kopf ins Genick zu stoßen.

Nun war der Hecht aber mit jeder eingepflanzten Harpune wilder und wütender geworden und hieb bei jedem Stoß gewaltig aufs Wasser. Wenn der Admiral beim ersten Stich zwischen zwei Wirbel traf, wurde ihm das Rückgrat durchgetrennt, und die Gefahr war vorüber. Traf er jedoch nicht, bestand gute Aussicht, daß er durch den Aufruhr ins Wasser geschleudert wurde, wo er Gefahr lief, seinerseits vom Hecht gepackt zu werden, denn diese wütigen Biester schnappen auch im Sterben und Verenden noch nach Beute und nehmen auch den Köder nochmal an, wenn sie sich losgerissen haben.

Er fixierte seinen Zielpunkt und stieß zu. Der gewaltige Leib, gut halb so lang wie das Schiff, krümmte sich wie ein Bogen, und der riesige Rachen mit Reihen dürrer Zähne öffnete sich. Dann lag er schlaff und schlapp da.

An jeder Seite des Schiffes wurden drei der Harpunenleinen eingeholt, wodurch man den sinkenden Fisch unter dem Schiffsrumpf festzurrte, ehe die Heimfahrt angetreten wurde. Der Wasserfluß, das Strömen des Wassers durch seine Kiemen, ließ den Fisch während der Fahrt lebendig wirken, doch das durchtrennte Rückgrat verhinderte eine Flucht. Er konnte nur mit dem kolossalen Kiefer schnappen, was man, wie der Schulmeister Maria belehrte, oft durch die Bootsplanken hindurch zu spüren bekam.

Unterdes wurden die Taue an Land gebracht. Ein Gespann von Ratten und zwanzig Mann an jedem Tau zogen den immer noch knirschenden Fisch durchs seichte Wasser ans Ufer, wo man mit dem Abspecken beginnen konnte. Der Admiral stieß ihm sein aus einem der Kuppelnägel geschmiedetes Rapier ins Gehirn.

Maria paddelte herbei, um das Einbringen des Fangs zu beobachten. Sie wollte so gerne mithelfen und war derart aufgeregt, daß sie fast auf die Fischer trat, während die Ratten verständig an den vielen Tauen zogen; dazu knallten Peitschen mit einem Geräusch, wie sie es mit zwei Fingernägeln machen konnte. Sie rief: »Gebt her! Laßt mich ziehn! Ich krieg' ihn raus!« Sie griff nach mehreren Leinen, und jede zerriß ihr in der Hand. Sie war zu groß dafür. Die vielen kleinen Fäuste konnten das Roßhaar bewältigen, das in ihrer Hand nur riß. Der tote Fisch sank schwer unter die Seerosen und war verloren. Nach den kostbaren Harpunen würde man tauchen müssen. Sie hielt inne, als sie erkannte, was sie angerichtet hatte, und das Völkchen versuchte Contenance zu wahren.

X

Marias Mißgeschicke mit der Insel der Ruh datierten von der Nacht, da sie sich in den Walfang eingemischt hatte. Obwohl sie taktvoll war, wie sich durch ihr Anerbieten zeigte, das Schulmeisterlein zu tragen, war sie doch noch recht jung. Je mehr sie sich über das Treiben ihres Sechs-Zoll-Völkchens verwunderte und freute, desto stärker wurde ihr Wunsch, Macht über sie zu gewinnen. Sie wollte mit ihnen spielen, wie mit Zinnsoldaten, und träumte sogar davon, ihre Königin zu sein. Sie fing an zu vergessen, was der Professor sie gelehrt hatte: nicht Eigentümer sein zu wollen.

Aber die Lilliputaner waren kein Spielzeug. Sie waren erwachsen, wie klein sie auch sein mochten, und sie hatten Kultur. Lilliput und Blefuscu waren Länder hoher Kultur und Zivilisation gewesen, ebenso wie England im achtzehnten Jahrhundert, als sie von Captain Biddel dorthin gebracht worden waren. Sie hatten Maler, die wunderschöne stilvolle Bilder von altmodischen Schäfern und Schäferinnen in Reifröcken und Bändern auf ausgespannte *puffball*-Häute malten. Sie hatten Dichter, die noch immer in den Original-Metren ihres Herkunftslandes schrieben. Letztere hatten das heroische Verspaar im Englischen zu schwerfällig gefunden, also schrieben sie die kleineren Verse der anderen Sprache: eine äußerst verfeinerte Form der Dichtkunst. Die ersten Worte der Zeile reimten sich wie auch die letzten, und da eine Zeile selten mehr als zwei Worte hatte, oder ein Gedicht vier Zeilen, war es nicht leicht zu schreiben. Dies war eins ihrer letzten Liebesgedichte:

Mo Rog
Glonog,
Quinba,
Hlin varr.

Es bedeutete: ›Gebt mir einen Kuß, bitte, Miss. Mir gefällt Eure Nase.‹

Andere Dichter schufen Tragödien in vier Akten, unter Wahrung der Einheiten, und diese wurden vom Opern-Ensemble im obersten Raum des Monopteron aufgeführt, wo es ein Miniatur-Cembalo im Orchester gab, das wie der Geist eines Gespenstes klang und nach Angaben von Captain Biddel gebaut worden war. Andere hinwiederum waren für ihre Essays berühmt, die selten länger als zwei Zeilen waren und meist ein moralisches Sujet abhandelten. ›Nichts mißrät wie Erfolg‹ lautete einer der Essays; ein anderer sagte: ›Narclabb, einem Esel mit glücklichem Namen begegnend, prophezeite Erfolg. Ich begegne vielen Eseln, doch keine haben glückliche Namen.‹

Kurzum: Obwohl die Leutchen, wie wir später sehen werden, ein hartes und gefahrvolles Leben lebten, waren sie kultiviert und konnten keineswegs wie Bleisoldaten behandelt werden. Ja, genaugenommen hatten sie sich auf der Insel verborgen, um eben diesem Schicksal zu entgehen.

Jedenfalls verlor Maria die Gewalt über sich und geriet sozusagen auf die schiefe Bahn. (Mit dem Tempo eines ›Wüstlings‹: ›*The Rake's Progress*‹.)

Die erste Verrücktheit, die sie sich erlaubte, war, daß sie sich einen Favoriten erkor. Dieser Lieblings-Lilliputaner war ein hübscher aber dummer junger Fischer, der so dämlich war, sich – zum Nachteil seiner Fischerei – den lieben langen Tag umhertragen zu lassen. Er fühlte sich als auserkorener ›Mann in der Bütt‹ vor allen anderen ausgezeichnet und hatte nichts dagegen, wie ein Spielzeug behandelt zu werden, weil er überhaupt ein eitler Fatzke war. (Der Schulmeister, andererseits, war gleich nach dem Zwischenfall mit dem Hecht-Abspecken in den Streik getreten.) Maria widmete sich ganz ihrem neuen Freund, fing an, ihn in den Händen umherzutragen, statt im Faß, und trug ihn sogar in der Tasche. Sie nahm ihn überall mit hin. Einmal nahm sie ihn mit nach Hause, wo er in der kleinen Kommodenschublade schlief, was gefährlich war in bezug auf Miss Brown und auch schlecht für seinen Charakter, weil die anderen Lilliputaner deswegen auf ihn herabblickten. Stundenlang saß sie auf der Weide jenseits des Quincunx, erfand aufregende Geschichten und ließ sie sich von ihm vorspielen. Gelegentlich entführte sie zwei oder drei andere, um mit ihm aufzutreten, was die dann verärgerte, ihm hingegen schmeichelte. Sie fing an, wie ein ungezogenes Kleinkind nach Spielsachen zu grapschen, die bei dieser Gelegenheit meistens kaputtgehen, und sagte Sachen wie: »Nein, nein. Tu dies. Tu das. Du bist der besiegte Feind, und ich bin General Eisenhower. Gib's mir. Ich bin die Königin, und ihr könnt meine Untertanen sein.«

Es gab kein Willkommen mehr, wenn sie die Insel besuchte. Die Leutchen blickten bekümmert drein, und wenn sie kam, versteckten sie sich.

Die nächste Narretei, die sie sich in den Kopf setzte, waren Spielflugzeuge. Von der Geschichte des Dohlen-Bombers war sie, trotz des Schulmeisters Befangenheit, so entzückt gewesen, daß sie die Kochfrau um *twopence* anpumpte und den Professor überredete, ihr in Northampton ein Modellflugzeug zu kaufen, dessen Propeller von einem Gummizug angetrieben wurde. Das Ding war billig und garstig, beim Preis von 3s. 11½d., aber es sah aus, als könne es den Fischer tragen. Sie brachte gerade noch so viel Überlegung auf, sich klarzumachen, daß es eines Höhen- und Seiten-Leitwerks sowie eines Ruders bedurfte, doch in Miss Browns Wohnzimmer fand sich eine alte Ausgabe der ›Illustrated London News‹, die eine graphische Darstellung dieser Wirkungsmechanismen enthielt. Sie ließ das Exemplar mitgehen und berief eine Vollversammlung der zögernden Lilliputaner ein – Thema: Die Eroberung der Lüfte. Sie ließ das Modell mehrere Male für sie fliegen, wobei es, wie üblich, durchsackte und eine Bruchlandung auf dem Propeller machte, und erklärte ihnen, wie sie die Leitwerke gemäß der Zeichnung zu justieren hätten, da ihre Finger für diese Arbeit zu groß und unbeholfen seien.

Der Schulmeister verweigerte jede Hilfe. Er verwies darauf, daß ein Gummizug, der nach vierzig Sekunden seine Kraft einbüße, für praktische Zwecke nutzlos sei, da er die Maschine nicht einmal über den See bringe; daß eine Mannschaft bereitzustehen habe, um ihn nach jedem kurzen Hopser wieder aufzuziehen; daß der Fischersmann die in der Zeichnung dargestellten Funktionshebel nicht zu bedienen wisse; und daß das Ganze schließlich und endlich ein verräterisches Unterfangen sei – wo ihr ganzes Leben auf der Ruhe-Insel doch auf Verborgenheit beruhe. Maria sagte, sie sei größer, und es habe zu geschehen.

Sie weigerten sich glattweg. Da sagte der junge Fischersmann, er wolle die Tischlerarbeiten selber ausführen. Er spürte Gunst und Geltung eines Favoriten, und die überwältigende Vorstellung, in einem Flugzeug zu fliegen, war ihm zu Kopf gestiegen. Die anderen mußten klein beigeben. Danach aber gingen sie Maria geflissentlich aus dem Weg und überließen es ihr und dem armen Narren, das Problem auf ihre Weise zu lösen. Der Schulmeister machte einen linkischen Versuch, dozierend auf sie einzuwirken – sie aber lachte und hörte gar nicht hin.

Das kam nur, weil sie unerfahren war und alles nicht richtig durchdacht hatte, nicht, weil sie ein unverbesserlicher Besserwisser gewesen wäre. Außerdem war sie Feuer und Flamme bei ihrem Traum, ein winziges Flugzeug wirklich und wahrhaftig fliegen zu sehen. Deshalb bemerkte sie kaum die Reaktionen anderer.

Der Fischer baute wunderhübsche Steuerungen, wobei er für die Drahtzüge Roßhaar nahm und die verschiedenen Klappen aus Leinwand über einem Gerüst aus Zweigen der Silberbirke bastelte. Als es fertig war, sah's aus wie die erste Flugmaschine der Gebrüder Wright – bloß, daß es ein Eindecker war. Der Flieger mußte, wie die Wrights, mit fast ausgestreckten Beinen vorne auf dem Flugzeug sitzen.

Es kam der große Tag des Jungfernflugs, und der Pilot war bereit, sich unsterblichen Ruhm zu erwerben. Beide waren viel zu enthusiastisch, als daß sie noch vernünftig hätten denken können.

Das Fluggerät wollte sich nicht vom Boden erheben (wegen des hohen Grases auf der Festwiese), sondern lief in Kreisen herum, surrend und auf den Tragflächen schippernd, bis es schließlich

koppheister unsanft landete. Zum Glück verfehlte der Propeller den Piloten, als dieser ins Freie katapultiert wurde.
Aufgeregt überprüften sie das Leitwerk, betätigten es mit dem Steuerknüppel und stellten fest, daß das Pferdehaar eines Ruders gerissen war. Dies wurde ersetzt. Bei der Arbeit schwatzten sie drauflos und kamen überein, daß Maria den nächsten Flug von Hand starten solle, wie sie's bei der ersten fliegerischen Demonstration getan hatte.
»Fertig?«
»Ja, Eur-Gnaden.«
»Bist du sicher, daß du's jetzt packst?«
»Ja, ja!«
Sie ließ los, und er zog hoch.
Er flog genau auf den Punkt zu ihren Füßen, fing den Sturzflug kurz vor dem Aufprall ab, surrte schneller und schneller knapp eine Handbreit über dem Gras dahin, die Backbordfläche nach unten, stieg zwanzig Schritt entfernt steil nach oben und stellte sich in einer Höhe von zwanzig Fuß auf den Kopf.
Der Pilot fiel immer noch (eine formlose Masse wie ein getroffenes Rebhuhn), als eine Böe die Steuerbord-Tragfläche faßte und hochhob. Die Maschine kippte über die Seite ab und stürzte in einem Bogen zur Erde, landete auf der Flügelspitze, verlor die Tragfläche und lag dann schwach bebend da, während der Gummizug noch zu arbeiten versuchte.
Er war mittlerweile mit ausgestreckten Gliedern niedergesegelt. Ehe das Flugzeug noch zu Bruch ging, schlug er auf.
Für einen Mann von sechs Zoll Größe stellte einer von Marias Menschenfüßen ein Dutzend Fuß nach Lilliput-Maßstab dar. Zwanzig ihrer Füße wären zweihundertvierzig der seinen gewesen. Einen solchen Sturz tat er.
Ihr stieg das Herz ins Genick, machte dort kehrt und rutschte ihr in den Magen. Ihr Blut begann zu sprudeln, es kribbelte ihr in den Fingern, und aus den Beinen schwanden die Knochen. Sie lief los und wünschte, sie könnte die Zeit zurückdrehen, wünschte, sie könne das Entsetzliche ungeschehen machen.

Sie hatte ihn nicht gekennzeichnet und konnte ihn im Gras nicht ausmachen.
Sie lief umher und suchte verzweifelt und betatschte das Gras mit den Händen; dann blieb sie erschreckt stehn: vielleicht hatte sie ihn zertreten! Als sie still war, konnte sie ihn stöhnen hören. Er lag ausgestreckt neben einem Grasbüschel, mit nur einem Bein! Oder das andere lag umgeknickt unter ihm. Sein Gesicht war weiß. Aber er durfte nicht tot sein!
Wäre er ein Mensch gewesen, hätte er sogar aus zwanzig Fuß Höhe tödlich abstürzen können, ganz bestimmt aber todsicher aus zweihundertvierzig Fuß. Die Knochen bestehen aus mehr oder weniger demselben Material, unabhängig von der Körpergröße, und deshalb können kleine Geschöpfe, wie Ratten und Mäuse, aus größeren Höhen herabfallen als wir. Sie haben weniger Fallgewicht, deshalb sind die Knochen im Verhältnis stärker.
Maria hockte sich neben ihn, wußte nicht, was sie tun oder wie sie das jammervolle Geräusch ertragen solle, das er von sich gab. Bestimmt hatte er sich das Bein gebrochen, wenn sonst schon nichts gebrochen war. Sie versuchte, sich ihrer dürftigen Erste-Hilfe-Kenntnisse zu erinnern. Leute, die sich die Wirbelsäule gebrochen haben, dürfen nicht bewegt werden, und Fuchsjäger, die sich die Beine gebrochen hatten, das fiel ihr ein, wurden manchmal auf einem Zaun-Tor heimgetragen. Sie fühlte, daß sie es nicht wagen durfte, hier eine Entscheidung zu treffen. Angenommen, er hatte sich die Wirbelsäule oder gar das Genick gebrochen? Wie sollte sie das herausfinden, ohne ihn zu bewegen? – Und die ganze Zeit über gab sie sich Mühe (in einem anderen Teil ihres Bewußtseins), das Ganze ungeschehen zu machen.
Man hatte sie beschworen, die Finger davon zu lassen. Aber sie war nicht davon abzubringen gewesen. Sie hatte sich von dem Spiel hinreißen lassen, ohne zu merken, daß es Ernst wurde. Nun war sie aus dem wahnwitzigen Traum erwacht, und einer aus diesem lieben Völkchen war kaputt, vielleicht sogar tot. Es überkam sie wie ein Verhängnis.
Die Verantwortung und die Not: es war zuviel. Sie lief zum See

zurück, um Hilfe zu holen. Nach ein paar Schritten fürchtete sie, ihn nicht wiederzufinden. Sie ging zu ihm, kniete sich hin und berührte ihn mit dem Finger.
Die Berührung verschaffte ihr einen klaren Kopf. Ob ich schuldig bin oder nicht, dachte sie: ich muß ihn so schnell wie möglich dorthin bringen, wo man ihm helfen kann. Sein Bein müßte gerichtet werden. Aber ich könnt's nicht behutsam genug, und so kleine Schienchen kann ich auch nicht machen, oder, fügte sie schluchzend hinzu, überhaupt irgend was. Ich darf nicht schluchzen und heulen; ich muß ihn auf die Ruhe-Insel schaffen, ohne zu rütteln. Wenn ich meine Hand ausgestreckt und ruhig halte, könnt' sie's als Zaun-Tor tun.
Wie schrecklich, ihn auf der Handfläche zu haben und das Bein zu richten, während er bewußtlos stöhnte, denn er schien eine Gehirnerschütterung zu haben; der alptraumhafte Weg zum See war wie dies blöde Eierlaufen; das Kahnstaken zur Insel mit einer Hand; all das schaffte sie irgendwie.
Im Tempel war niemand.
Sie rief, leichenblaß, doch niemand gab Antwort. Sie war sicher, daß er im Sterben lag. Sie fand ein großes Rhododendronblatt als Trage und schob's ihm unter. Aus ihrem zusammengefalteten Taschentuch machte sie eine Matratze und legte die Trage darauf, genau unter der Kuppel-Mitte.
»Er braucht Hilfe«, sagte sie. »Ihr müßt kommen.«
Das Schulmeisterlein kam aus einem der Pfeilertürchen und wies sie stumm hinaus. Sie ging. Und als sie verschwand, kam die Trägertruppe, um den Gemordeten fortzutragen. Als sie auf halbem Weg über den Teich war, legte sie das Paddel hin und heulte – und paddelte weiter, wobei sie dreinsah wie ein junger Apportierhund, der den Fasan gefressen hat, den er apportieren sollte.

XI

Der Herr Professor war mit Camb. Univ. Lib. Ii, 4.26 beschäftigt und an der ersten Seite bei **tripharium** hängengeblieben. Er hatte im *Lewis and Short* nachgeschlagen, ohne Erfolg; auch hatte er versucht, es in einem *charterhand*-Manuskript, betitelt Trin. Coll. Camb. R. 14.9 (884), nachzuprüfen, wo er **triumpharion** fand, teilweise ausgekratzt oder wegradiert. Dies hatte seine Verwirrung ins Unermeßliche gesteigert.
In Gedanken versunken wies er den jungen Apportierhund auf seine Seifenkiste, als dieser, den Schwanz zwischen den Beinen, ins Cottage geschlichen kam, und bemerkte: »Es heißt **huius genus tripharium dicitur**, aber das Ärgerliche ist, daß ein Teil der Zeile ausradiert zu sein scheint.«
»Ich bin wegen was Entsetzlichem gekommen.«
»Mord?«
»Könnt' sein«, sagte das Hündchen und wurde rot.
»Wen hast du ermordet? Hoffentlich den Vikar. Offensichtlich war das Wort für andere Skribenten ein Stolperstein: entweder sind sie ihm aus dem Weg gegangen, indem sie den Satz ausließen, oder sie haben einfach drauflos geraten oder sie haben, wie in diesem Fall, zu irgendeiner Radiererei und völliger Obskurität Zuflucht genommen. – Er war ein unangenehmer Patron«, fügte er hinzu. »Ich habe mir nie viel aus ihm gemacht.«
»Ich hab' einen aus Lilliput umgebracht.«
»Ei der Daus! Denk bloß an! **tripartitum** wäre natürlich eine Möglichkeit, aber so weit wird man doch nicht von einem luziden Skript abweichen wollen.«
»Das Völkchen hat abgemacht, mich nie wiederzusehen.«
»Solange sie's unter sich abmachen«, sagte er freundlich.
»Man wird so häufig abgelenkt, hat so viele kleine Ärgerlichkeiten wie diesen *lapsus calami*, den ich grad erwähnte. Schätze, ich werde an Sir Sydney Cockerell schreiben müssen. Oder an Dr. Basil Atkinson. Vielleicht gar an Mr. G. C. Druce.«

»Aber Sie müssen helfen!«
»Nein«, sagte er streng. »Ich kann die Zeit nicht erübrigen. Jeden anderen Tag, meine liebe Maria, aber nicht gerade jetzt. Mit diesem Ambrosius und Ctesias dem Cnydian, da weiß man kaum, wo's langgeht.«
Sie riß sich zusammen, nahm ihm das Manuskript fort und legte es verkehrt herum in eins der Bücherregale. Schmerzlich verzog er das Gesicht, als er dies sah.
»Wissen Sie überhaupt, was ich gesagt habe?«
Er nahm seine Brille ab und betrachtete sie leidvoll mit tränenden Augen. Er wußte es nicht.
Er sagte: »Ich weiß jedes Wort. Du hast mir erzählt, du hättest den Vikar umgebracht. Gar nicht so übel. Wie bist du die Leiche losgeworden?«
Sie erzählte ihm die Geschichte ausführlich, von Anfang an: wie sie den Walfang verdorben hatte und das Völkchen unter ihre Fuchtel gebracht hatte und wahrscheinlich auch den Fischer in ihrem jämmerlichen Klapperkisten-Flugzeug getötet.
»Ach, du meine liebe Güte«, sagte er, als sie zum Schluß gekommen war. »Das kommt aber höchst ungelegen.«
Er gab sich seinen Gedanken hin, ging dann zum Bücherregal hinüber und drehte das Manuskript mit dem Gesicht nach oben.
»Weißt du«, sagte er, »es könnte natürlich leicht irgendein mönchischer Fehlgriff für **trivialis**, eine gemeine Species, nur, daß sie Löwen einen besonderen Wert beigemessen haben – der Satz bezieht sich auf Löwen –, vermöge der Assoziation mit den Evangelien. Das Irrwitzige ist, daß ich den Du Cange verlegt habe.«
Maria brach in Tränen aus.
»Herr im Himmel!« rief er, als er dies Geräusch hörte. »Was ist denn bloß los? Maria, mein Ein-und-Alles, nur so was nicht! Gestatte mir, dir mein Schnupftuch zu leihen, ein Tischtuch, ein Handtuch, ein Laken. Trink ein Glas Himmelschlüsselwein. Riech an verbrannten Federn, so du welche finden kannst. Tu irgend was, Maria, nur weine nicht!«

»Sie wollen einfach nicht überlegen!«

»Überlegen!« rief der Professor und schlug sich den *Lewis and Short* an den Schädel; das Buch sah aus, als wög's an die zehn Pfund. »Überlegen! Oh, ihr großen Mächte der Pedanterie, steht mir bei!«

Nach einem Weilchen setzte er sich ruhig neben sie auf die Seifenkiste und wartete, daß sie aufhöre zu schluchzen.

»Hättest du was dagegen«, fragte er sanft, »das Thema zu wiederholen, das wir eben erörterten?«

Sie wiederholte es mit Schluckauf-Kieksern.

»Ich glaube, wir können davon ausgehen, daß der Pilot nicht ums Leben gekommen ist. Hätte er sich den Hals oder das Genick gebrochen, wäre es dir aufgefallen, als du ihn bewegtest; da hättest du gesehen, daß seine Scharniere an den falschen Stellen sitzen. Nein, nein. Er hat sich bloß ein Bein gebrochen, und das geschieht ihm ganz recht. Du solltest ihm dann und wann etwas Obst bringen und ein paar Zeitschriften, damit er im Bett was zu lesen hat. Wir werden sehn, daß er im Handumdrehen wieder auf dem Damm ist.«

»Ich hoff's so sehr!«

»Aber auch in diesem Fall wirst du mit Lilliput verquer sein.«

»Sie haben mich zum Teufel geschickt!«

»So. Verstehe. Aber, Maria: du mußt versuchen, die Sache mal mit ihren Augen zu sehen. Es ist eine über-die-Maßen verzwickte Situation. Du bist ein Kind, ja, aber sehr groß; sie sind erwachsen, aber sehr klein. Stell dir doch bloß mal vor, wie dir zumute wäre, wenn du ein Erwachsner wärst und den Kopf voll hättest mit Familienangelegenheiten. Nehmen wir an, du wolltest zum Zug nach London, Regenschirm ordentlich zusammengerollt, um wegen irgendeiner Hypothek oder Pfändung oder dergleichen einen Anwalt aufzusuchen, und grad vor dem Bahnhof käm' ein kleines Mädchen, das achtundvierzig Fuß groß ist, über die Hecke gestiegen und trüg' dich weit fort auf ein Feld, in der falschen Richtung, wo es dich hinlegte und dir sagte, du wärst eine Deutsche, während sie General Eisenhower wär'. Stell dir vor, wie das wäre, dieweilen

du justament in diesem Augenblick deinen Zug ohne dich abdampfen hörtest.«
»Aber ich hab' nur mit ein paar von ihnen gespielt.«
»Einerlei. Sie werden erkannt haben, wohin das tendierte. Hätten sie dir nachgegeben, wären sie nicht sie selber geblieben, und ihr gesamtes ökonomisches System wäre in die Binsen gegangen, nur um mit dir Königin und Untertan zu spielen. Und wenn du noch so nett zu ihnen wärst – es wäre unerträglich gewesen.«
»Ich hab' ihnen geholfen. Ich hab' mein ganzes Geld für Schokolade und Flugzeuge ausgegeben!«
»Aber sie wollten keine Flugzeuge, und von Schokolade können sie nicht leben. Sie müssen sich ihren Lebensunterhalt selbst verdienen.«
»Ich glaube ...«
»Sieh mal, Maria. Dies ist ein Problem, das zuvor nur einmal aufgetaucht ist, und das war, als der kleine Gulliver sich im Land der Riesen in Gewahrsam des gewaltigen Mädchens Glumdalclitch befand.«
»Die sind prima miteinander ausgekommen.«
»Genau. Aber weshalb? Weil sie ihn nicht dauernd betatschte und begrapschte. Erinnerst du dich nicht, wie ihm die andern jungen Damen zuwider waren, die ein Spielzeug aus ihm machen wollten? Er konnt's nicht ausstehen, daß man achtlos mit ihm umging und ihn befummelte, und Glumdalclitch war er dankbar, weil sie sich ihm gegenüber nur als liebevolle Helferin benahm. Werd' dir sagen, was du tun mußt, wenn du's mit Lilliput wieder gutmachen willst. Du darfst sie nie – niemals – *zwingen*, irgend etwas zu tun. Du mußt genauso höflich zu ihnen sein, wie du's jedem anderen deiner Größe gegenüber bist; und dann, wenn sie deine Großmut daran erkennen, daß du keine brutale Gewalt ausübst, werden sie dich bewundern und dir Liebe entgegenbringen. –
Ich weiß, wie schwer das ist«, fuhr er milde fort. »Denn die Schwierigkeit beim Lieben ist, daß man besitzen möchte, was man liebt. Aber du mußt deine Gefühle im Zaum halten und dich stets

vor Gemeinheit und Niedrigkeit hüten. Das wird sehr schwer sein, fürwahr.«

»Der Schulmeister hat mich aus dem Tempel gewiesen. Damit hat er gemeint, ich dürfte nie mehr wiederkommen.«

»Einmal dürftest du wohl noch hin, möchte ich meinen, wenn du um Vergebung bitten willst.«

»Ich seh' aber nicht ein, wofür ich um Vergebung bitten sollte. Ich hab' ihnen doch bloß helfen wollen zu fliegen.«

»Sie haben dich gebeten, es nicht zu tun.«

Störrische Eitelkeit machte sie trotzig.

»Ich hab' versucht zu helfen, und ich hab' keinen einzigen geschlagen oder zu etwas gezwungen. Ich werde *nicht* sagen, es täte mir leid.«

Der Professor stand auf, nahm sein Manuskript zur Hand, verdrängte sie aus seinen Gedanken.

»Nun ja, nun wohl, Maria. Mit Sicherheit werd' ich dich nicht dazu zwingen. Wenn du mich entschuldigst: da ist diese kleine Sache mit dem **tripharium**, die ich aufklären möchte, so gut ich's vermag.«

Sie bekam kein Wort mehr aus ihm heraus und ging übellaunig fort. Ihre Schuldgefühle waren nur noch stärker geworden.

Sie brauchte zwei Tage, um die Leviten zu verdauen, die man ihr gelesen hatte. Manchmal schwor sie sich, eher zu sterben, als sich bei einem elenden Häufchen von Knirpsen und Däumlingen zu entschuldigen. Manchmal machte sie sich klar, wie schlecht der Herr Professor von ihr denken mußte. Manchmal schluckte sie ein bißchen von dem, was er ihr gesagt hatte: vielleicht war sie den Leutchen *wirklich* ein wenig auf den Wecker gefallen; aber trotz allem hätten sie ruhig etwas dankbarer sein dürfen. Ich hätt' die ganze Bande umbringen können, dachte sie, wenn ich gewollt hätte; brauchte bloß mit den Füßen aufzustampfen; und ich hätte Miss Brown ihr Geheimnis verraten können. Statt dessen weisen sie mich von meiner eigenen Insel und reden nicht einmal mehr mit mir!

Nach zwei Tagen hatte sie's endlich geschluckt – ein Gericht wie ekelhafte kalte Hafergrütze, mit einer Pause nach jedem Löffel, bis alles aufgegessen ist.

Sie setzte sich hin und schrieb, in ihrer kleinsten Handschrift, einen direkten und mannhaften Brief. Der lautete:

Werthe Herren,
ich bin jung aber groß. Ihr seit alt aber klein.
Es tut mir leit und ich werde mich bessern.
Hofentlich gehts ihm besser.

Hochachtungsvoll
alles alles Liebe
von Maria

Dann überredete sie die Köchin, ihr ein großes Schneckenhaus auszukochen – es gab einige *Helix pomatia* im Park, äußerst selten in Northamptonshire – und bohrte mit einer Nadel zwei kleine Löcher hinein, als es sauber war, so, daß sie einen Henkel aus Zwirnsfaden anbringen konnte. Das Ganze wurde eine Art Einkaufskorb. Auf dem Reitweg fand sie ein paar Walderdbeeren, legte sie in den Korb, und riß eine der Mittelseiten aus Miss Browns ›*Pilgrim's Progress*‹, weil ihr nichts anderes einfiel, was als Zeitschrift taugte. Den Brief faltete sie so klein wie möglich zusammen, versiegelte ihn mit einem runden Stückchen Papier wie Konfetti und machte sich auf den Weg zum See.
Als sie zur Insel kam, stellte sie fest, daß ihr Pfad mit ineinander geflochtenen Brombeerranken versperrt war. Sie knüppelte sich nicht den Weg frei, sondern hinterlegte den Brief und die Tröstungen für den Invaliden in einem der Kanus.
Drei Nächte machte Maria wehen Herzens den Weg mit Obst und Lektüre, doch in der dritten Nacht hob sich das Geranke wie von selbst. Da stand der Schulmeister, um sie mit strahlendem Gesicht willkommen zu heißen, und froh fielen sie einander in die Arme.

XII

Das Völkchen faßte allmählich wieder Vertrauen, als ersichtlich wurde, daß ihr Kind-Berg sich alle Mühe gab; und mit dem Piloten ging's bergauf, wie der Professor prophezeit hatte. Maria war von nun an sorgsam darauf bedacht, niemanden zu ihrem Liebling zu machen, und das Gummizug-Flugzeug wurde nie wieder erwähnt. Wenn sie an's Königin-Sein dachte, wurde sie schamrot. Jede Mitternacht kam sie für ein oder zwei Stunden: die Tage gehörten der Algebra und waren von Teleskopen bedroht.

Stimmt schon: morgens war sie müde, und die Köchin sagte, sie säh' bei kleinem kränklich aus; aber Miss Brown merkte nichts, da sie alle Hände voll zu tun hatte, mit dem Vikar ihr Komplott zu schmieden.

Maria warf jegliche Bedenken beiseite und vergnügte sich nach Herzenslust. Sie genoß es, sich mitten in der Nacht davonzustehlen, und liebte den gefahrvollen Gang vorbei an der Tür ihrer Tyrannin. Sie liebte den wundersamen Sommer-Mondschein, silbern und samtschwarz. Am meisten liebte sie das Zusammensein mit dem altmodischen Völkchen und staunte immer wieder über ihre funktionstüchtige winzige Wirtschaft.

Eine ihrer Entdeckungen war, daß Riesen einen Fehler begingen, wenn sie für Zwerge kleinformatige Geschenke aussuchten. Ein Riese tat gut daran, das größte Geschenk zu wählen, das ein Zwerg gerade noch bewältigen konnte, während der Zwerg das kleinste und feinste Ding aussuchen mußte, das dem Riesen von Nutzen sein mochte. Der Herr Professor mit seinen Hundertern und Tausendern irrte. Ihr erfolgreichstes Geschenk – sie versuchte, jede Nacht etwas mitzubringen – war beispielsweise der Tiegel ohne Griff gewesen. Es war genau das, was sie brauchten: ein wundervoller Kochkessel für die Farm, der eine Woche lang kochen konnte; und obgleich sie ihn verschämt angebracht hatte, weil sie fürchtete, sie könnten sich durch ein so ärmliches Mitbringsel beleidigt fühlen, dankte man ihr da-

für fast herzlicher als für alles andere. Sie sagten, es sei ›vollkommtet‹.
Die Leutchen ihrerseits entdeckten das ebenfalls.
Anstatt Maria ein Schiffssegel zum Präsent zu machen, beschlossen sie, einen Spinnwebschal für sie zu fabrizieren. Die Seide wurde aus den Netzen der Gartenspinne gewonnen, der braunen mit dem weißen Kreuz auf dem Rücken, und behandelt wurde sie mit dem Saft von Stechginsterblüten, um die Klebrigkeit zu entfernen und sie gleichzeitig gelb einzufärben. Hernach wurde sie von Freiwilligen zu dünnen Streifen verstrickt, da sie keine Webstühle hatten, und diese Streifen wurden schließlich zusammengenäht. Maria durfte den Vorgang verfolgen, und sie hatte die Genugtuung, im Verlauf dieser Arbeit mit eigenen Augen etwas zu sehen, das Lemuel Gulliver sehr interessiert hätte. Sie sah eine Frau einen unsichtbaren Faden in eine unsichtbare Nadel fädeln.
Es wurde ein zauberhafter Schal, und das Merkwürdige dabei: er war fast so fest wie gutes Linnen, vielleicht noch fester. Er gab nach, wie Elastik, und sie konnte ihren Finger hineinstecken, ohne ihn zu zerreißen, obwohl sie hindurchschauen konnte. Viele Jahre später trug sie ihn als Teil ihres Hochzeitskleides. Im Augenblick aber mußte sie ihn, aus Angst vor Miss Brown, unter einem Dielenbrett im Schminkraum der Herzogin verstecken.
Plötzlich wurde ihr klar, weshalb die Lilliputaner ihr jedesmal etwas schenkten, wenn sie ihnen ein Geschenk mitbrachte. Der Grund hierfür war, daß sie nicht ›besessen‹ sein, niemandes Eigentum werden wollten.
Als nächstes entdeckte sie, daß das Völkchen ein gefährdetes Leben lebte, obwohl sich keiner beklagte. Trotz der Tatsache, daß es keine Kriege gab, lauerten allseits Gefahren. Vor dreißig Monden ungefähr hatte es eine Elsterfamilie gegeben, die ganz närrisch auf junge Lilliputaner war und ein Dutzend Babies verschleppte, ehe man sie vertreiben konnte. Elstern sind schlau und haben ein gutes Gedächtnis; als zwei von Pfeilen verwundet worden waren, hatten sie's aufgegeben.
Die Pfeile und Bogen waren interessant. Das Holz unserer riesen-

haften Bäume hatte in den Zweigen, die für einen Lilliputaner-Bogen dünn genug waren, nicht genügend Spannung. Also nahmen sie die Kiele von den Schwungfedern großer Vögel, vorzugsweise Farmhennen, und spannten sie. Die Pfeile hatten Eisenspitzen, aus den Nägeln der Kuppel geschmiedet, doch sie neigten zur Weiche.

Nebenbei bemerkt: Die alten Lilliputaner pflegten vergiftete Pfeile zu verwenden. In England aber fanden sie kein brauchbares Gift – vielleicht zum Glück für Maria. Zwar benutzten sie die Ameisensäure von Bienen und dickten sie ein, doch konnten sie nicht die erforderliche Konzentration auf die Pfeilspitze bringen, so daß es nur zum Erlegen von Insekten reichte.

Wenn sie Bienenstöcke räuberten, um Gift zu erbeuten und Honig (der für sie wichtig war, weil sie keinen Zucker hatten), trugen die Fourageure eine Art Schuppenpanzer aus den Flügeldecken von Käfern. Die Schuppen wurden überlappend auf Mausefell genäht; aber gewöhnlich überfielen sie die Nester natürlich bei Frost und verwendeten Rauch.

Eine weitere Gefahr stellten die Eulen dar; sie waren schlimmer als die Elstern. Es gab drei Hauptarten von Eulenvögeln auf Malplaquet: die Schleier-Eule, den Waldkauz und die Lilford-Eule, die auch bei Tage jagte. Die Horned-Owls waren selten, obwohl auch sie gelegentlich vorkamen. Diese Vögel nun waren draufgängerischer als die Elstern, doch weniger schlau, und sie hatten nie gelernt, sich von irgendwo fernzuhalten. Auch fielen sie nicht wie die Krähenschwärme ein, sondern stießen einzeln wie Sturzbomber senkrecht nieder, und es war nahezu unmöglich, sie zu erlegen. Dazu blieb keine Zeit. Infolgedessen mußte der Wachtposten auf der Kuppel nachts besonders auf Eulen achten, und wenn er eine entdeckte, schlug er an eine Glocke. Als Maria dies erfuhr, wurde ihr bewußt, daß sie die Glocke schon oft gehört hatte. Doch auf dem Lande gibt's so viele Geräusche – lächerliche Laute wie so'n ja-schreienden Esel und dergleichen –, daß wir nachlässigen Menschen sie nicht gebührend beachten. Die Glocke machte Dong-dong-dong, und Maria hatte immer geglaubt, das sei eine

Aas- oder Nebelkrähe. Sobald die Glocke erklang, blieb einem nichts anderes übrig, als mucksmäuschen still stehenzubleiben. Bewegte man sich, sah einen die Eule; blickte man nach oben, bemerkte sie die weißen Gesichter im Mondlicht. Wenn die Wichtelmännchen starr stehenblieben und unverwandt geradeaus blickten, strich sie fast immer vorüber.

Bei Tage, wenn sie nicht so viel unterwegs waren, gab es die Turmfalken. Ihnen gegenüber galt das gleiche Verhalten.

Was die Trapper auf dem Festland anging: die waren ganz auf sich gestellt. Für sie war ein Fuchs ungefähr so groß wie die Nationalgalerie, und da er leicht in der Lage war, über den Trafalgar Square zu fegen, gab's nichts zu bestellen. Am schlimmsten war, daß er auch riechen konnte. Es hatte keinen Zweck, mit kümmerlichen Pfeilen auf ihn zu schießen. Es hatte keinen Zweck, sich im Gras zu verstecken oder stillzustehen, weil er ja eine Nase hatte. Es waren viele Mittel ausprobiert worden, um mit Füchsen fertigzuwerden – gewaltiger Krach, übler Gestank –, aber nichts hatte geholfen. Einem berühmten Trapper war es vor über dreihundert Monden gelungen, einen Fuchs zu blenden, indem er ihm einen Pfeil in jedes Auge schoß. Von normalen Lilliput-Leutchen aber konnte man solche Kaltblütigkeit kaum erwarten. Blieb also nur übrig, stillzuhalten und dem Glück zu vertrauen, wenn man überrascht wurde; vor allem aber, die Augen offenzuhalten, und besonders die Nase, wenn Füchse in der Nähe waren. Sogar ein Mensch kann mit seinen ofengroßen Nüstern einen Fuchs riechen. Die Lilliputaner mit ihren feinen Näslein hatten naturgemäß eine noch bessere Witterung. Dann mußten sie auf die Bäume klettern.

Es war wie das Leben in einer Welt voller Dinosaurier und Pterodaktylen oder noch gewaltigeren Ungeheuern, und sie mußten ganz hübsch auf der Hut sein.

Das Ergebnis war (keinen Biologen wird's wundern, und wenn Du kein Biologe bist, gibt eh keiner was auf Dich), daß die Lilliputaner angefangen hatten, Zwillinge zu gebären. Häufig bekamen sie sogar Drillinge, und dann waren sie furchtbar froh.

Maria wünschte, sie könnte ihnen in all diesen Gefahren beistehn.

Wäre sie reich gewesen oder erwachsen oder sonst etwas von dem, was so erstrebenswert erscheint, bis man's ist oder hat, dann hätte sie sich eine Flinte kaufen können, um die Eulen abzuschießen und sie auf diese Weise aus dem Weg zu räumen. Sie war's aber nicht. Indessen machte sie praktikable Vorschläge. Sie meinte, wenn man ihr alle Fuchsbaue im Park zeige, wolle sie zur nächsten Wurfzeit Teer hineingießen oder sonst etwas Unangenehmes, einerlei, was der *Master of the Malplaquet Hounds*, der Hundeführer des Schlosses, davon auch halten mochte. Sie meinte, mit ihrer, der Lilliputaner, Ortskenntnis und ihrer, Marias, Größe könnten sie schon einiges bewerkstelligen und zuwegebringen. »Zum Beispiel«, sagte sie, »könnte ich mir Petroleum aus dem Ofen besorgen und es auf die Wespen-Nester schütten, wenn ihr mir zeigt, wo welche sind. Ich könnt' sogar die Eulenhorste zerstören, wenn ihr sie gefunden habt.«
Die Leutchen von der Insel waren ihr für ihre wohlmeinenden Überlegungen dankbar und kamen zu dem Schluß, daß sie, alles in allem, kein gar so übler Berg sei. In einer Sternperlen-Nacht gegen Anfang Juli – die Eulen und Käuzchen machten Huhuhuuuh, und die Zweige knisterten, und die Pfoten raschelten, und der gigantische Mond beherrschte das Ganze – stieg Maria die silbern glänzenden Stiegen hinauf, um zu Bett zu gehen. Sie kam an der Tür der gedrungenen Kapelle aus dem achtzehnten Jahrhundert vorüber, wo die Gips-Cherubim mit geblähten Backen wie Putten von der abblätternden Decke herabblickten, zwischen dem königlichen Wappen und den Zehn Geboten; vorüber am überlebensgroßen Porträt des Fünften Herzogs, gemalt von Romney, das unverkäuflich war, weil es einen halben Acker Leinwand bedeckte; sowie dem Aquarell von Neapel mit dem Vesuv, gemalt im Mondschein, ebenso unverkäuflich, weil es fünfzehn Fuß in der Länge maß, das längste Wasserfarben-Gemälde der Welt; vorbei an den kalten Büsten in der Hauptbibliothek, nicht der des Dritten Herzogs, wo Sophokles und andre Greise mit Bärten wie verrenkten Kaldaunen auf die leeren Regale herniederblickten, die einst die MSs von Malplaquet (kostbare Manuskripte) beherbergt hatten; vorüber

mit besonderem Beben an dem erhabenen Schlafgemach, in welchem die Kaiserin Amelia ihren letzten Atemzug getan; und auch vorbei an der Kemenate der Herzogin, allwo ihre eigenen Vorfahren das Licht der Welt zu erblicken pflegten – in Anwesenheit von zwölf Ärzten nebst all jenen Mitgliedern des Staatsrats, die gerade abkömmlich waren ...

Maria war ein gebildetes Persönchen, und das Schloß war für sie voller Geister. Sie wußte, wo der Böse Marquis jene beiden jungen Wilddiebe zum Tode verurteilte; wo der Irre Earl nächtens vor Lola Montez und dem König von Bayern die Geige spielte; wo der Ungestüme Viscount sich den Backenbart mit einem Sechsling abschoß, als er erfuhr, daß er seine Ehre den Juden verkauft hatte; und wo der widerliche winzige Honourable seine Nannie anzündete, weil er zu wissen wünschte, ob sie brennen würde.

Sie kam auf den letzten Gang und öffnete die Tür.

»Guten Abend!« sagte Miss Brown mit falscher Freundlichkeit. »So so, da ist sie also, unsre kleine Landstreicherin – von ihren heimlichen Streifzügen nach Hause zurückgekehrt.«

»Ja, Miss Brown.«

»Und was hat sie verleitet, den Unbilden der Nacht zu trotzen? Welch Engelsgeflüster, wenn man sich denn so ausdrücken soll, hat die zarten Wangen bewogen, ihr Daunenkissen zu verlassen? Wie, Maria?«

Miss Brown machte eine Handbewegung, und schon erschien das strafende Lineal aus dem Algebra-Unterricht.

»Ich bin spazieren gewesen.«

»Ein Mitternachtsbummel, da schau her. Vortrefflich. Zum Zwecke der Verdauung und Erbauung ... und so weiter. Und weshalb und wieso dies Promenieren in Dianens Reich?«

»Ich wollt' an die Luft.«

»*Das* ist es also. In der Tat. Doch just zu dieser Zeit und Stunde? Ein wenig ausgefallen, wie?«

»Es war der Mond.«

»Der *Mond*! Wie sinnig! ›Wenn süß das Mondlicht auf den Hügeln schläft‹ ... und so weiter. –

Und dies hier«, setzte Miss Brown hinzu und öffnete die andere Hand, zeigte Spinnen-Schal und Taschentüchlein und andere Präsente, die sie entdeckt hatte, als sie ihrem Zögling auf dem Weg zum Versteck gefolgt war, »und diese kleinen Köstlichkeiten, Elfengespinst und Tand, falls man es poetisch ausdrücken möchte – sind auch *die*, Maria, nur Mondenschein und Titaniens Träume?«
Was sollte sie nun darauf sagen?
»Wo hast du sie her?«
»Ich hab' sie halt her.«
»Sie hat sie halt her! Eine überzeugende Erklärung! – *Wo*-her?«
»Sag' ich nicht.«
»Sagt sie nicht. Auslassungen sind vulgär, stimmt's nicht? Sagt sie nicht. Und was wäre – nehmen wir mal an: wenn man sie zwänge, es zu sagen? Wie?«
Maria entgegnete entschieden (und war überrascht, daß sie die Wahrheit sprach): »Je doller Sie mir wehtun, desto weniger werden Sie hören.«
»Meinst du?«
»Ja.«
Das brachte die Gouvernante aus dem Konzept. Eine der besten Methoden, mit Tyrannen umzugehen, ist die: Du sagst ihnen die Wahrheit ins Gesicht, läßt sie wissen, wie sehr verhaßt sie sind, machst ihnen deutlich, daß es ihnen an den Kragen geht, sobald Du sie zu packen kriegst. Da kriegen sie's mit der Angst.
Miss Brown biß sich auf die Finger.
»Das Kind ist widerspenstig«, sagte sie klagend. »Undankbar ...«
Plötzlich gab's ein Zischeln wie von einer Cobra, so daß Maria sich duckte, und die Erzieherin war flugs aus dem Zimmer. Triumphierend schlug sie die Tür zu und schloß von außen ab.
Fünf Minuten später jedoch änderte sie ihre Meinung. Maria hörte zu ihrem Erstaunen, wie der Schlüssel leise wieder zurückgedreht wurde. Und sie wußte, daß man ihr die Freiheit ließ. Warum wohl – wie?

XIII

Der nächste Morgen war wunderschön, ein wenig windig, und während der beiden Stunden, die eigentlich den unregelmäßigen Verben hätten gehören sollen, bewegten sich zwei Expeditionen aus dem vernachlässigten Schloß hinaus. Miss Brown unternahm einen Ausflug zum Pfarrhaus, und Maria ergriff die Gelegenheit, den Professor zu besuchen.

Sie fand ihn bekümmert auf der Suche nach seinem Du Cange – das ist ein Wörterbuch des mittelalterlichen Lateins, falls Du's nicht wissen solltest –, doch das war eine nahezu unlösbare Aufgabe in dem Chaos, das er in seinem Cottage angerichtet hatte. Bücher standen in Regalen, die schon vor fünfzig Jahren voll gewesen waren. Der gesamte Fußboden mit Ausnahme des Teils um die Tee-Anrichte herum, auf der er zu sitzen pflegte, war vollgepackt mit Bergen von angeschimmelten Büchern. Ja, und da er seit der Jahrhundertwende Zitate verifizierte und derlei mehr und zu jenen Unglücklichen gehörte, die ein Buch mit der aufgefundenen Stelle an irgendeinem zugänglichen Ort offen liegenlassen, waren alle Fensterbretter, Simse, Sitzgelegenheiten und andere flachen Oberflächen mit verifizierten und längst vergessenen Zitatstellen bedeckt. Zu jeder Tür hatte er einen schmalen Gang gelassen. Aber auch die Treppenstufen hatten sich als verführerische Ablageplätze erwiesen, und so hatte der gute Alte die größten Schwierigkeiten, ins Bett zu gelangen. Sogar das Bett selber wäre ihm versagt geblieben, wenn es sich nicht um ein Doppelbett gehandelt hätte. So gelang es ihm, ein kleines Plätzchen zu ergattern – eingequetscht zwischen Gesner und die elf Bände von Aldrovandus nebst Anhang über Ungeheuer.

Der Professor kroch auf Händen und Knien umher, versuchte, mit schiefgelegtem Kopf die Titel der untersten Bände zu entziffern, ohne den Stapel durcheinander zu bringen. Jetzt hatte er genug von der Gelehrsamkeit und freute sich, Maria zuhören zu können. Sie erzählte ihm, wie Miss Brown ihre Schätze von Lilliput entdeckt hatte, vielleicht, indem sie ihr mit dem Vergrößerungsglas zur Schminkstube der Herzogin gefolgt war; und wie sie sich geweigert habe, ihr deren Herkunft zu offenbaren. Er war teilnahmsvoll.

»Nun ja, wohlan, mein liebes Kind«, sagte er, sich in Gedanken verloren auf einem Stapel Bücher niederlassend, der zufällig den gesuchten Du Cange enthielt, »ist dir jemals aufgefallen, daß du, sobald irgend etwas Ungewöhnliches eintritt, sogleich mit einem moralischen Problem konfrontiert bist? Fändest du dich, zum Beispiel, in der ungewöhnlichen Lage von Alice im Wunderland, die sich nach Belieben groß oder klein machen konnte, wäre nichts einfacher, als die Bank von England auszurauben. Du brauchtest einfach nur winzig-klein reinzugehen – sagen wir mal, wie eine Stecknadel –, und übergroß mit ein paar Millionen Pfund in den Taschen wieder rauszukommen – durch's Oberlicht oder sonstwas. Moralproblem: Soll ich Räuber werden? Oder wenn du dich in der ungewöhnlichen Lage des Unsichtbaren von meinem guten Freunde Mr. Wells befändest, wäre nichts leichter, als dich in die Boudoirs deiner Bekannten einzuschleichen, um durch das Aufdecken ihrer Geheimnisse dein sattes Ein- und Auskommen zu finden. Moralproblem: Soll ich Erpresser werden? Nun ist's ganz gewiß außergewöhnlich, eine Kolonie von sechs-Zoll-großen Leutchen aufzuspüren, und sogleich siehst du dich dem moralischen Problem gegenüber, ob du ihre Königin werden sollst. Darf ich mich in Lilliputs ur-eigene Freiheit einmischen und eine Diktatorin werden? – Ach, du meine liebe Güte, Maria: das wird ja eine regelrechte Lektion. Ich langweile dich wohl?«

»Nicht im geringsten«, sagte sie. »Ich find's ganz lustig.«

»So. Und nun haben wir deine Gouvernante auf der Spur des Ungewöhnlichen, und sie hat ihr eigenes moralisches Problem zu bestehen. Wie wird sie's lösen?«

»Was lösen?«

»Das Problem des Sich-Einmischens.«

»Wenn Miss Brown sich irgendwo einmischen kann«, sagte Maria bitter, »dann tut sie's.«

»Wie?«
»Ich denke, sie wird sie einfach verbieten oder so.«
»Viel schlimmer.«
Sie sah ihn angstvoll an.
»Sie wird sie verkaufen«, sagte er.
»Aber das kann sie doch nicht machen! Sie sind *wirklich!* Es sind Leutchen! Sie kann sie nicht einfach verkaufen wie ... wie Hühner!«
»Nichts ist wahrscheinlicher. Kapierst du nicht, daß sie wahnsinnig wertvoll sind? Ein großer Zirkus würde tausend und abertausend Pfund bezahlen, um sie zu erwerben; vielleicht gar Millionen. Sie sind die einzigen ihrer Art auf der Welt.«
»Aber ... Aber ... das *kann* sie doch nicht! Das wäre ja bestialisch. Sie würden ... sie würden *Sklaven.*«
»Nun weißt du also, Maria, weshalb sie ihr Geheimnis nicht preisgeben wollten.«
»Ich werd's ihr niemals verraten. Und wenn sie mich umbrächte – verraten würd' ich's *nie*. Dieses Biest!«
»Du meine Güte. Ja. Aber die Frage lautet, liebes kleines Fräulein, ob sie überhaupt das Recht hätte, deine Lilliputaner zu verkaufen? Laß mich mal nachdenken.«
Er schlurfte zu einem der Bücherregale, wo er eben ein paar braune Bände entdeckt hatte, die der Du Cange sein mochten, es aber doch nicht waren; dann kehrte er guten Muts zurück.
»Weißt du, Maria: die ganze Situation ist dermaßen in Ungewöhnlichkeit eingewickelt, daß es schwierig ist, sie nüchtern zu betrachten. Zum Beispiel: Sind diese Leutchen Menschen oder nicht? Wie lautet die juristische Definition eines menschlichen Wesens? Hört der Mensch auf, Mensch zu sein, wenn er nur sechs Zoll groß ist? Wären sie Menschen, so wär's wohl ungesetzlich, deine Wichte verkaufen zu wollen, weil es in England ein Gesetz gegen die Sklaverei gibt. Andererseits: Sind sie Menschen – welche Nationalität haben sie dann? Brauchen sie einen akkreditierten Botschafter, um ihre Interessen im St. James' wahrzunehmen? Werden sie als *British Subjects By Birth* betrachtet, als in

England domizilierende Einkommensteuerpflichtige? Letzteres bestimmt, wenn mich nicht alles täuscht. Und wieder anders: Wenn sie keine Menschen sind – müssen wir sie dann als *ferae naturae* ansehen, als Wild-Tiere, die ins Eigentum des Grundbesitzers übergehen? Träfe dies zu, wärst du der Gutsbesitzer, und da du noch minderjährig bist, könnten Miss Brown und der Vikar sie in deinem Namen veräußern.«
»Ich weiß nicht, was sie sind«, sagte sie traurig.
»Was oder wer sie auch sind – sie haben nur vierhundert Sprugs in Gold. Eins scheint unvermeidbar: Wenn sie nicht verkauft werden wollen, sobald deine Gouvernante sie aufgespürt hat, müssen sie um ihr Recht vor Gericht ziehn, und vierhundert Sprugs, Maria, reichen nicht hin. Für eine solche Summe bekämen sie keinen zuverlässigen Anwalt, und bei dem üblichen Gang von Klage und Widerklage würden sie vermutlich den kürzeren ziehn.«
»Wir sorgen dafür, daß die sie nicht findet.«
»*Last but not least*«, sagte der Professor, tief aufseufzend: »Wir reden über ihre Zukunft, als hänge sie von uns ab. Sie sind aber vernunftbegabte und zivilisierte Wesen, die ihre Zukunft selbst entscheiden müssen. Dafür gebe ich mir selbst die Schuld. Ich bin drauf und dran, ein Barbar zu werden. Das darf nicht sein.« Verstohlen klopfte er auf einen der nächst-liegenden Folianten, um sich von Barbarei zu heilen, und sah Maria über seine Brille hinweg an.
»Ich persönlich habe festgestellt: die beste Art und Weise, mit einer prekären Situation fertigzuwerden, ist die, ihr ins Auge zu blicken und sie zu provozieren und den Strauß auszufechten, statt die Bedrohung über einem hängen zu lassen. Wenn ich ein Lilliputaner wäre, glaube ich, würde ich's vorziehen, entdeckt zu werden, und vor Gericht gehen und die Sache ans Tageslicht einer Art von Gewißheit zu bringen, statt unter dem dräuenden Schatten des Entdecktwerdens in gefährdetem Versteck zu bleiben.«
»Aber vielleicht kämen die nicht zu ihrem Recht.«

»Das befürchte ich.«
»Wieso«, sagte Maria, »können wir dann nicht einfach dafür sorgen, daß Miss Brown sie überhaupt nicht findet?«
»Die Frage ist, ob du das kannst. Kinder sind im Vergleich mit ihren Eltern entsetzlich im Nachteil. Wenn deine Gouvernante sich in den Kopf setzt rauszukriegen, wo du deinen Sprug und die anderen Dinge her hast, könnte sie wochenlang herumquengeln, könnte dich ohne Abendessen ins Bett schicken, könnte dich auf Wasser und Brot setzen oder dich in Fußballstiefeln umherlaufen lassen, und ich darf wohl sagen, daß eine Kanaille ihres Kalibers noch Schlimmeres zustande brächte.«
Bei dem Gedanken an das, was Miss Brown tatsächlich fertigbringen könnte, sank Maria das Herz. Sie wußte genau, daß ihr's zweifellos zuzutrauen war, sie zu schlagen, und bei dieser Aussicht krampfte sich ihr kleines Frauenherz zusammen – nicht nur wegen der quälenden Schmerzen, sondern auch wegen der Erniedrigung und Bestialität. Ein paar furchtbare Augenblicke lang sah sie sich, wie sie war, und bezweifelte, ob es möglich wäre, unter solchen Bedingungen das höchste Geheimnis zu wahren. Tapfer aber sagte sie:
»Mir macht's nichts aus.«
»Vielleicht meinst du jetzt, es würde dir nichts ausmachen. Doch wenn sie's monatelang durchhielte?«
Über eine Stunde lang diskutierten sie das Problem, ohne es einer Lösung näher zu führen. Bis es für die Conquistadorin an der Zeit war, nach Hause zu gehen.
Da wir grad von Conquistadoren reden: der Herr Professor verhedderte sich gegen Ende der Konferenz in eine Abschweifung und bestand darauf, daß sie die zwei Bände ›Eroberung‹ von Prescott mitnehme. Er sagte, die würden ihr zeigen, was Menschen mit neu eroberten Völkern fertigbrächten, wenn die sich als wertvoll erwiesen.
Im Pfarrhaus war unterdes eine gänzlich andere Diskussion zugange.
Der Einfluß, den Miss Brown über Mr. Hater hatte, war folgender. Sie war eine sehr entfernte Verwandte von Maria, dazu die einzige

noch lebende. Du erinnerst Dich an das verschwundene Pergament bezüglich des Erbes von Malplaquet? Der Vikar neigte zu der Ansicht, wenn man es fände und leicht abändere, könnte durch ein Procedere *mort d'ancestre* eine eigentlich Maria zustehende gewaltige Summe Geldes für Miss Brown gewonnen werden.
Deshalb streifte er so viel im Schloß umher: auf der Suche nach Versteckplätzen. Gelänge es ihm, das Pergament aufzustöbern und die richtige Fälschung vorzunehmen, würde er Miss Brown ihres Geldes wegen heiraten, obwohl sie einander haßten. Das Verbrechen würde sie aneinander binden. Sein Wissen und ihr Name wurden benötigt, dieses Ziel zu erreichen.
Du magst einwenden, Vikare seien für gewöhnlich keine Fälscher. Manchmal sind sie's auch wirklich nicht. Doch eines Menschen Herz ist ein merkwürdiger Mechanismus, meine liebe Amaryllis, und es ist erstaunlich, was sogar Vikare zu denken imstande sind, solange es ihren eigenen Interessen nützt. Irgendwie – vielleicht durch seltsame und abwegige Seitenpfade spezieller Fürbitte – hatte Mr. Hater sich selber davon überzeugt, daß nichts Verwerfliches daran sei, einen alten Erbschafts-Titel zu ändern, so er ihn nur zu finden vermochte. Jedenfalls hatte er mühevoll geschuftet und wie ein verdrießlicher alter Aasgeier im British Museum und dem Public Record Office gestöbert, um die Existenz des Titels zu entdecken, und Maria hatte überhaupt nichts getan. So ein Typ war er nun einmal. Es gibt halt Menschen, die jeden Gedanken an eine Übeltat verdrängen, die sie begehen.
So einer war der Vikar, und deshalb predigte er sonntags in seiner ausgefallenen alten Kirche nicht weniger grausam über finstere Sünden.
Die Unterhaltung im Pfarrhaus an jenem sonnigen und windigen Morgen drehte sich also nicht um Lilliput. Keiner von beiden war kultiviert genug, Sprugs mit Gulliver zu assoziieren oder aus dem Namen Lilliput, der auf das Taschentuch gestickt war, irgendwelche Schlüsse zu ziehen. Sie hatten nicht genügend Phantasie, um an Sechs-Zoll-Leutchen zu glauben. Hättest Du ihnen gegenüber ›Gullivers Reisen‹ erwähnt, würden sie gesagt haben: »Ach, das ist

doch dieses Kinderbuch, oder?« Zwar hatten sie ein paar verschwommene Vorstellungen von Geld und solid-achtbarem Auftreten – doch an richtige Ideen hatten sie seit Jahr und Tag keinen Gedanken verschwendet.

Sie hatten entschieden, daß Marias drei Schätze (der Sprug, das Taschentuch aus dem achtzehnten Jahrhundert und der Seidenschal, der seiner Hauchdünne wegen offenbar von Wert war) in irgendeinem geheimen Ankleidezimmer der dahingegangenen Herzogin versteckt gewesen sein mußten. Den Sprug hielten sie für eine Ziermünze von einem Abendkleid der Herzogin. Ihre wabbelnden Backentaschen schlabberten vor Gier bei dem Gedanken, Maria habe tatsächlich einen Tresor-Raum voller Schätze entdeckt, und ihr verschollenes Pergament befinde sich wahrscheinlich dort.

Für gewöhnlich waren sie Mummenschanz-Halunken, doch die Erregung ob der Entdeckung ließ sie geschwätzig werden.

»So ein schwieriges Kind«, jammerte Miss Brown, »halsstarrig und unzuverlässig. Hat sich zu sagen geweigert, wo sie die Sachen gefunden hat, Mr. Hater, und drum herum geredet; aber ich hielt es für klüger, kein Aufhebens davon zu machen. Bestrafung hätte sie nur noch verstockter gemacht.«

»Aber weshalb sollte sie sich weigern?«

»Aus purer Boshaftigkeit.«

»Das ist doch lächerlich, Miss Brown. Wir haben ein Recht darauf, die Besitzverhältnisse von Malplaquet zu kennen – als die geschäftlichen Sachwalter und Fürsorger des Kindes. Wie können wir das Gut verwalten, wenn sein Ausmaß verheimlicht wird? Sie müssen sofort mit Maria reden und sie zur Vernunft bringen. Sie sind ihre Gouvernante. Sie werden sie doch wohl unter Kontrolle haben? Sie müssen gleich heute nachmittag ernsthaft mit ihr reden.«

»Das werde ich tun.«

Der Vikar schaute fort und murmelte in Richtung des gotischen Kamins:

»Wir müssen daran denken, wieviel davon abhängt.«

XIV

»Komm her.«

Maria kam und stellte sich linkisch vor Miss Brown hin und starrte auf die scharf eingekerbten wulstigen Finger in dem unförmigen Schoß.

»Ich habe mich entschieden, dein Benehmen von gestern nacht zu vergessen.«

Sie sagte nichts. Man konnte nie wissen, ob die Gouvernante feindselig oder freundlich gestimmt war, denn in beiden Fällen zeigte sie das gleiche verschlossene Gesicht. Maria wartete ab; es würde sich zeigen, wo der Haken war.

»Ich habe mit dem Vikar über die versteckte Tresorkammer gesprochen, die du entdeckt hast.« Das waren böhmische Dörfer.

»Du weißt natürlich – ich habe es dir Dutzende Male gesagt –, daß du von einer langen Linie von Verschwendern abstammst, die nur an ihre eigenen Vergnügungen dachten und denen es nichts ausmachte, zum Schaden armer Händler, die ihnen vertrauten, Bankrott zu machen.«

»Mein Urgroßvater«, sagte Maria stolz, »war Prime Minister von England.«

»Ich wäre dir dankbar, wenn du mir nicht widersprechen würdest. Du weißt, daß Malplaquet von deinen Vorfahren ruiniert worden ist und daß du Mr. Hater praktisch auf der Tasche liegst – ein Wohlfahrts-Baby.«

Das stimmte nicht, denn der Vikar bezog ein Gehalt als Vormund und unterschlug darüber hinaus das meiste Geld, das bis zu Marias Volljährigkeit im Gut hätte angelegt werden sollen. Daher hatte er den Rolls-Royce.

»Ich hab' gedacht, die Schulden würden abgezahlt.«

»Das steht zu hoffen. Würden sie nicht schneller gezahlt, wenn man die unrechtmäßig erworbenen Gewinne deiner Vorfahren aus dieser Geheimkammer ans Licht brächte, die du vor uns zu verbergen suchst? –

Da war doch diese Adelskrone bei der Krönung«, fuhr Miss Brown listig fort und lauerte mit verkniffenen Augen auf eine Reaktion, »die 1797 verschwand, mit den schwarzen Perlen darin. Da waren die Insignien des Hosenband-Ordens, die dem Herrscher nie zurückgegeben wurden, und das mit Diamanten besetzte Schwert, das dem Zweiten Herzog von Katherina der Großen überreicht wurde. Wo sind die?«
Maria spürte eine unheilige Freude für Lilliput in sich aufsteigen, als sie zu begreifen begann, wie sehr ihre Gouvernante in die Irre ging.
»Ich weiß nichts von einer Geheimkammer.«
»Dort müßten auch Papiere sein – Dokumente, Titel –, die du nicht verstehen kannst, weil du zu jung bist. Du könntest dafür ins Gefängnis kommen, daß du solche Dinge zurückbehältst oder unterschlägst.«
»Kinder kommen nicht ins Gefängnis.«
»Halt den Mund, Maria. Überlege dir, was du sagst.«
»Aber ich sag' Ihnen doch, ich hab' keine Geheimkammer gefunden.«
Miss Brown faßte ihren Schützling in die Augen und fixierte ihn mit ihrem Blick. Sie hatte einen Trick, Maria mit Blicken unsicher zu machen, was nicht allzu schwer ist, wenn ein Kind erwartet, bestraft zu werden.
»Na schön«, sagte sie schließlich. »Du gehst sofort zu Bett, ohne Abendessen, und dort kannst du es dir überlegen.«
Es war entsetzlich, an einem Sommernachmittag ins Bett geschickt zu werden, da der Park so einladend ins Freie rief, aber sie fand sich damit ab. Sie konnte ja an all die Herrlichkeiten von Lilliput denken, und das wog vieles auf.
Wär' ich nur reich genug und hätt' ein Heidmoor-Haus dachte sie; das wäre für das Völkchen viel besser. Die Heidekraut-Stengel wären natürliche Bäume für sie: denn Heidekraut ist mehr wie ein knorriger und verkrümmter Baum als alles, was ich kenne; nichts Laubabwerfendes, sondern eine Art Konifere; und dort könnten sie in ihrem eigenen kleinen Wald leben, mit richtigen Lichtungen

und Sumpflöchern als Teichen und Seen, und all den winzigen Pilzchen und Flechten, die man sehen kann, wenn man auf dem Bauch liegt. Im Sommer könnten sie Millionen von Insekten jagen, und sie könnten sich regelrechte Städte bauen, und alles ganz maßstabgetreu.

Das schlimme wäre, dachte sie weiter, daß es unmöglich sein würde, sie zu beschützen. In dem Augenblick, wo man sie auf ihrem Moor entdeckte, würden all die großen Menschen versuchen, sie einzufangen, für Zirkusse und so weiter, genau wie Captain Biddel und Miss Brown.

Im Moor könnte man sie nämlich unmöglich versteckt halten. Jemand würde sie beim Durchwandern entdecken, und dann war das Spiel aus.

Auch wenn man einen Zaun drumherum errichtete und riesige Mauern baute, würde das die Leute nur noch neugieriger machen. Sie würden rüberklettern, um mal nachzusehen, was sich da tat.

Und wenn man eine Armee von Posten bezahlte, um die Grenzen mit Maschinenpistolen zu bewachen, na, dann würden alle Vorüberkommenden vor Neugier halb verrückt, und die Posten auch, und das Ganze wär' für die Katz und würde sofort entdeckt.

Was man brauchte, dachte sie hungrig, denn die Teezeit war vorbei, wäre irgendeine Insel vor der Westküste von Schottland oder Irland, irgendeine unbewohnte Insel mit einem Wachtturm, so daß das Völkchen sich verbergen könnte, sobald sich jemand in einem Kanu näherte. Es müßte eine Heidekraut-Insel sein. Ist doch wirklich eine Schande, daß man ihnen nicht einmal dort anständige Häuser über der Erde geben könnte. Aus Angst vor Besuchern würden sie weiterhin im Untergrund leben müssen. Möcht' wissen, ob man Häuser bauen könnt', die in die Erde versinken, wenn man einen Hebel bewegt, wie ein Wassereimer im Brunnen? Wenn ich reich wär', würd' ich so eine Insel kaufen, und wir würden da miteinander sicher leben. Was aber, wenn ich sterbe? Ich schätze, ich werd's meiner ältesten Tochter erzählen, wenn sie einundzwanzig ist, wie das Geheimnis von Glamis. Wenn sie aber nun ein Ekelpaket ist wie Miss Brown? Das beste wäre, ein großes Modell-Unterseeboot zu kaufen, wie die Kreuzfahrt-Schiffe, die in den Schaufenstern der Schiffs-Agenturen stehen, und dann könnte das Völkchen immer auf die Suche nach Lilliput fahren, wenn sie Lust hätten. Es würde eine schrecklich gefährliche Fahrt ...

Nein, würd's nicht. Wenn ich wirklich richtig reich wäre, würde ich ein breites seichtes *loch* in Schottland oder Irland kaufen, wenn's genug kleine Inselchen hätte. Richtig winzige. Sobald eine Insel auch nur einen Acker groß ist, erwacht das Interesse der Menschen, und sie stellen alles mögliche an, um daraus Geld zu machen, mit Schafen oder so. Aber es muß doch Millionen Inselchen in *lochs* und in Clew Bay und sonstwo geben, die nicht groß wie ein Tennisplatz sind, oder noch kleiner. Für Menschen wären sie wertlos. Bestimmt gibt's Inseln in Lough Con, auf die seit hundert Jahren keines Menschen Fuß getreten ist, einfach, weil sie zu klein sind, um etwas abzuwerfen.

Also: ich würde dieses *loch* mit den uninteressanten Inseln drin kaufen – Heidekraut müßte schon darauf wachsen –, und weißt du, was? Ich würd' überhaupt nicht versuchen, ein Geheimnis draus zu machen! Ich würde Puppenhäuser kaufen und japanische Gewächse und all so was, ganz offen, und die würd' ich auf meine Inseln bauen. Ich würd' sogar einen Tag-der-offenen-Tür einrichten, Freitag, da könnte sie jeder besuchen, der einen Schilling fürs Rote Kreuz zahlt. Die Leute würden meinen: da ist doch diese überdrehte alte Jungfer Maria, die hat in ihrem *loch* so eine Art von japanischen Gärten als Hobby. Und die ganze Zeit würde das Völkchen dort in Sicherheit leben. Das *loch* müßt' groß genug sein, damit sie rechtzeitig gewarnt werden können, so daß sie, wenn ein Boot vom Festland abstößt, Zeit genug haben, sich im Menschenschutzbunker zu verbergen. Sie würden von den Wachttürmen gewarnt. Und freitags wären die Posten natürlich verdoppelt.

Alles wäre versteckt. Die Häuser und die Gärten könnten stehenbleiben, und alles, was ich selbst gemacht haben könnte – aber

keine halbvollen Teetassen oder Spülwasser oder derlei verräterische Kleinigkeiten ...
Wir müßten Schutz-Übungen veranstalten.
Wenn ich allein rausführe, müßten sie sich trotzdem verstecken, bis ich auf einer bestimmten Pfeife pfiffe. Da müßten wir ganz streng sein. Wenn ich ein Feuer brennen sähe oder ein verwühltes Bett fände, würde ich sofort den Magistrat holen und es ihm zeigen. Dann würde der Übeltäter bestraft, richtig bestraft – nicht um ihn zu bestrafen, natürlich, sondern um zu verhindern, daß so was nochmal passiert ...
Der Ärger mit Strafen ist, dachte sie, daß es den Leuten Spaß macht, jemanden zu bestrafen. Auf unsern Inseln müßten wir so etwas verbieten. Vielleicht könnten wir den Missetätern an den Füßen wehtun, wie in China. Für die Füße schämt sich niemand. Und Scharfrichter würden wir natürlich keine haben; das würde von einer Maschine erledigt. Alle Strafen für alle Fehler wären unveränderlich, so, wie Feuer brennt, wenn man den Finger rein hält, und alle wissen das.
Also: ich würd' das verwühlte Bett dem Magistrat zeigen (aber ich müßt' achtgeben, nicht die Königin zu sein), und der würd's der Lady zeigen, die den Fehler begangen hat, und die würd' sagen: »Ach, du mein liebes bißchen, darauf hab' ich ganz vergessen«, und er würde im Vergeltungsbuch nachsehn und sagen: »Hier steht: drei Drehungen der Maschine auf deine Fußsohlen«, und sie würde sagen: »Au verflucht!« – Ich glaube, die Maschine kommt in ein Extra-Zimmer, damit der Verbrecher reingehen kann, ohne daß ihn jemand sieht, und er steckt seine Füße selber in die Löcher und drückt eigenhändig auf den Knopf. Vermutlich wird's nervöse Damen geben, die lieber einen Zuchtmeister hätten, und der würde auf Verlangen von einem Kundendienst gestellt. Könnt' mir denken, daß es sympathische Zuchtmeister gäb', die ganz anständig verdienen. »Ach, Mr. Globgrutt, ich hoffe doch sehr, daß Ihr mir bei meiner Bestrafung morgen beistehen werdet. Ich sage immer zu meinem Mann: in ganz Lilliput gibt's keinen Hinrichter, der so gefühlvoll mit der Maschine umgehn kann wie Ihr.«

Und was wäre mit Mördern?
Na ja, das Völkchen wird schon seine eigenen Gesetze haben, und da möcht' ich mich nicht gerne einmischen. Wenn sie mich aber tatsächlich fragen sollten, dachte Maria, dann würde ich ihnen den Rat geben, sich eine Extra-Insel für Mörder anzuschaffen. Da ist nichts Schlimmes dabei: die wäre genauso gemütlich wie die anderen, nur, daß da eben jeder ein Mörder wäre. Wir würden zu ihnen sagen: »Wir wollen dich nicht unglücklich machen, aber wir können dir nicht mehr trauen, also mußt du mit den Gefährlichen zusammenleben. Wenn ihr euch gegenseitig ermordet, kann man nichts dran ändern, basta; aber *wir* wollen nichts mehr mit euch zu tun haben.«
Und wir würden ihnen alle Babies wegnehmen und sie auf den vernünftigen Inseln aufziehen. Das wär' das schlimmste für sie – die armen Würmer ...
Da gäb's die Mörder-Insel und die Gauner-Insel – die hätten's ganz schön schwer, sich gegenseitig zu behumpsen – und die Quäler-Insel: für Leute wie Miss Brown. Die andern wären allesamt Glücks-Inseln, und nur auf denen würden wir den Bewohnern Waffen geben – für einen eventuellen Krieg ...
»Aber was soll's!« sagte Maria laut und verärgert. »Ich kann hin und her überlegen, wie ich will: ich hab' trotzdem einen erbärmlichen Kohldampf!«

XV

Der Grund, weshalb Maria gerade jetzt Hunger hatte, lag darin, daß die Köchin, diese ehrliche alte Haut, mit Captain zusammen die Treppe heraufgehumpelt kam, um die Belagerung mit einem Näpfchen Suppe aufzuheben, und der Suppenduft drang durch die Tür. Offenbar jedoch hatte Miss Brown auf der Lauer gelegen, denn plötzlich gab's im Gang draußen ein Geschuffel. Eine Tür schlug. Und dann hörte Maria, wie der Kochfrau fristlos gekündigt wurde.

»Keine Charakterstärke!« keifte Miss Brown hinten auf dem Korridor.

»Von wegen was Charakterstärke, Mensch«, erwiderte die Kochfrau schlagfertig. »Mit eure ihre tät' ich nich' mal meine Tapete mit beschmieren.«

Die Tür ging zu, etwas leiser, die Schritte verhallten, doch der Geruch nach Suppe blieb.

Es wurde dunkel in dem armseligen kleinen Schlafkämmerchen. Die Abendbrise hatte sich gelegt, und alle sommerlichen Bäume im Park standen stumm, ohne ein Blatt zu bewegen. Das Dämmerschweigen hatte Vögel und Getier beeindruckt. Man konnte ein Kaninchen auf zwanzig Schritt Entfernung mümmeln hören. Leise schnatterten die Wasserhühner auf dem fernen Teich.

Maria entdeckte Muster auf den dunkelnden Tapeten, trommelte aufs Fensterbrett, übte Pfeifen, zupfte Federn aus dem Kissen und lauschte den schläfrigen Vögeln vorm Fenster.

Ich werde Dampfschiffe haben, dachte Maria, die sollen zwischen den Inseln verkehren, solche, wie man sie in Spielwarenläden kaufen kann, die mit Methylalkohol fahren.

Auf einer der Inseln gibt's bestimmt Möwen, schwarzköpfige Möwen, die auf Inseln in großen Seen brüten und gegenseitig ihre Kinder umbringen. Es wär' wohl reichlich riskant, das Völkchen auf einer solchen Insel wohnen zu lassen, zumindest während der Brutzeit, denn ich bin sicher, daß keine Schwarzkopfmöwe sich's zwei-

mal überlegen würde, einen Lilliputaner zu kröpfen, wenn man bedenkt, wie sie ihre eigenen Neffen und Nichten behandeln ... Andrerseits wär's vielleicht keine üble Idee, diesen Vögeln einen Streich zu spielen.
In der Zeit des Jahres, wenn sie nicht brüten, gehen wir mit allen Kräften auf die Möwen-Insel und bauen was. Wir graben flache Gruben zwischen die Kiesel überall am Strand, wie Untertassen, oder wie die Vertiefungen, die Ameisenlöwen machen, und am Grund jedes Trichters bringen wir eine Falltür in der Erde an. Jede Falltür führt zu einem schmalen Gang, und die Gänge sind mit einer unterirdischen Zentralkammer verbunden, in der ich am besten einen großen Krug für Fischleim eingrabe. Wenn's dann auf die nächste Brutzeit zugeht, macht sich ein ausgesuchter Trupp von Lilliputanern nach der Möwen-Insel zu den Tunnels auf den Weg, mit dem notwendigen Proviant versehen, und da leben sie dann unterirdisch wie die *Puffins*, die ganze Saison lang. Jedesmal, wenn eine Möwin ein Ei legt, rollt's natürlich auf den Boden der Vertiefung, und die Möwin setzt sich drauf. Dadurch wird eine Klingel in Bewegung gebracht – wir werden elektrische Batterien einbauen und so einen Indikator, wie ihn der *Master of the Malplaquet Hounds*, der Meuteführer, in seiner Küche hat –, und zwei von den Leutchen laufen sofort den Gang runter, öffnen die Falltür und lassen das Ei in die Kellerei rollen, wo's zur Lagerung in den Tonkrug geschafft wird. Nach einer Weile steht die komische Möwin auf, schaut zwischen ihre Beine, sagt: »Schreck laß nach, ich hab' gedacht, ich säß' auf einem Ei!« und setzt sich wieder hin, um ein neues zu legen. Auf diese Art und Weise könnten wir nicht nur die Zahl der Schwarzköpfe kleinhalten, sondern würden auch Eipulver für Lilliput produzieren.
Wir werden eine Fabrik zum Dehydrieren von Eiern brauchen (oder wie das heißt), weil schon ein Ei ausreicht, um eine Familie eine Woche lang zu ernähren, weshalb das Einzelnkochen unökonomisch wäre. Wenn wir aber die Eier zu Pulver verarbeiten, können wir das Zeug in kleinen Mengen verwerten, vielleicht mokkalöffelweise, und das wäre ein Segen für die Küche ...

Wir könnten aber auch, dachte Maria und fing an zu gähnen, sie in Inkubatoren ausbrüten und sie als Eintagsküken essen, oder wir könnten die Eltern von unter der Erde aus beringen, zu Forschungszwecken, oder wir könnten die Jungen zu Wasserflugzeugern ausbilden ...

Bald war sie weit fort im Himmel der Träume, wo weiße Düsenclipper zur Landung ihre Schwingen zusammenlegten oder in einem Einfallswinkel von 45 Grad streckten, wenn sie abheben wollten. Das kam daher, daß sie in den vergangenen Wochen zu wenig Schlaf bekommen hatte. Ihre Hände lagen unter der Decke; ihre dunklen Zöpfe lagen auf dem Kissen; die geheimnisvollen Schatten unter ihren Wimpern waren stille Tore zu einer Wunderwelt, wo allerlei Rätselhaftes geschah, das niemand ermessen kann.

Kurz ehe sie vollends einschlief, meinte sie zu hören, halb im Traum, wie Miss Brown und der Vikar sich auf der Terrasse unten unterhielten.

Sie erwachte im Dunkeln und war sogleich hellwach. Sie war gesund und glücklich und guter Dinge – und nun geschah etwas höchst Ergötzliches.

Wie eine Spinne am Ende ihres Webfadens, so baumelte ein Sechs-Zoll-Gnom von der Dachrinne vor dem Fenster im Mondschein hernieder.

Wenn fünfhundert flinke Augenpaare all-überall in Deinem Park auf der Lauer liegen und Dich unter Ampferblättern und Distelstöcken hervor beobachten – wenn fünfhundert Paar Öhrchen wie winzige Muschelschalen hinter grünen Brombeeren und wilder Petersilie horchen – ja, und wenn dann noch jemand auf der Terrasse einherspaziert und dem Vikar erzählt, daß Maria ohne Abendessen ins Bett geschickt worden sei: dann kann's nicht ausbleiben, daß diese Entwicklung alsbald Diskussionsthema Nummer Eins in der Metropole von Lilliput wird.

So war es. Und das kleine Völkchen gehörte nicht zu denen, die ihre Freunde im Stich lassen, wenn Not am Mann ist. Im Handumdrehen waren die erforderlichen Vorkehrungen eingeleitet

worden. Man hatte Taue von der Fregatte zusammengespleißt, Transportmittel bereitgestellt und alle anderen Erfordernisse in die Wege geleitet. Um zehn Uhr hatten sie sich in Marsch gesetzt, und eine Stunde, bevor Miss Brown zu Bett ging, waren sie an der Südseite eingetroffen. Von der abendlichen Beleuchtung her wußten sie, wo die beiden bewohnten Schlafzimmer lagen.
Ein wohlbekannter Fassadenkletterer, der gewöhnlich die Außenreparaturen am Ruhetempel vornahm, war im nächsten Regenrohr emporgeklettert, so, wie ein Bergsteiger einen ›Kamin‹ benutzt. Das heißt: er hatte seinen Rucksack gegen eine Seite des Rohrs gestemmt und seine Füße gegen die andere, und so war er, in sitzender Stellung, allmählich höher geklettert, indem er seinen Rücken an der Wand hochschob. Seine Leine war für die immense Länge des Regenrohrs zu kurz gewesen – er hatte nicht genug tragen können –, und so war ihm ein zweiter Kletterer mit einem zweiten Seil gefolgt, der die beiden auf halber Höhe miteinander verknotete. Der obere Steiger, der mittlerweile in der Dachrinne war, hatte bestimmte, für diesen Zweck erforderliche Taljen mitgenommen. Der zweite Kletterer war ihm zu Hilfe gekommen.
Sie ließen das lange Seil außerhalb des Regenrohrs hinab, und eifrige Hände banden das Ende an einen Pfahl, den sie an der Rasenkante eingerammt hatten. So führte nun ein Seil aus gespleißtem Roßhaar von der Dachrinne zum Rasen. Als nächstes führten sie es durch eine aus einem Nagel geschmiedete Schlaufe und befestigten daran ein weiteres Seil. Das lange Seil (oder die Trosse) funktionierte wie das Kabel einer Seilbahn, und mit der kurzen Leine konnte man die Schlaufe daran hinauf- oder herunterbewegen. Das Ganze hatte tatsächlich Ähnlichkeit mit einer Drahtseilbahn.
Als dies alles geschafft und Miss Brown als schnarchend gemeldet worden war, hatte der Fassadenkletterer damit begonnen, sich an einem kurzen Strick auf Marias Fenstersims herabzulassen.
Klammheimlich machte sie auf.
»Wie schön, daß du da bist!«
Er sagte wispernd: »Bindet das am Tischbein fest, Fräulein, oder

sonstwo im Zimmer. Sprecht leise, damit wir kein' Ärger kriegen. Wir haben eine Rolle am Dach angebracht. – Möcht' das Fräulein mit dem Lehrer reden?«
»Oh ja.«
Und wie ein kleines Äffchen verschwand er, während sie das Ende belegte: festmachte.
Alsbald kam der Schulmeister in einer Art Hosenboje.
Er flüsterte: »Guten Abend, mein Fräulein.«
»Guten Abend, Herr Lehrer«, sagte sie herzlich. »Eure Dienerin, Herr Magister. So eine Freude hab' ich schon lange nicht mehr gehabt. Ehrlich.«
»Euer Diener, mein Fräulein. Gestatten, daß ich die Vik-tu-al-jen präsentiere?«
Und da kamen sie langsam an der Rolle herunter: drei gebratene Ochsen, zwei Fäßchen Holderbeerwein, vier Dutzend Laibe Grassamenbrot.
Sie sagte: »Du meine Güte!«
Sie hätte ihn erdrücken mögen.
Es war eine regelrechte Abordnung. Abgesehen vom Rinderbraten und den anderen Herrlichkeiten, waren der Schulmeister und der Admiral und der Fassadenkletterer und ein angejahrter Stadtrat gekommen und hatten eine farbig ausgemalte Botschaft mitgebracht, des Inhalts, daß dies alles nach dem Prinzip geschehe, wonach Invaliden und Gefangene aufzuheitern seien. Dann verfolgten sie interessiert, wie Maria ihr Gesichtshandtuch als Tischdecke auf das Fensterbrett breitete und ihr Nachtmahl vertilgte.
»Ich werd' euch noch die Haare vom Kopf essen«, sagte sie errötend.
»Wir sind gesandt, Euch eine Dankadresse zu übermitteln, mein Fräulein, für Euer stetes Bemühn, das Volk zu beschirmen, welche un-ter-zeich-net ist von der gesamten Gemeinde von Lilliput im Exil.«
»Und von der Marine«, fügte der Admiral gestreng hinzu.
»*Ich* bin's doch, die beschirmt wird«, sagte sie bescheiden, als ihr die Adresse überreicht wurde. »Jedenfalls stecken wir in einem

fürchterlichen Kuddelmuddel. Ich muß euch ja *so* viel erzählen! 'tschuldigung: ich sprech' mit vollem Mund, und 'schuldigt, daß ich schnell mal lese.«
Während sie las, blickten sie sich höflich um – höflicher, als Maria sich auf der Insel umgeblickt hatte. Ihr Zimmer war für sie so fremd, wie es die Insel für Maria gewesen war, aber sie gaben sich Mühe, nicht aufdringlich zu erscheinen.
Die Adresse oder Grußbotschaft war mit Schwarzdorn-Tusche auf ein Pergament aus gegerbtem Wildmaus-Leder geschrieben, dünn wie Japan-Papier, und hatte zum Inhalt, daß gegenwärtige und künftige Generationen wissen und bewahren würden, wie der Frau-Berg sein dem Volke gegebenes Wort gehalten habe, durch Hungersnöte und Gefangenschaft, und so weiter und so weiter. Es war ein wundervolles Ehrenzeugnis, und weil sie nicht wußte, wie sie ihnen dafür danken sollte, faltete sie's zusammen und barg's an ihrem Herzen (in der Pyjama-Tasche). Dann mampfte sie weiter.
Als sie fertig war, sagte sie: »Dank an Lilliput für ein ganz exzellentes Mahl.«
»Stets zu Diensten, mein Fräulein.«
Ihr fiel auf, daß man sie nicht mehr »Eur-Ehren« undsoweiter titulierte. Das »mein Fräulein« schien angemessen und freute sie. Sie wußte nicht, warum.
»Geht noch nicht. Wollt ihr euch nicht meine Sachen ansehn? Allerdings hab' ich nicht viel zu zeigen.«
Sie bewunderten die Textur ihrer Laken, weil sie keine Webstühle hatten, und betrachteten respektvoll die ungeheure Weite des gebohnerten Linoleums. Miss Brown war so böse, daß sie ihr keinen Teppich gönnte, daher gab's nur diesen kahl-kalten Belag und eine billige Wollmatte. Das Mobiliar – Du weißt ja – bestand aus Eisen. Maria machte die Honneurs, so gut es ging. Sie stellte fest, daß der Spiegel auf dem Frisiertisch sie mehr als alles andere interessierte. Deshalb drehte sie ihn so, daß er waagerecht stand, und sie stellten sich darauf und bewunderten sich verkehrtrum. Der Admiral stieß, von seinen Füßen fasziniert, einen Pfiff aus.

Hernach war's an der Zeit, ihnen die ganze Geschichte zu erzählen: wie der Sprug entdeckt worden war, welche Ansichten der Herr Professor betreffs Recht und Gesetz und Sklaverei hegte, und wie Miss Brown nach dem nicht vorhandenen Tresorraum fahndete. Der Schulmeister schien nicht so erfreut, wie sie erwartet hatte, als er von der falschen Fährte vernahm. Er sah sofort, genau wie der Professor, daß die Sicherheit des Völkchens jetzt einzig und allein von der Ausdauer und Beständigkeit eines jungen Mädchens abhing, und wenn er's ihr auch nicht sagte, so kam ihm doch der Gedanke, ob es für sein Volk nicht das beste sei, alsbald auszuwandern, solange das noch möglich war; nicht einmal Maria durfte ihren Bestimmungsort erfahren. Sagen tat er nur, daß er allerlei zu überlegen habe.

Als es Zeit war, sich zu verabschieden, küßten sie ihr nacheinander die Spitze ihres kleinen Fingers. Dann wurde der Stadtrat in diesen Hosenbojen-Apparat gesteckt, um als erster abgeseilt zu werden, und alle verbeugten sich und lächelten und winkten – da gab es Blitz und Donner.

Mit Knarzen und Knarren drehte sich unverhofft der Schlüssel im Schloß, mit quietschenden Scharnieren schnarrte die Tür auf – und im Türrahmen stand Miss Brown in ihrem flanellenen Nachthemd mit einer Kerze. Alles geschah nun derart geschwind, daß die Szene wie in Zeitlupe ablief.

Da stand Miss Brown. Sie hatte Stimmen gehört, war zuerst wütend, dann verwundert und ungläubig erstaunt, auch ein wenig beeindruckt, kurz sich fragend, ob sie Besuchern gegenüber höflich zu sein habe; dann vermutete sie, dann wurde sie sicherer, dann war ihr klar: daß sich hier die Gelegenheit bot, ein paar von den Winzlingen zu erwischen, sie in ihre Hände zu bringen, ihr großes Glück zu machen. Und zur gleichen Zeit rief Maria: »Flieht!« Und die Abordnung floh Hals über Kopf; der alte Ratsherr strampelte in der Hosenboje, und der Admiral zog seinen neuen Degen (aus einer der Woolworth-Nadeln geschmiedet), um den Brückenkopf zu verteidigen wie weiland Horatius.

Miss Brown stürzte vor, um sie zu packen. Sie bekam einen Stich mit der Nadel, der ihr glatt durch den Finger ging. (Das brave Schwert lugte um Haaresbreite aus des Toskaners Hand.) Das bremste sie für eine Sekunde. (Sie taumelte, und am Kaminsims lehnte sie, um Atem zu gewinnen; alsdann sprang sie, durch die Blessur erbost, wie eine wilde Katze dem Admiral schnurstracks ins Gesicht.) Sie bekam ein Bein von ihm zu fassen, doch im gleichen Augenblick attackierte Maria und biß sich an einem anderen Finger fest, bis sie die Knochen spürte. Handgemenge und Getümmel, während das Bojen-Behältnis zweimal nach oben ging. Der Admiral machte Klimmzüge, Maria lag keuchend in der Ecke (ähnlich der Eiche auf dem Averner Berg), und schließlich blieb Miss Brown triumphierend übrig, das Schulmeisterlein in der quabbeligen Hand – halb schon zu Tode gequetscht.

XVI

Der berühmteste der Trapper (oder Fallensteller) hieß Gradnag. Er war ein drahtiger Bursche mit grauem Haar, schweigsam von Natur, der selten mit jemandem sprach, dafür aber alle Vogelstimmen kannte. Seit vielen Monden plante er seinen weitesten Treck. Er war eine Art Allan Quatermain, und nun hatte er das Hinterland eines Kontinents erreicht, den er sein ganzes Leben lang erforschte. Für ihn war's König Salomos Goldbergwerk, denn die Legenden von Lilliput im Exil berichteten von einem geheimnisvollen Haus, jenseits der ausgedehnten Grenzen des eigentlichen Parks, wo es eine fabelhafte Rasse gescheckter Mäuse geben sollte. Die Häute hatten enormen Wert, denn auf der Insel der Ruhe existierte nur ein einziges Fell, und das gehörte zu den Insignien der Gemeinde. Die Sage ging, daß dieses Fell vor dreihundert Monden von dem legendären Trapper erlegt worden sei, der den Fuchs geblendet hatte und als der Größte seiner Zunft in die Geschichte eingegangen war. Blambrangrill, so hatte sein Name gelautet: ein Träumer von fern-fremden Gestaden und nie-gehörten Heldentaten; und Gradnag hatte, wiewohl er kaum jemals sprach, diesen Traum übernommen.
Die Vorbereitungen für den Treck nahmen viele Tage in Anspruch. Er reiste stets allein und mit leichtem Gepäck und lebte von dem, was die Natur ihm bot. Diesmal jedoch war's ihm klüger erschienen, unterwegs geheime Vorratslager einzurichten, je vier Stunden Wegs voneinander entfernt. Er war ein Mann mit Methode. Danach hatte er Späher aussenden müssen, denn wenn das Maushaus der Fama nach auch weit westwärts des Grenzwalls liegen sollte, so war seine Lage mit dem Kompaß doch nicht genau zu bestimmen. Bei vielen Gelegenheiten hatte er den monströsen Wall mit Hilfe raffinierter Schrittlöcher erstiegen, um mit seinen blaßblauen Augen in die unendliche, unbekannte, Weite zu starren. Einen Fakt hatte er an den anderen gereiht. Er hatte die Archive nach Blambrangrill durchforscht, auch das blutige Pergament mit

den Kreuzchen studiert, das man neben seiner mumifizierten Leiche in einer Spalte eben jenes Walls gefunden hatte, in die er, zu Tode verwundet, gekrochen war, während die Katze draußen wartete.

Jetzt war Gradnag selber dort. Er hatte den Grenzwall überquert, den Graben, die riesige wie Malachit glänzende Chaussee. Er hatte Kutschen ohne Pferde gesehen, einhundertzwanzig Fuß hoch, vorbei- und vorüberdonnernd, dröhnend wie eine Herde Elefanten auf der Flucht; riesenhafte Männer ohne Zahl, gleich wandelnden Bäumen; Hunde von dreißig Fuß Größe. Er hatte sich versteckt und Fährten verfolgt und Spuren gedeutet. Tagsüber hatte er philosophierend an seinem winzigen Feuer gekauert, Scheibchen von Rattenspeck bratend. Nun hatte er das Eldorado gefunden. Er war wirklich und wahrhaftig beim ›Haus‹. Bequem lag er in seinem Schlafsack auf einem Ast des wilden Weins an der Mauer, neben einem Giebel-Fenster, und sechs scheckige Mausefelle bildeten sein Kissen. Es war das Pfarrhaus.

Dreißig Jahre vor unserer Geschichte, zu Zeiten des vorigen Pfründeninhabers, war dies unkomfortable viktorianische Haus voll lustiger Leute gewesen. Damals war kein mäkelnder Griesgram über die Gänge gegaukelt, nein: ein fröhlicher alter Pfarrherr, der Jagd ergeben, hatte jeden in seiner Pfarrei, der auch nur an einer Spur von Bauchgrimmen litt, mit Portwein und Geliertem bedacht. Damals war ein rundes Dutzend Kinder, lehmbeschmiert von Kopf bis Fuß, in seliger Jugend holterdiepolter hier umhergetobt. Der älteste Sohn war Falkner geworden, der zweite Briefmarkensammler, der dritte ein botanisierender Wandersmann; der vierte hatte eine Puppenbühne gehabt, der fünfte war Zimmermann gewesen, und der sechste hatte, ganz jung, weiße Mäuse gezüchtet.

Auch jetzt noch herrschte auf dem Dachboden (wo Mr. Hater nie gewesen war) ein tolles Tohuwabohu von verstaubten Angelgeräten und Bühnendekorationen und Kästen mit präparierten Schmetterlingen, von Falkenhauben und Haufen auf Haufen zerschnitzelten Papiers, das den Mäusen – den einst weißen, die entsprungen waren und sich mit den grauen gepaart hatten – seit Generationen und Generationen als Nistmaterial diente.

Gradnags Schlafsack befand sich vor dem Fenster der Studierstube. Wenn er den Kopf verdrehte, konnte er Mr. Hater sehen und das Zimmer, in dem er saß.

Das Studierzimmer war düster, mit schimmelfarbener Tapete und einem kleinen Fenster (gotisch imitiert) in der dicken Mauer.

Des Vikars Barett, Talar und Chorhemd hingen an der Tür unter seinem Scout-Hut, den er trug, wenn er im Sommer mit seinen Chorknaben an einen gesichtslosen und windbewegten Strand an der Ostküste ins Ferienlager ging. An der Wand neben der Tür hing ein Gruppen-Photo vom Vikar und seinen Freunden am Sidney Sussex College, wo er sich als Mitglied der christlichen Studentenbewegung hervorgetan hatte. Zwei weitere Photographien zeigten Pompeji und die Trajanssäule. Der Schreibtisch, an dem er seine Predigten formulierte, war aus seifenfarbenem Holz, und die Feder, aus der seine Predigt floß, hatte die Form eines Ruders mit dem Wappen von Sidney Sussex auf dem Blatt. Den Kaminsims zierte eine Tabaksdose aus Porzellan mit dem gleichen Emblem. Über dem Kaminsims hing ein Bild von Sir Galahad, wie er einen Karrengaul ins Gestrüpp geführt hatte und dort ins Grübeln gekommen war. Die Sitzgarnitur bestand aus zwei Rohrsesseln, die röhrende Bambustöne von sich gaben, wenn man sich in sie setzte, und einem Roßhaarsofa, dessen Bezug so glatt war, daß jeder, der sich darauf niederließ, allsogleich ins Rutschen geriet. Es war der Konfirmandenklasse vorbehalten und verursachte fortwährend Verlegenheit.

Gradnag war mittlerweile daran gewöhnt, und er wäre wohl eingeschlafen, um für die abendliche Mausejagd gewappnet zu sein, wenn er nicht Miss Brown erspäht hätte, die auf dem Fahrrad der Köchin die Einfahrt heraufgestrampelt kam. Sie gehörte zu jenen Parkbewohnern, deren Erscheinungsbild ihm geläufig war, also rückte er näher an den Fensterrahmen, um zu sehen, was sie im Schilde führte.

Wortlos watschelte Miss Brown in die Studierstube. Mr. Hater blickte mit kaum verhohlenem Haß zu ihr auf, weil er's nämlich nicht leiden konnte, morgens gestört zu werden. Sie legte einen starken Schuhkarton vor ihm auf den Schreibtisch. Er war mit etlichen Schnüren umbunden und hatte Löcher im Deckel, als beherberge er Raupen. Sie band die Umschnürung los und hob vorsichtig den Deckel, bereit, ihn sofort wieder aufzustülpen. Gradnag saß so hoch über dem Fenster, daß er in den Karton hineinsehen konnte. In eine Ecke gedrängt kauerte der zerzauste Schulmeister und blickte elend in die Höhe – hilflos, verängstigt, eingesperrt – und wußte nicht, ob er ein Lächeln riskieren dürfe.

Der Vikar saß stocksteif auf seinem Stuhl und sah sich das Ausstellungsstück durch seine Brille an, deren Gläser das Licht reflektierten und die Augen verbargen, und die Falten in seinem feisten Nacken bekamen langsam Ziegelröte. Er piekste das Schulmeisterlein mit seinem Predigtstift, um den Wichtel in Bewegung zu bringen. Dann legte er mit zitternden Fingern den Deckel wieder auf. Und band ihn zu. Und holte aus dem Schrank eine Flasche Rotwein hervor, die für den Bischof reserviert war, und kredenzte Miss Brown ein Gläschen.

Der obere Teil des Fensters war offen, so daß der Trapper belauschen konnte, was sie besprachen.

Miss Brown berichtete, wie sie spät in der Nacht die Delegation überrascht habe, als man Maria hatte befreien wollen, und wie mehrere entwischt seien und daß sie vermute, es müsse noch eine ganze Menge von ihnen geben. Sie erwähnte, daß diese Heinzelmännchen wahrscheinlich unerhört wertvoll sein dürften, mehr als irgendeine Schatzkammer, und daß die fraglichen Schätze zweifellos von ihnen stammen müßten. Sie mutmaßte, daß Barnum & Bailey, Lord George Sanger oder der Zirkus Olympia viele tausend Pfund pro Stück bezahlen würden, wenn sie solche Absonderlichkeiten in die Hände bekämen.

Mr. Hater brachte nur ein Wort hervor: »Hollywood.«

Bedächtig dachten sie nach, nippten dabei an ihrem Rotspon.

»Das Geld müßte für Maria treuhänderisch verwaltet werden.«

»Nichts beweist, daß die Winzlinge nicht im Pfarrhaus gefunden wurden.«
»Wenn es Menschlein sind, wäre es vielleicht ungesetzlich, sie zu verkaufen.«
»Es sind keine Menschen.«
»Kein Wort darf über diese Entdeckung verlauten, Miss Brown. Wegen der Konkurrenz. Nichts darf erwähnt werden, bis sie sicher in der Falle sitzen.«
»Das Kind weigert sich zu sagen, wo sie hausen.«
»Vielleicht bekommen Sie die Information von dem Zwerg, den Sie gefangen haben.«
»Der beantwortet keine Fragen.«
»Sie werden Maria doch hoffentlich nicht ... bestraft haben?«
»Obwohl sie mich wie eine Wilde in den Finger gebissen hat, Mr. Hater, regelrecht wie ein wildes Tier, habe ich meine Hand nicht gegen sie erhoben.«
»Sehr klug.«
»Mir ist eingefallen, daß sie, wenn sie weiß, wo sie sind ...«
»Hm-m-m-m. Sie haben sie nicht eingesperrt?«
»Derzeit ist sie auf ihrem Zimmer.«
»Kann aber freigelassen werden.«
Plötzlich öffnete Miss Brown ihren bösen Mund und gab ein gakkerndes Geräusch von sich. Möglicherweise war's das erste Mal in ihrem Leben, daß sie lachte, und der Effekt war verblüffend. Sogar der Vikar verzog seine bebrillten Augen zu einem genüßlichen Grinsen.
»Wie segensreich«, verkündete er, »daß sie ausgerechnet in der Nacht zu ihnen geht! Der Mantel der Dunkelheit, Miss Brown. Sie wird überhaupt nicht merken, daß man ihr folgt.«
So setzten sich die beiden dann zum Schloß hin in Bewegung, wobei sie über Marias Freisetzung beratschlagten. Vorher aber nahm Mr. Hater das Schulmeisterlein aus dem Schuhkarton, der nicht allzu stabil aussah, und sperrte ihn in eine eiserne Geldkassette, die zur Aufnahme der Gaben für die Gesellschaft für die Propagierung christlicher Wissenschaft diente.

Gradnag brauchte nur auf dem wilden Wein ein wenig höherzuklettern und konnte sich dann an der Vorhangschnur herunterlassen. Der Schlüssel lag neben der Geldkassette. Es gelang ihm, ihn herumzudrehen. Miss Brown und der Vikar hatten kaum den Orts-Rand erreicht, als ihr Gefangener auch schon befreit war. Kaum waren sie an der Nordseite, da hatten sich der Schulmeister und sein Befreier auch schon auf den langen Treck nach Hause gemacht. Dafür würden sie zu allem Unglück mehrere Tage brauchen.

Maria unterdessen war überrascht, daß sie für das Beißen nicht bestraft wurde. Sie war mehr als überrascht – sie war höchst erstaunt, daß sie zum Mittagessen ihren Lieblingspudding (Schokoladenrahm) bekam und erfuhr, daß der Kochfrau nicht gekündigt sei. Als sie ihr beim Tee die Mitteilung machte, sie sei ein gutes Kind und dürfe ihre ›lieben kleinen Märchen-Menschlein‹ jederzeit besuchen, da war sie mehr als erstaunt – da wurde sie argwöhnisch. Wenn man sich's recht überlegt, waren Miss Brown und Mr. Hater eher rührende Gestalten denn schreckliche. Es war so furchtbar lange her, seit sie das Jung-Sein vergessen hatten, daß sie in Marias Händen hilflos waren. Natürlich lag es in ihrer Macht, Maria zu tyrannisieren – ihre Schwäche jedoch lag darin, sich nicht einzugestehen, daß Maria zweimal so helle war wie sie. ›Eltern‹, sagte der unsterbliche Richard Hughes, der das beste Buch über Kinder geschrieben hat, das je erschienen ist, ›die meinen, ihr Kind an vielen Stellen zu durchschauen, von denen das Kind nichts weiß, machen sich selten klar, daß ihre Chancen gleich null sind, wenn das Kind wirklich etwas verbergen will‹.

»Möcht' bloß wissen«, sagte Maria mehrmals an jenem Tag vor sich hin, »möcht' doch bloß wissen ...«

Zum Abendessen bekam sie Hummer *à l'Americaine* und eine *bombe glacée*. Hinterher tat sie so, als sei sie müde. Miss Brown ging frühzeitig schlafen.

Um Mitternacht stand Maria auf. Sie hatte Schlaf vorgetäuscht und reglos dagelegen, um Energie zu sammeln, und befand sich jetzt in Hochform. Ein bißchen lauter als sonst ging sie an Miss

Browns Zimmer vorüber und eilte dann zur Kastanienallee. Hier machte sie eine Pause und schaute sich um, wohl wissend (wie ein Indianer), daß sie selber im Dunkeln stand, während jeder, der ihr nachkam, sich vor dem hellen Himmel abheben mußte.
Und in der Tat: da waren sie, und tatsächlich hatten sie sich lange schwarze Gewänder umgehängt.
Vor zweihundert Jahren war die Wildnis ein japanischer Garten oder etwas ähnliches gewesen. Jetzt war sie ein Labyrinth aus Rhododendren, Lorbeerbüschen und allerlei sonstigem Gesträuch mit etlichen Vorzügen. Einer davon war, daß die ursprünglichen Wege von den immergrünen Pflanzen zwar überwuchert, doch nicht gänzlich ausgelöscht wurden. Meist gab's einen zugewachsenen Pfad, einem Tunnel ähnlich, oft vier Fuß hoch, über dem sich Blätter und Zweige zusammenschlossen. Ein Kind von zehn Jahren konnte sich hier ziemlich schnell bewegen, eine Hand schützend vor dem Gesicht, während ein Erwachsener sich in Brusthöhe einer raschelnden Barriere gegenübersah. Ein weiterer Vorteil der Wildnis war der aller Dschungel: daß sich nämlich eine einzelne Person leichter darin bewegen konnte als zwei. Wenn zwei sich im Gänsemarsch durchs Gestrüpp kämpften, schlugen dem hinten Gehenden die Zweige vom vorangehenden ins Gesicht. Es gab noch weitere Attraktionen. Zum Beispiel wußte nur ein Experte, wohin die geisterhaften Pfade in diesem wild durcheinander wuchernden Dickicht führten. Es war wie im Irrgarten von Hampton Court – nur schlimmer, weil oben darüber Zweige waren, die einem ins Gesicht peitschten.
Maria wartete, bis sie sicher war, daß die beiden ihrer Fährte folgten, und stürzte sich ins raschelnde Dunkel.
Weit ging sie nicht. Nach fünf Minuten setzte sie sich hin und spitzte die Ohren.
Es war ein Vergnügen, Miss Brown und dem Vikar zu lauschen, die sich durch das Gewirr dunkler ovaler Blätter kämpften. »Pst!« – »Da!« – »Hierher!« – »Dorthin!« – »Sie rascheln.« – »Tu ich nicht.« – »Wohin jetzt?« – »Hm-m-m.«

Eine halbe Stunde später wußte Maria, daß sie sich heillos verirrt hatten, und ging heimlich zu Bett.
Am nächsten Morgen war sie putzmunter. Miss Brown, die blaßgesichtig zum Frühstück erschien, Kratzer im Gesicht und Zweige im Haar, bat um eine Schale Milch und Brot. Der Vikar, rechtzeitig zum Morgengebet gekommen, erbat sich heiser einen Brandy pur. Maria dankte ihnen für all ihre Güte und suchte um die Erlaubnis nach, Butterbrote für's Mittagessen mitnehmen und auf Entdeckungsreise gehen zu dürfen. Sie verdrehten ihre wässrigen Augen, grienten blöd und wünschten ihr viel Spaß.
Sie ging über Malplaquet-in-the-Mould zu Maid's Malplaquet, wandte sich links durch die Gemeinden Gloomleigh, Marshland und Malplaquet St. Swithin's, überquerte die Northampton-Straße nach Bishop's Boozey und Duke's Doddery, streifte die berühmte Fuchsdickung bei Monk's-Unmentionable-cum-Mumble, umging Bumbley-Beausnort gen Biggle und verzehrte ihre Brote zwischen den Stechginsterbüschen am Hünengrab von Dunamany Wenches, oberhalb des Viehtreiberpfads nach Ort.
Hier sah sie die Spürhunde vorbeitrotten.
Miss Brown und Mr. Hater stolperten vor Müdigkeit, zankten sich wegen des Wegs, hatten rote übernächtigte Augen und folgten verbissen ihrer Fährte. Miss Brown hatte Blasen an beiden Füßen, und der hohe Absatz einer ihrer Schuhe war abgegangen, so daß sie beim Gehen schwankte wie ein Linienschiff in dem berühmten Sturm von 1703. Der Vikar hatte Hühneraugen und humpelte verdrossen hinter ihr her, wobei er in Abständen wehklagte, daß sie bei Dumble-dum-Meanly hätten links abbiegen müssen. Miss Brown, die Nase hochgereckt, hörte nicht hin, und Mr. Hater war anzusehen, daß er Pläne schmiedete, wie er sich an ihr rächen könne.
Maria aß ihre Brote auf und freute sich des Sommerwetters. All die Bauern von Dunamany Wenches brachten ihr Heu ein. All die Landarbeiter taten das gleiche und übten dabei am Urteil der Bauern Kritik. All die Eisendornen fuhren in endlosen Kolonnen die Stapler hoch und trugen das Gras auf die Schober. All die Heuwender ratterten und raspelten an den Feldrainen entlang und

warfen Wogen getrockneten Grases in die Luft. All die Pferderechen beharkten das Heu und gaben jedesmal ein Klappern von sich, wenn sie eine Harke voll Heu am rechten Platz entließen. All die Vorarbeiter, denen der schwerste Teil der Arbeit blieb, schmissen die großen Haufen, die sie in den Armen eines schneepflugähnlichen Gerätes gesammelt hatten, an die richtige Stelle. All die Schankwirte im ›Green Man‹ in Muddle, im ›Malplaquet Arms‹ zu Pigseaton und im ›Duke's Head‹ zu Diggleswesterleigh zapften zahllose Faß Bitter an, das abends verlangt werden würde. Aller Orten blickten aller Augen angstvoll zu ihrer Majestät der Sonne empor, auf daß sie nicht zornig werde und ein Gewitter herniedersausen lasse.

Die Sonne war, was das betrifft, weiterhin wütend gelaunt. Sie brannte so unbarmherzig, daß Maria geradezu sehen konnte, wie sie blitzte, fast zu sehen vermeinte, wie die Strahlenspeere in alle Richtungen geschleudert wurden; wie sie – Schiwa gleich – mit tausend Armen auf den wolkenlosen Himmelsamboß klingend draufloshämmerte und -drosch. Atemlos lag sie da, in dem von Schafen kurzgehaltenen Gras, und ihre Verfolger japsten und hechelten weiter: durch Idiot's Utterly, High Hiccough, Malplaquet Middling und Mome.

Als sie verschwunden waren, steckte Maria ihre Nase ins thymianduftende Gras, beobachtete, wie ein Goldlaufkäfer in glänzender Rüstung mit schlingerndem Schwanzteil und üblem Geruch sich unter ein Vogeltritt-Kleeblatt zwängte, und war binnen kurzem eingeschlafen.

Am Nachmittag wachte sie auf und sah die beiden zurückkehren. Sie gingen fünfzig Schritt auseinander, diesmal mit dem Vikar an der Spitze, und hatten jegliche Unterhaltung eingestellt. Sie rief sie an und lief den Hügel hinab, um sie zu begleiten. Irgendwie schienen sie nicht erfreut, sie zu sehen. Sie gaben sich alle Mühe, gesittet dreinzuschauen.

Maria weckte ihre entschlummerten Lebensgeister durch fröhliches Fragen nach ihrem Ausflug und führte sie flugs zum Essen heim.

Nach dem Abendessen aus frischem Lachs und Gefrorenem zum Dessert ließ Maria sie erschöpft im Wohnzimmer zurück und ruhte sich auf ihrem Bett bis zum Dunkelwerden aus. Sobald aber Miss Brown zur Ruhe gegangen war, stand sie auf und stapfte an der Tür vorbei. Im Vorübergehen konnte sie die Tyrannin laut ächzen hören. Im Gesellschaftsraum entdeckte sie den Vikar hinter einer Statue der Psyche, wo er sich die Schuhe ausgezogen hatte und auf seinem Posten eingenickt war. Sie mußte husten, um ihn aufzuwecken. Während er beim Bemühen, seine geschwollenen Füße wieder in die Stiefel zu bringen, vor Erschöpfung krächzte, schlug sie zur Abwechslung den Weg zur Nordseite ein und ging über die Buchenallee anstatt der mit den Linden.

Dies führte sie durchs Tal von Arkadien zum Newton-Monument, das so was wie die Nelson-Statue auf dem Trafalgar Square war, nur daß keine Statue obendrauf stand, sondern ein kleines gläsernes Observatorium mit einem unbrauchbaren Teleskop. Innen führte eine Treppe hinauf, die, Newton zu Ehren, genau so viele Stufen hatte, wie das Jahr Tage zählt.

Maria drehte den rostigen Schlüssel, betrat die Dunkelheit des kleinen Raums und versteckte sich hinter der Treppe. Die Detektive ließen nicht lange auf sich warten.

Keuchend und pfeifend ob ihrer diversen Fußbeschwerden, vor Anstrengung und Erschöpfung taumelnd, sich gegenseitig stützend, um nicht umzufallen – so öffneten Miss Brown und der Vikar mühsam die Tür und standen winselnd am Fuß der Treppe.

»Wie viele Stufen?«

»Dreihundert und fünfundsechzig Komma zwei fünf sechs vier.«

»Bürgerlich?«

»Siderisch.«

»Wohlan«, sagte er schließlich. »Fürtrefflich! Sie sind womöglich tausend Pfund pro Stück wert.«

»Vortrefflich«, pflichtete Miss Brown bei. Sie krabbelten die Stufen hinauf.

Als sie weit genug weg waren, ging Maria nach draußen, schloß

die Tür hinter sich zu und ging heim und ins Bett. Nach einem ausgezeichneten Frühstück machte sie sich auf Schleichwegen durch die Wildnis, um auf keinen Fall von oben gesehen zu werden, und kam kurz vor Mittag zum Newton-Monument.
Miss Brown war oben und winkte mit einem Petticoat am Ende des Teleskops aus dem Observatoriums-Fenster. Der Vikar war unten, hämmerte gegen die Tür und flehte wimmernd um Hilfe. Da die Umgrenzung des Parklands von Malplaquet an die fünfundzwanzig Meilen maß und außer der Köchin niemand mehr darinnen war, hatten sie wenig Hoffnung auf Befreiung.
Horace Walpole beschrieb dieses Anwesen einst als ›jene Provinz, die sie einen Garten nennen‹.
Maria wartete eine Weile, pirschte sich dann, versteckt von Rhododendronbüschen, zur Tür. Behutsam schloß sie auf, während der Vikar weiterhin hämmerte, und schlängelte sich ins Gesträuch, um zu beobachten.
Der Vikar und Miss Brown fuhren mit ihren Bemühungen fort. Dann wurde ersterer plötzlich unsäglich wütend, packte den Türgriff und rüttelte daran: als Strafe für dessen Widerspenstigkeit. Natürlich ging die Tür sogleich auf. Sein aufgebrachtes Summen und Hummen veranlaßte Miss Brown, die Treppe herabzukommen.
Beide Gefangenen nahmen an, die Tür sei die ganze Zeit über unverschlossen gewesen. Sie beschuldigten sich gegenseitig, es nicht richtig versucht zu haben. Als sie endlich im Zorn auseinandergingen, hatten sie beschlossen, sich erst einmal richtig auszuschlafen, bis in die Puppen, falls nötig – ob Maria die versteckten Männekens besuchte oder nicht.
Das wird sie lehren, dachte sie, kleine Kinder aus dem Schlafzimmer zu locken, damit sie ihrer Fährte zum geheimen Versteck ihrer Freunde folgen können.

XVII

Derlei Unternehmungen machten Maria einen Heidenspaß, und zweifellos waren sie Miss Browns und des Vikars Charakter zuträglich, wie sie auch ihrer körperlichen Ertüchtigung zugutekamen. Indessen hatte Maria den Fehler begangen, sich von ihren Belustigungen hinreißen zu lassen.

Sie hatte ihre Vorposten vergessen: etwas, das keinem General passieren darf.

Das Völkchen war in größerer Verwirrung als der Vikar, weil sie's verabsäumt hatte, ihnen ihre Absicht mitzuteilen.

Sie wußten nicht, wo ihr Lehrer war – sie hielten ihn immer noch für einen Gefangenen im Schloß –, und aus den wenigen Andeutungen, die sie von Marias Wanderungen erfuhren, zogen sie den Schluß, daß sie versucht habe, ihren Verfolgern zu entkommen, doch erwischt und zurückgebracht worden sei.

Maria hätte zur Insel gehen und erklären müssen, daß ihre Spürhunde klein beigegeben hatten, um der Ruhe zu pflegen; aber sie war ebenfalls müde. Sie ruhte sich aus und freute sich diebisch über die von ihr erteilte Lektion.

Am Abend, als Miss Brown und der Vikar sich einigermaßen erholt hatten, saßen sie im nord-nordwestlichen Salon am Kamin: Maria auf dem Sofa zwischen ihnen. Die beiden waren entschlossen, sie nicht aus den Augen zu lassen, so daß sie sich nicht nach Gutdünken davonmachen konnte. Der Vikar zeigte ihr sein Photoalbum.

Es enthielt etliche Photographien des Seedistrikts, dazu Bildpostkarten von Wordsworth, Ruskin und anderen Honoratioren, mit unten aufgedrucktem ›Ein Präsent von Skiddaw‹. Das Porträt von Wordsworth hatte kleine eingerahmte Ansichten drum herum: ein Feld von Osterglocken, vierzig im Gleichschritt grasende Kühe und so weiter und so weiter. Ein Bild zeigte den Vikar und Miss Brown halben Wegs auf dem Old Man von Coniston, und auf einer Photographie badeten ein paar Damen in Ramsgate 1903, den Horizont um dreißig Grad verschoben; doch die versteckte er. Unter allen Bildern, auf denen nicht Wordsworth war, stand in weißer Tinte geschrieben: ›Noodles, Pribby, Poo-Poo, ich und Mr. Higgins, Ambleside 36‹ oder ›Nurse Biggleswade (nebst Hund), Kendal 1938‹.

Auf der anderen Seite von Maria saß Miss Brown, strickend. Sie hatte lange spitze Metallnadeln, die klickten. Das Feuer war nicht nennenswert: schließlich war's Sommer. Es brannte mehr zur Dekoration denn aus Erfordernis; es war schön, nicht nützlich. Der Raum war behaglich möbliert. Das elektrische Licht fiel fröhlich auf die tiefen Sessel und das Kaffeegeschirr, denn das Essen war vorüber, und der Vikar blätterte raschelnd weiter. Er zeigte ihnen, welches sein Fenster im Hotel gewesen war, wo er übernachtet hatte, so, als handle es sich um Königin Elizabeth.

Sie waren in Keswick, als der Lärm begann.

Draußen vor den Fenstern begannen die Eicheltrommeln zu dröhnen, Flöten begannen zu schrillen, und hundert kleine klare helle Stimmen stimmten keck einen Gesang an:

»Und bringt Ihr unsern Lehrer um?
Und bringt Ihr unsern Lehrer um?
Fünfhundert Mann von Lilliput,
Die wissen schon, warum.«

Sie waren zur Rettung ihres Landsmannes gekommen – gegen welche Widerstände und Hindernisse auch immer. In dem Augenblick, da der Vikar den Chor hörte, packte er Maria an einem Rattenschwänzchen. Miss Brown ergriff das andere.

Das Fenster war hinter ihnen.

Da saß sie nun, unfähig sich umzudrehen, und die Retter draußen konnten nicht sehen, daß sie festgehalten wurde. Die Rückenlehne des Sofas verbarg alles außer ihrem Kopf.

Der Vikar wuchs über sich selbst hinaus.

Zwischen den Zähnen sagte er, ohne sich sonst zu regen: »Miss Brown, erheben Sie sich bitte unbefangen und schlendern Sie zur

Tür. Sobald Sie außer Sichtweite des Fensters sind, können Sie vielleicht einen Blick durch den Vorhang werfen. Bedenken Sie, daß Sie das elektrische Licht hinter sich haben.«

Sie gab ihm den anderen Rattenschwanz zu halten und stahl sich, wie angewiesen, auf ihren Posten.

Es war eine wunderhafte Szene, die sie beschrieb.

Die Armee war aufmarschiert, wo die Lichtstrahlen aus dem Fenster auf die Terrasse fielen. Da stand die Infanterie in ihren Mausfellchen in Hab-Acht-Stellung; die Offiziere mit ihren Brustpanzern aus den Flügeldecken von Käfern standen mit gezogenem Degen drei Schritt vor der Front. Die Kavallerie war versammelt, an ihrer Spitze der Admiral, säbelschwingend und angetan mit einem der Gewänder von Kapitän John Biddel, so daß er aussah wie Nelson. Wie's nun mal bei Admiralen so ist: er saß schlecht zu Pferde, das heißt: im Sattel seiner Ratte. Auch die Bogenschützen waren da, das linke Bein vorgestreckt, so, als seien sie bei Agincourt dabeigewesen. Hinter ihnen standen, ordentlich ausgerichtet: die Mütter-Union, die Ladies-Liga, der Blaustrumpf-Club sowie weitere weibliche Organisationen; alle sangen lustvoll laut und schwangen Banner und Spruchbänder mit Sprüchen wie: ›Jede Stimme für Maria‹, ›Nieder mit Miss Brown‹, ›Keine Mathe ohne Mitbestimmung‹, ›Freiheit für Lilliput‹, ›Keine Papisterei‹ (was auf den Vikar gemünzt war) und ›Magister werden niemals Sklaven sein‹. Die Adjutanten ritten mit Meldungen hin und her, die Hörner schallten, die Trommelknaben schlugen den Takt, die Regimentsfahnen wurden entrollt, die Kapelle war inzwischen zu ›*Malbroock s'en va-t-en guerre*‹ übergegangen, die Schwerter und Piken und Harpunen blitzten im schimmernden Lichtschein, und während Miss Brown noch lauernd lugte, flog ein Schwarm von Pfeilen ans Fenster: »Wie ein Schneeschauer.« »Hurra!« schrie die Infanterie. »Sieg oder Tod!« brüllte die Kavallerie. »Der Admiral erwartet ...« forderte der Admiral – änderte seinen Ausruf jedoch, als einer der Adjutanten ihm hinter vorgehaltener Hand etwas zuflüsterte, und verkündete: »Lilliput erwartet, daß jeder heute seine Pflicht tut!«

Arme kleine vergebliche Hoffnung! Ihnen fehlte der weise Rat ihres gefangengehaltenen Schulmeisters, der ihnen sicherlich klargemacht hätte, daß sie hoffnungslos unterlegen waren; aber es war brav und tapfer von ihnen, trotz allem zu seiner Rettung gekommen zu sein.

Nachdem die Gouvernante all dies von ihrem Ausguck aus beschrieben hatte, sagte der Vikar: »Hm-m-m-m.«

»Ich möchte Sie bitten«, sagte er später, »das elektrische Licht zu löschen.«

Alsdann fuhr er fort: »Und nun, da wir im Dunkeln sitzen, wollen Sie die Güte haben, das Fenster zu schließen und zu verriegeln.«

Als dies geschehen war, setzten sie sich zu beiden Seiten Marias, packten ihre Rattenschwänze, und Mr. Hater summte.

»Diesmal«, sagte er, »darf es keine Fehler geben.«

»Keine Verwirrung.«

»Unser Trachten, möchte ich vermuten, ist auf das Ziel gerichtet, möglichst vieler dieser Däumlinge habhaft zu werden – künftigen Profites wegen. Wie sollen wir dabei zu Werke gehen?«

»Darf ich einen Vorschlag machen?«

»Nämlich welchen?«

»Die Männekens oder Däumlinge, wie Sie sie so trefflich titulierten, sind, wie ich aus trauriger Erfahrung weiß, mit winzigen Waffen ausgerüstet, zwar zerbrechlich, doch imstande, schmerzhafte Einstiche zu bewirken.«

»Ein Umstand, welcher mir nicht entgangen ist.«

»Wenn wir sie mit bloßen Händen griffen – abgesehen davon, daß eine Hand nur ganz wenige von ihnen faßt, möchte mir vorkommen, als finge man Stachelschweine, wie?«

»Hm-m-m-m.«

»Doch mit einem Besen alle flink zusammengekehrt: da würden sie koppheister purzeln, und wir wären durch den langen Stiel von ihnen getrennt und könnten ein oder zwei Regimenter gefahrlos zusammenfegen und einen Eimer über sie stülpen?«

»Bravo, Miss Brown! Suchen wir also Besen und Eimer und kriechen wir auf verschiedenen Wegen hinaus, Sie nach Westen, ich nach Osten. Wir packen sie an den Flanken, jeder eine, und fegen sie zur Mitte. Ihre Glieder möchten Kratzer abkriegen, würden von den Besenreisern jedoch nicht irreparabel verletzt. Sie aber fielen in der Verwirrung übereinander und kämen nicht dazu, ihre Waffen einzusetzen ...«

»Wir mit unsern Besen und Eimern ...«

»Kasserollen ...«

»Allem, was Deckel hat ...«

»... Sammeln unsre Beute ein! Und verkaufen sie! – Zuvörderst aber müssen wir das Kind beseitigen.«

Über Marias Kopf hinweg – die sich bücken mußte, weil sie an ihren Haaren zogen – blinzelten sie einander eine Weile zu und diskutierten diesen Plan mit allerlei Grimassen und Verrenkungen. Schließlich nickten sie übereinstimmend.

»Unser Cherub«, sagte der Vikar sarkastisch, die ganze Gesichte-Schneiderei zusammenfassend, »muß auf seine Kemenate geleitet und dortselbst eingeschlossen werden. Diese reizvolle Aufgabe will ich selbst übernehmen. Sie, Miss Brown, werden während meiner Abwesenheit brauchbare Behältnisse bereitstellen. – Komm, liebes Kind: deinen Arm!«

Er zerrte sie, noch immer an ihren Rattenschwänzen ziehend, ins Dunkel, wo sie den Mund zu einem Schrei öffnete. Es war die letzte Chance, das Völkchen vor den Besen zu warnen.

Der Vikar jedoch konnte im Dunkeln wie eine Katze sehen. Ehe sie einen Ton von sich zu geben vermochte, hielt er ihr mit seiner klobigen Hand den Mund zu. Stumm gingen sie weiter.

Im Schlafzimmer entpuppte sich ihr Wärter als besorgter Schurke. Schwungvoll schleuderte er sie aufs Bett und stellte sich in die Mitte des Linolfußbodens, wobei er sich mit einem derben Fingernagel an die Zähne tappte.

»Unser Goldkind«, sagte er, »ist nicht unintelligent, ja, geradezu findig. Verschlössen wir nur die Tür, hieße das, ihr praktisch die Freiheit zu geben. Laß mich überlegen. Erstens: die Truppen sind vor dem Fenster versammelt, wenn auch ein paar Stockwerke tie-

fer. Also machen wir das Fenster zu, und den Riegel sichern wir, m-m-m-m, indem wir das Metall mit diesem Feuerstocher verbiegen, mit aller Kraft, so, und dabei immer daran denken, den Stocher beim Weggehn mitzunehmen. Siehst du. Jetzt kriegt ihn kein Kind mehr auf, schon gar nicht ohne Feuerhaken. Nun machen wir eine Pause und überlegen. Zum Beispiel könnte ein pfiffiges Mägdelein, m-m-m-m, sich im Licht ans Fenster stellen, auch wenn's zu ist, und unsere Beute durch irgendein Zeichen oder eine Geste warnen. Deshalb schrauben wir die Glühbirne aus der Fassung – so, schon geschafft – und stellen fest: nanu, das Zimmer ist dunkel! Kein Schalterdrehen, kein Knipsen kindlicher Finger wird Lilliput jetzt leuchten. Was noch? – Eingesperrt, unbeleuchtet, fensterlos, hoch droben ... Ich glaube, wir dürfen uns zurückziehen. Schlafe wohl, Maria.«
Sie hörte zu, wie der Schlüssel im Schloß gedreht wurde, und wartete angespannt, bis der Vikar sich glucksend entfernt hatte. Dann sprang sie wie der Blitz vom Bett auf, nahm den Wasserkrug vom Waschständer und warf ihn durch die Fensterscheibe. Das Riegelverbiegen wollte sie ihm schon gerne überlassen.
Die Scheibenscherben fuhren mit splitterndem Klimperkrachen nach draußen, wenig später von einem Aufschlag gefolgt, als die Emailkanne auf der Terrasse landete. Dieses Aufschlagen erfolgte inmitten eines klingenden Schauers musikalischer Meteore aus lustigem Scheibengeklingel. Von drunten klang heller spitzer Schrei der gesamten Armee herauf.
Sie beugte sich zum Splitterloch hinaus und rief:
»Haut ab! Sie kommen aus verschiedenen Türen, mit Besen, um euch zusammenzufegen. Geht nicht zusammen. Verteilt euch. Schlagt euch einzeln nach Hause durch. Macht schnell! Sie kommen!«
Sie hörte sie zurückrufen, von ferne, ohne sie zu verstehen.
»Ja, ich bin in Sicherheit. Völlig sicher. Ich bin frei. Aber haut ab! Sofort! Schwärmt aus! Rennt! Wenn euch jemand folgt, führt ihn nicht zu ihr-wißt-schon. Bleibt stehn, als wenn's Eulen wärn. Sie werden euch schon nicht entdecken. Aber lauft, rennt, einzeln,

nicht alle zusammen! Mir geschieht nichts. Mir werden sie schon nichts tun. Sie wollen mich nur verfolgen, bis ich sie zu euch führe. Der Schulmeister ist nicht hier. –
Und noch was«, schrie Maria ihnen nach, denn sie schienen sich schon zu zerstreuen, »bringt mir kein Essen mehr! Ich krieg' hier zu essen! Und wartet abends nicht auf mich!«
Sie schrie gellend, um nur ja gehört zu werden – und da kamen Miss Brown und ihr ›Führer‹ auf die Terrasse gestürmt.
Aber zu spät.

XVIII

Mit verzerrten Gesichtern kamen sie die Treppen herauf. Das Gesicht des Vikars war vor Wut und Anstrengung pflaumenfarben verfärbt; das von Miss Brown war blaß mit scharlachroten Nüstern. Vor Zorn konnten sie kaum sprechen. Sie hatten gehört, was sie durchs Fenster schrie. Sie schraubten die Glühbirne wieder ein und setzten sich. »Maria«, sagte Miss Brown, »höre, was Mr. Hater dir zu sagen hat.«

Der Vikar sagte: »Diese Zwerge sind ein Vermögen wert. Verstehst du? Begreifst du das? Sie brächten genug ein, um dich zu einem reichen Mädchen zu machen und der armen Miss Brown hier, die sich für dich abrackert, einen friedlichen Lebensabend zu sichern. Von mir rede ich nicht. Wo leben sie?«

Maria sah ihn an.

»Begreif doch: Wenn man sie verkaufen würde, könnte man die schändlichen Schulden deiner Vorfahren bei den ruinierten Geschäftsleuten bezahlen und Malplaquet von seiner Schande befreien.«

»Ich hab' gedacht, die würden von Ihrer Vergütung bezahlt?«

»Du bist ein böses Mädchen. Wo leben sie?«

Sie faltete die Hände.

»Maria, du mußt dem Herrn Vikar sagen, wo sie leben.«

»Tu ich nicht.«

»Begreifst du denn nicht, daß es verwerflich ist, Gottes Gnade zurückzuweisen? Du bist dabei, dem lieben Herrgott einen geschenkten Gaul vor die Füße zu werfen. Gott hat uns diese Wesen gesandt, um uns aus unseren Kalamitäten herauszuhelfen, und durch deine undankbare Dickköpfigkeit beleidigst du den lieben Gott. – Wo leben sie?«

Sie preßte die Lippen zusammen.

Miss Brown stand auf, kam wabbelnd auf sie zu und beugte sich über sie.

»Du bist ein ungezogenes Mädchen. Du bist impertinent. Erzähl es lieber dem Herrn Vikar, sonst wirst du es bereuen. Du weißt schon, was ich meine.«

Als hierauf keine Antwort erfolgte, rein gar nichts, da verlor Mr. Hater die Geduld. Die Gewinnsucht hatte ihn derart gepackt, daß er Maria nicht einmal wehtun wollte. Er wollte das Völkchen.

»Wenn du es nicht sagst, wirst du eingesperrt. Hörst du? Ohne Essen eingesperrt. Und bestraft. So lange bestraft, bis du es endlich *doch* erzählst. Du bist ein gemeines, bösartiges, unleidliches, selbstsüchtiges Mädchen! –

Nun gut«, sagte er, als keine Erwiderung kam. »Sie kann in diesem Zimmer bleiben, bis sie den Mund aufmacht; und Sie, Miss Brown ...«

Die Gouvernante sagte: »Die Köchin kommt in dieses Zimmer, Mr. Hater, und da könnte es Absprachen geben.«

»Dann muß sie in einen anderen Raum gesperrt werden, wo die Köchin nicht hinkommt, und wir müssen sagen, daß sie verreist sei.«

»Zu Besuch bei einer Tante.«

»Das wäre vorzüglich. Welchen Raum schlagen Sie vor?«

»Schließlich haben wir noch«, sagte Miss Brown honigsüß, »immer das Verlies.«

Jeder müßte eigentlich das Verlies von Malplaquet kennen, das Historiker in so vielen Büchern erwähnen. Es war eine Höhle, eine Gruft, die bis weit über die Zeit des Ersten Herzogs zurückdatiert, weit in die nebelhafte Vergangenheit, als der Tower zu London entstand.

Die Vorfahren des Herzogs waren Baronets aus Nova Scotia gewesen, die seit der Zeit James' I. in einer alten normannischen Burg gehaust hatten – die einmal zum Teil auf dem Boden gestanden hatte, wo sich jetzt der Ballsaal befand. Sie hatten sich mit Cromwell angelegt, der die Burg sprengte, und der Herzog hatte den Rest eingerissen und die Steine zum Bau seines Schlosses verwendet. Die einzigen Teile, die man nicht schleifen oder niederreißen konnte, waren die Verliese und Kerker, die bereits drunten waren. Also hatte er sie zu Weinkellern ausbauen lassen; nur der Haupt-

raum blieb in seinem ursprünglichen Zustand erhalten. Er hatte ihn als Kuriosität ›gottischen‹ Ursprungs betrachtet.
Dieser wurde durch ein kleines Fenster mit karmesinroten Scheiben in der an die zwanzig Fuß starken Mauer rötlich erleuchtet. Das Fensterchen war durch Eisenstangen gesichert, und der Farbeffekt auf den steinernen Bogen der normannischen Decke war besser als alles, was es in Schreckenskammern sonst so gibt.
Das Mobiliar war, wo nicht rot, kohlschwarz. Es bestand aus Folterwerkzeugen, die bei der Auktion nicht verkauft worden waren, da kein Interesse für sie bestanden hatte. Der Boden war mit Binsen belegt, ausgenommen dort, wo Sand oder Sägemehl gestreut war, um das Blut aufzusaugen.
In einer Ecke stand das *Rack*, die Folterbank, und zwar die verbesserte Version, perfektioniert von dem Schurken Topcliffe. An die Seite waren, in zinnoberroten Buchstaben, die entsetzlichen Worte des Befehls zur Folterung des armen Guido Fawkes geschrieben:

PER GRADUS AD IMA.

In der entgegengesetzten Ecke stand ein deutsches Instrument, genannt die ›Jungfrau von Nürnberg‹: ein aufrechtstehender Sarg in den Formen einer Frau. Der Deckel ging aufzumachen wie eine Tür und war mit derart angeordneten sechszölligen Dornen gespickt, daß sie in verschiedene Körperteile eines Menschen stachen, sobald er im Sarg stand und die Tür geschlossen wurde.
In der dritten Ecke befand sich die als ›*Manacles*‹ bekannte Maschine, auf der Peacham im Jahre 1614 in Gegenwart von Francis Bacon gefoltert wurde – examiniert ›vor der Folter, während der Folter, zwischen Folterungen, und nach der Folter.‹ Die Inschrift lautete:

PAINE IS GAINE.
(›Schmertzen gehen zu Hertzen.‹)

Die vierte Ecke endlich beherbergte den ›Block‹. Er war schwarz wie die anderen Geräte, doch deckte ihn ein Tuch aus scharlach-

rotem Samt. Wenn man dies hob, konnte man die Wunden im Holz sehen, die das Beil tief eingekerbt hatte. Das Beil selber lag auf dem Tuch: ein rubinrot schimmerndes Werkzeug aus Stahl – und mit genau diesem war König Charles I. enthauptet worden. Geführt hatte es Richard Brandon, oder ›Jung-Gregory‹, wie er genannt wurde, zur besseren Unterscheidung von seinem Vater ›Alt-Gregory‹, der ebenfalls Scharfrichter gewesen war. Die gleiche sichere Hand hatte eben dieses Beil bei Strafford, Laud, Holland, Hamilton und Capel, allesamt Lords, geführt, und diese Märtyrer dürften kaum dankbar dafür gewesen sein, das große Glück gehabt zu haben, von einem Künstler bedient zu werden, der seine Arbeit ernst nahm. Jung-Gregory hatte von frühester Kindheit an trainiert, indem er streunenden Katzen die Köpfe abschlug. Bei dem Schurken Ketch war's anders: der brauchte fünf Hiebe, um den unglücklichen Duke of Monmouth zu enthaupten – und sogar dann noch mußte er ihm mit einem Stichelmesser den Rest geben. Nahe dem Beil befand sich in einem Glaskästchen die Hälfte des vierten Halswirbels von König Charles, dessen andere Hälfte 1813 von einem Doktor namens Sir Henry Halford aus dem Sarg des Königs gestohlen wurde.
In das Kästchen hatte jemand das berühmte Zitat eingeritzt:

DE MORTUIS NIL NISI BONUM.

In der Mitte der Hauptwand, gegenüber der massiven Tür, war ein gewaltiger Kamin zum Erhitzen der Brandeisen. Gegenüber dem Fenster, im finstersten Winkel, war ein Haufen von Hüftknochen, Schädeln und so weiter.
Gefangene hatten ihre letzten Worte in die Mauern geritzt. Die Kleinen Prinzen, die auf Malplaquet (und nicht im Tower) liquidiert wurden, hatten ›Adiew‹, ›Adiew‹ geschrieben. Eine Hexe hatte, ehe sie verbrannt wurde, gekritzelt: ›Ich komme, Graymalkin‹, und irgendein heimwehkranker Schotte, von zu vielen Daumenschrauben erschlafft, hatte vorgeschlagen: ›East, Quest, Hame Ys Best.‹ Von einem anonymen Missetäter stand geschrieben: ›Yis hurte me mo than it hurtës yow.‹

Sie schleppten die sich wehrende Maria in den düstern Kerker: in diesem sichern Verwahr würde die Köchin sie bestimmt nicht suchen. Und die beiden hatten sie doch tatsächlich schon an eine der Handfesseln angekettet, als sie an ihren Erfindungsreichtum mit der Wasserkanne dachten. Natürlich hatten sie nicht die Absicht, sie mit den Folterwerkzeugen zu martern, aber sie waren nun einmal wild entschlossen, den Aufenthaltsort des Miniatur-Völkchens ausfindig zu machen.

»Falls«, sagte der Vikar abschließend mit einem gedankenvollen Hummmm, »das Kind weiterhin so störrisch bleibt, muß es gestraft werden, bis es den Mund auftut. Ungezogene Kinder gehören ausgepeitscht!«

XIX

Der Herr Professor saß am Rand seines Gemüsegartens unter einer Marmorstatue der Muse des Trauerspiels oder der Tragödie. Er hackte Holz. Die andere Seite der Statue zeigte die Muse des Lustspiels oder der Komödie, und auf diese Weise hatte er zwei weit geöffnete Münder über seinem Haupte: einen lachenden und einen greinenden. Das Monument war Congreve oder jemand ähnlichem gewidmet. Der Professor hackte Holz mit einem billigen Beil, das er bei Woolworth erstanden hatte, wo er seine Einkäufe tätigte, und neben ihm lag eine primitive Eisensäge mit vielen Sägeblättern, die dafür hatten herhalten müssen, einen kleinen Schwarzdorn zu Feuerholz zu zersägen. Vor lauter Plänen brummte ihm der Schädel.

Der erste Plan sah vor, daß er sich als Omnibus-Schaffner die Fahrkarte nach London verdienen wollte, wo er im Lesesaal des British Museum gewiß einen Du Cange vorfinden würde. Im Zusammenhang mit diesem Vorhaben glaubte er, daß entweder ›dreiblättrig‹ oder ›dreigeteilt‹ bedeuten müsse, schlimm war nur, daß beide Formen im Manuskript möglich waren – mit verschiedenen Resultaten.

Der zweite Plan lief darauf hinaus, so viel zu sparen, bis er sich einen erschwinglichen Angelhaken leisten konnte, und dann Maria zu fragen, ob er in den Seen und Teichen von Malplaquet angeln dürfe. Der Mund wurde ihm wäßrig bei dem Gedanken an die gefangenen Fische – vielleicht Barsche – und wie er sie essen würde: gegrillt, auf Brot und Butter. Er konnte sich weder Rute noch Leine leisten, aber er plante, einen Eschen-Schößling zu verwenden, an dessen Spitze er die Schnur von einem Päckchen binden wollte, das er einmal bekommen hatte; schwierig war nur, den Penny für einen Haken zusammenzusparen. Er verspürte einen derartigen Heißhunger, als er an den gebratenen Barsch dachte, daß er sich fast entschlossen hätte, eine seiner kostbaren Shakespeare-Folio-Ausgaben zu veräußern, um zu Geld zu kommen.

Der dritte Plan war, im kupfernen Küchenkessel Pastinaken-Wein anzusetzen.
Der vierte war, den Vikar um ein Führungszeugnis zu ersuchen, mit dem er zum Buckingham Palace gehen und darum bitten konnte, zum Prime Minister ernannt zu werden. Er war der Ansicht: ein Mann, der die ganze Nation regiere, müsse ein Studierter sein; und da er die letzten sechzig Jahre lang studiert hatte, meinte er, einige Aussichten auf diesen Posten zu haben. Er folgerte, daß Leute, die ihr Leben lang nichts anderes taten, als Revolutionen anzuzetteln oder andere Menschen umzubringen oder vor Wahlen haufenweise Lügen in die Welt zu setzen, nur wenig Zeit zum Studieren erübrigt haben dürften, und daß er vermöge seines lebenslangen angestrengten Studierens ihnen in dieser Hinsicht einiges voraus-haben müsse.
Sein verrücktester Plan war vielleicht der, daß er, wenn er erst einmal zum Premierminister gewählt sein würde, gebildete Personen zu seinen Ministern ernennen wollte, so, wie man ja auch zu einem ausgebildeten Zahnarzt geht, um sich einen Zahn ziehen zu lassen, und nicht zu irgendeinem marktschreierischen Quacksalber um die Ecke, der von einer Tonne herab ausposaunt, er ›opponiere gegen Zahnschmerzen‹. Der Professor war einfältig genug anzunehmen, daß, wenn Ärzte eine Prüfung abgelegt haben mußten, ehe sie einem den Blinddarm herausnehmen durften, auch Parlamentsmitglieder eine Prüfung abzulegen hätten, ehe sie die Erlaubnis bekämen, über sein Leben regieren zu dürfen.
All diese Pläne gingen ihm kreuz und quer durch den Kopf – da wurde das Gartentörchen geöffnet, und herein kam die Köchin. Sie trug ein bräunlich-graues Alpaka-Kleid mit angestecktem Häubchen und hatte eine ausgebeulte Kunststoff-Tasche bei sich. Ihr Auftreten war manierlich, aber sie war entschlossen, ihre Pflicht zu tun. (Den geliebten Captain hatte sie unter beiderseitigen Tränen traurig daheimgelassen, weil sie wußte, daß der Professor Hunde nicht ausstehn konnte.)
Er hielt im Holzhacken inne und eilte den Weg zwischen den

Johannisbeerbüschen hinauf, wobei seine Blicke hungrig auf die Plastiktasche gerichtet waren. Unterwegs rief er fröhlich aus:
»Ah, Mrs. Noakes, guten Tag, guten Tag! Herzlich willkommen in meiner Residenz. Nicht auf die Klingel drücken, bittschön. Sie funktioniert nicht. Haben wir nicht ein herrliches Wetter? Ja doch. Ein geringfügiger Fehler im Mechanismus, schätze ich. Muß mir einen Gong kaufen. Der ist fällig, wo die Sonne im Widder steht!«
Die Köchin sagte: »Nu ma langsam.«
»Ich versichere Ihnen: es stimmt! Der Tierkreis ... Aber ich lasse Sie hier auf der Schwelle stehn, ohne Sie willkommen zu heißen. Wir müssen in die Hütte gehn, ehe wir uns tiefgründigen Problemen zuwenden. Lassen Sie mich sehn. Ganz einfach. Die Tür ist abgesperrt, wie wir feststellen.«
»Ich bin bloß gekomm', mit Verlaub, Herr Perfesser, weil ich Ihnen möcht' gefragt haben ...«
»Doch Liebe lacht, Mrs. Noakes, ha! ha! über Schloß und Schlüssel. Ich hab' da so meine eigenen Methoden, Watson – ich meine, hrrr, Mrs. Noakes. Der Blumentopf mit den Geranien! Jedesmal, wenn ich mich aus meiner Behausung aussperre, verstecke ich mit größter Akribie das Zeugs zum Zutritt an einem Ort, der nur mir allein bekannt ist. So, Mrs. Noakes, wenn Sie freundlicherweise eben mal wegsehen wollten, hole ich den Schlüssel unter diesem Geranientopf hier hervor, wo ich ihn sicherheitshalber aufbewahre, sehn Sie, und wir sind in meiner Klause, eh' man Eremit sagen kann. Oder Robinson. Eremit? Vielleicht hab ich an Crusoe gedacht. Aber auch dann sollten wir ihn Kreutzner nennen. Die Redensart, die mir grad nicht einfallen will, soll besagen, daß wir im Handumdrehn drinne sein werden.«
Die Kochfrau sagte, sie habe gewißlich nich' aufdringlich sein gewollt gehabt ... alleinstehenden Herrn ... wisse, was sich gehören tu', selber in einer Lage gewesen, wo ... Der Professor sagte, sie störe nicht, überhaupt nicht, keinesfalls, im Gegenteil: Vergnügen, unerwartetes Vergnügen, und daß er, so sie sich nur ein Augenblickchen gedulden wolle, den Schlüssel andersrum ... das heiße, er befürchte, neige zu der Ansicht ... widerborstig, nur ein

kleines Weilchen, mit ein wenig Humor – den er ohne ›H‹ aussprach – sei ein positiver Effekt zu bewirken ...
Die Köchin sagte, sie wolle keinesfalls zur Last, wo es doch genauso gut, wie belieben, da sie doch nicht gewußt gehabt, draußen vor ...
»Da haben wir's! Es bedarf, wie Sie sehen, nur einer leichten Handbewegung. Der Schlüssel muß umgekehrt, mit dem Bart nach oben, hineingesteckt und verkehrt herum gedreht werden; hängt mit irgendeiner Anomalität, Abnormität des Schlosses zusammen; ansonsten aber funktioniert's so geölt wie ... wie ...«
»Öl.«
»Genau. Und nun, Mrs. Noakes, müssen Sie aus der Sonne heraus und hier hereinkommen. Sie haben einen weiten und beschwerlichen Weg hinter sich. Will doch mal sehn, ob ... –
Ich fürchte«, fuhr er schüchtern fort, »ich kann Ihnen keinen Tee anbieten. Die Packung ist leer. Ich könnte aber herrlich kochendes Wasser zubereiten, in Nullkommanichts; brauche nur ein Feuerchen anzuzünden mit dem Holz, das ich grad gehackt und ...«
Es stimmte, daß er ihr keinen Tee anbieten konnte, denn das letzte Löffelchen hatte er in der vergangenen Woche aufgebraucht. Indes war's kaum sehr gastfreundlich, bloß heißes Wasser anzubieten. Bei jedem anderen hätte er's tun müssen, und hätte es auch getan, doch die Kochfrau war nicht zum erstenmal zu Besuch. Er stand auf einem Bein, beäugte fragend die Einkaufstasche und fuhr fort, ›und‹ zu sagen ...
»So'n Zufall aber auch, Herr Perfesser! Zum Glück hab' ich mir gedacht gehabt, ich sollt' a weng Tee mitbring' ...« Glücklich seufzte er auf.
»... Ihre Gewohn'eiten kennen tu ...«
Und Mrs. Noakes entschwand mit ihrer Tasche in die unaufgeräumte schmutzige Küche, während der Professor voller Vorfreude durch einen Spalt in der Tür spähte. Die große Frage war, ob sie Bücklinge oder Bockwürste mitgebracht hatte. Sie brachte stets entweder das eine oder das andere mit, und heute stand ihm der Appetit nach Bücklingen. Er wußte, daß sie aus einem Papier-

tütchen Tee machen würde, und bestimmt hatte sie ein Fläschchen Milch und sechs Stücke Zucker mitgebracht, dazu zwei selbstgebackene Kuchenbrötchen. Die waren köstlich. Und hinterher ließ sie stets etwas in Fettpapier Eingewickeltes zurück (entweder Bücklinge oder Bockwürste), als habe sie's nur so vergessen. Der Professor erwähnte dieses Päckchen nie, ebenso wenig wie sie, und er dankte ihr auch nicht – weil er zu stolz oder zu beschämt oder zu dankbar war, ihr ordentlich zu danken. Er aß sie halt tags darauf. Inzwischen aber hätte er gar zu gern gewußt, was es denn nun war; aber fragen mochte er sie nicht, konnte es durch den Türspalt auch nicht erkennen und schämte sich ein bißchen seiner Spitzelei. Also machte er kehrt, setzte sich auf die Seifenkiste und schluckte rhythmisch, weil ihm das Wasser im Mund zusammenlief.

Als die Köchin ihnen einen ausgezeichneten Tee gemacht hatte und sie, nebeneinander auf der Kiste sitzend, ihre Kuchenbrötchen gegessen hatten, erwähnte sie den Grund ihres Besuchs. Es sei nämlich so, daß sie sich ... Sorge gemacht ... um Miss Maria, der Herr Perfesser, un' die letzten beiden Tag' kein Lebenszeichen nich', kein Fünkchen, kein' Laut, und da habe sie gedacht ... gewißlich sonst niemals keine Namen nich' nennen, aber Miss Brown, un' nich' üblich, un' bei's Personal ... un' ihre Brötchengeber, un' der Herr Perfesser wisse schon, un' sie unter Mrs. Batterby, wo Haushälterin unter dem verstorbenen Herzog ... Verdacht, aber die Sonne bringt's an 'nen Tag. Wahrheit stärker als wie alle Teufel ... armes Häschen, könnt' schändlich sein, sozusagen ...

Der Professor, der längst an andere Dinge dachte, während sie kunterbunt drauflosplapperte, folgerte aus dem nun entstandenen Schweigen, daß es jetzt wohl an ihm sei, etwas zu sagen. Tiefgründig bemerkte er: »Man stelle sich vor!« Er hatte ein Geheimverfahren für Unterhaltungen entwickelt, das darin bestand, daß er entweder dies sagte oder aber äußerte: »Was Sie nicht sagen!« Beides war narrensicher und konnte als Erwiderung auf jedwede Darlegung dienen.

Die Köchin meinte, es sei ein Schimpf und eine Schande, und sie sei seit Freitag früh in solcher Aufregung, daß sie weder ein noch aus wisse, bei all dem Durcheinander, und daß dieser Vikar da ... sie wolle aus ihrem Herzen keine Mördergrube machen, un' selbst wenn der Erzbischof von Canterbury persönlich, was sie bezweifle, da habe hatte hätte sie beim Abwasch dieser Früh ... ihm die Angelegenheit vorzutragen, weil, un' aus gutem Hause, un' man sehe säte sähe, was der Herr Perfesser aus welchem Stall, würde sie zu jedem, wo un' wer der ... Angelegenheit also besser in seine Hände, weil sowieso, un' er bestimmt würd' wissen, was ... na, was zu tun sei.

Ein plötzlicher Verdacht schoß dem Professor durch den Kopf. Die Köchin hatte gesagt – hatte sagen wollen ... Er hatte doch gehört ... Etwas von ...

»Wo ist Maria?« fragte er streng.

»Ja, aber da tät' ich doch ne Menge was für geben, wenn ich wüßte. Ich hab' sie schon zwei Tag' nich' mehr gesehn gehabt.«

»Allmächtiger!«

»Weg is' sie, sie is' weg, Herr Perfesser«, sagte die Kochfrau unter Tränen. »Meine Maria. Mein Täubchen. Un' ich hab' ihr doch allweil 'n bißchen geholfen gehabt ...«

»Meine liebe Mrs. Noakes. Das ist ja ungeheuerlich! Eine sehr ernste Geschichte. Weg? Nicht zu sehen? Kann doch nicht unsichtbar geworden sein. Vielleicht liegt sie im Bett? Unterm Bett? Zum Schornstein raus? Am See? Am Meer? Verirrt? Verlassen oder irgendwo verlegt? Könnt' sie gar nach London sein? Ins Britische Museum?«

»Die Koffernante da von ihr, die sagt, sie wär' zu einem Tantchen zu Besuch, aber ein Tantchen hat sie doch überhaup' keins nich'.«

»Und was vermuten Sie?«

»Sie is' noch auf'm Schloß, Herr Perfesser. Möcht' ich beschwören, möcht' ich. Aber versteck'. Eingesperrt. Sie's *in*haft.«

»Du meine Güte. Sie haben doch sicher überall nachgesehen?«

»Da hat's Zimmer, Herr Perfesser, mehr als wie man sein Leben lang könnt' zählen. Hab' getan, was ich konnt' – mit'm Fahr-

rad durch all die Flure durch, un' hab' all die Weil geklingelt gehabt.«
»Ja ja, Mrs. Noakes. Völlig richtig, daß Sie zu mir gekommen sind. Werde sogleich die Suche aufnehmen. Es gibt nun mal Dinge, die man besser dem stärkeren Geschlecht überläßt. Meine Güte, meine Güte! Unsere arme Maria eingekerkert. Warten Sie, ich hole nur meinen Hut.«
Der alte Herr eilte die Treppe hinauf und kam nach einem Weilchen mit einem nach Kampfer riechenden Tweed-Ulster wieder, einen sonderbaren Bowler auf dem Kopf, den er als Dandy in den neunziger Jahren getragen hatte. Die Krempe war eingebogen. Den Ulster mußte er zu Besuchen tragen, einerlei wie heiß es war, um die Löcher in seinem Anzug zu verdecken.
»Wir werden«, sagte er, »diese Gouvernante in ihrer Höhle attakkieren. Sie, Mrs. Noakes, werden wohl besser vor mir zurückkehren, auf einem anderen Weg. Wäre klug, wenn's aussähe, als käme ich per Zufall: wollt' mich nach Maria erkundigen. Wir müssen diplomatisch vorgehn.«
Er scheuchte sie aus dem Haus, versprach ihr zehn Minuten Vorgabe und schubste sie los, die Allee hinunter. Zwei Minuten später hatte er sie eingeholt.
»Ach, Mrs. Noakes, entschuldigen Sie einen Moment. Sie haben nicht zufällig ... ich meine: könnte ja sein ... bei sich, vielleicht zu Hause – den Du Cange?«
»Nee, hab' ch nich', Herr Perfesser. Aber einen Beeton ...«
»Sie meinen zweifelsohne den zweiten Erzbischof dieses Namens. Gewiß nicht den Kardinal. Die anderen waren niederen Ranges, wie wir wissen.«
»Das is'n Kochbuch, Herr Perfesser, is' das.«
»Tatsächlich? Eine alte und edle Kunst, das Kochen. Und bestimmt ein nützlicher Ratgeber, möcht' mich dünken. Doch sei's drum: Sie haben keinen Band Du Cange?«
»Nich' daß ich wüßt', Herr Perfesser. Wirklich.«
»Schade. Nun ja, nun ja, man kann nicht alles haben. Aber ich halte Sie auf. Wiedersehn, wiedersehn.«

Eine Minute später hatte er sie neuerlich eingeholt.

»Das Wort«, sagte er erwartungsvoll, »lautet **trípharíum**. Sie sind nicht zufällig beim Lesen drauf gestoßen, was?«

»Nich', soviel ich weiß, Herr Perfesser. Nein, bin'ch nich'.«

»Nein? Nun gut. Wir müssen uns in Geduld üben, Mrs. Noakes. Das ›i‹ ist natürlich freigestellt, da die Skribenten ihre Vokale mehr oder weniger nach Gutdünken verwenden. ›**trípharíum**‹ mit einem ›y‹ tät's wohl auch, finden Sie nicht?«

»Da hat's *tripe* ...«

»*Tripe*«, rief der Professor ärgerlich, »ist ein gaelisches Wort. Überhaupt nichts mit Kaldaunen zu tun. Guten Tag auch. Guten Tag.«

Und störrisch stolzierte er davon, bis ihm das Eingewickelte in der Küche einfiel. Das ließ seinen Ärger dahinschmelzen, und er drehte sich um, weil er der guten Mamsell nachwinken wollte, aber die schaute nicht zurück. Sie sollte ihre Vorgabe haben, und er eilte nach Hause, um das Eingewickelte zu untersuchen. Es waren Bücklinge, wie er gehofft hatte!

Er vergaß Maria und schlug ›*bloaters*‹ für ›Bücklinge‹ in seinem Wörterbuch nach, ob sie vom schwedischen Wort ›blöt‹ abstammten, was sie auch taten.

XX

Eine Stunde später versuchte der Professor, sich den Kopf zu kratzen, stellte fest, daß der Hut ihn behinderte, und fragte sich, weshalb er ihn wohl aufgesetzt haben mochte. Er machte verschiedene Versuche, dieses Problem zu lösen – durch freies Assoziieren und Selbstanalyse –, und kam schließlich zu der Erkenntnis, daß er ihn aufgesetzt haben müßte, um auszugehen. Deshalb ging er also hinaus und betrachtete den Himmel. Der schien keine Botschaft für ihn zu haben. Deshalb ging er wieder hinein, fand ein Stück Papier und schrieb das erste Wort darauf nieder, das ihm in den Sinn kam, während er sich auf ›Hüte‹ konzentrierte. Es war **tripharium**. Er zerriß den Zettel, versuchte es von neuem und bekam RATTO, was wohl etwas mit Bischof HANNO und den Ratten zu tun haben konnte. Also versuchte er's mit HANNO und bekam AUFZIEHN, versuchte AUFZIEHN und bekam CAPE, versuchte CAPE und bekam ULSTER. Da bemerkte er, daß er seinen Ulster noch anhatte, und war entzückt. Hierauf folgte eine längere Tour durch die Provinzen von Irland (Ulster), die Annalen der Four Masters und so weiter, was ihn wieder auf **tripharium** brachte. Das versuchte er und bekam BLOATERS, was er mittlerweile mit Schweden verband, tat einen Kurzschluß durch GOTHENBURG, SWEDENBORG, BLAKE und GUSTAVUS ADOLPHUS – und erinnerte sich plötzlich, daß man ihn angefleht hatte, Maria zu suchen. Daraufhin arrangierte er den flaschengrünen Bowler-Hut noch sorgfältiger auf seinem Haupte und machte sich auf den Weg.

Es war ein brütend heißer Tag.

Die Bäume hielten die Hitze fest, bis die Alleen zu langen Öfen wurden; der Ulster war unerträglich heiß; die Bienen dröhnten wie Flugzeuge in den klebrigen Blättern der Linden; die Schwalben, die an der Südseite nisteten, fächelten ihren Vogelküken Kühlung zu und schnappten nach Luft; die Ringelnattern schwärmten aus und machten den Fröschen das Leben zur Hölle; und die Frösche ihrerseits begingen dutzendweise Selbstmord unter den Rädern vorüberrollender Fahrzeuge. Der Professor, ein kleiner geschäftiger Käfer unter dem kupferfarbenen Himmel, stapfte weiter, wurde kleiner und kleiner, bis er in Richtung Malplaquet entschwand.

Er wußte nicht genau, was er tun sollte.

Um das Schloß rechtmäßig durchsuchen zu können, hätte es etlicher Erlasse bedurft: *Habeas Corpus*, dazu etwas wie *De Heretico Comburendo* oder dergleichen, und vielleicht ein *Non Compos Mentis*. Andererseits wußte er auch, daß zwei oder drei Leute wochenlang auf den diversen Korridoren und Gängen umherwandern konnten, ohne sich zu begegnen – so daß kein Grund bestand, weshalb er sich nicht inoffiziell auf die Suche machen sollte: niemand würde merken, ob er dort war oder nicht. Das Leichteste würde sein, Miss Brown ausfindig zu machen, sie mit Blicken einzuschüchtern und zu verlangen, daß sie ihren Zögling freigebe. Leider verfügte er über keinen stichfesten Beweis dafür, daß Maria noch im Hause war, und darüber hinaus hatte er Angst vor der Gouvernante. Sie war einmal sehr grob zu ihm gewesen, und er fürchtete, die Einschüchterung könne sich andersrum vollziehen. Er fühlte sich lustlos und versuchte, sich durch Wedeln mit dem Hute Kühlung zu verschaffen.

Als er am griechischen Amphitheater und der sechs Fuß hohen Pyramide zu Ehren von General Burgoyne vorübergekommen war, öffnete sich vor ihm das Tal der Eintracht, wie es von Capability Brown vorgesehen war, und an dessen Ende erhob sich die ungeheure Masse des Herrenhauses. Wren, Vanbrugh, Hawksmoor, Kent und alle möglichen anderen hatten seine Dutzend Kolonnaden errichtet; Adam, Patrioli und andere hatten seine Dutzend Decken stukkatiert; Sheraton, Heppelwhit, Chippendale und so weiter hatten es mit Mobiliar vollgestopft, mittlerweile verkauft – und da lag's nun im abendlichen Dämmerschein vor den Augen des Professors, mit mehr Räumen, als überhaupt jemand wußte. Er betrat den Westflügel durch eine altersschwache Tür und begann mit der Suche. Er durchsuchte den ›gottischen‹ Billardsaal, der einst einen Tisch von der Größe eines Schwimmbads enthalten hatte und an dessen Decke aus imitiertem Holzmaßwerk immer noch die Wappen aller Vorfahren Marias prangten. Das zentrale Werk war freundlicherweise von Horry Walpole beigesteuert worden und enthielt 441 Viertelungen, die Wappen von Boadicea und Herodes Antipas inbegriffen. Alle heraldischen Schrägbalken waren sinister, und die Ehefrauen waren sämtlich auf der falschen Seite ihrer Gatten.

Er durchsuchte die Orangerie, wo Gibbon im berühmten letzten Absatz von ›Aufstieg und Zerfall des Römischen Reiches‹ ein Semikolon ausradiert hatte, ehe er den achten Band dem Herzog von Gloucester überreichte, der leutselig äußerte: »Noch so'n dicker Wälzer! Immer nur kritzeln, kritzeln, kritzeln, wie, Mister Gibbon?«

Er durchsuchte die Menagerie, allwo der Earl of Chesterfield einst versehentlich als Affe zwei Tage lang eingesperrt gewesen war; schade nur, daß sie ihn nicht dringelassen hatten.

Er durchsuchte den Chinesischen Salon, in den Rousseau 1768 ganz plötzlich hereingestürmt war, als er indigniert einen endlosen und unverständlichen Brief von sich an Diderot verlas, der alle Zuhörer vollkommen verstörte.

Er durchsuchte das Rentamt, wo der Böse Earl einst seinen Verwalter durchbohrt hatte. Ersterer behauptete während seines Prozesses vor den Lords, es habe sich um ein Duell gehandelt – doch der Verwalter streifte noch immer Dienstag nachts durch die Räume, das Heft eines Schwerts im Rücken, was nicht ganz ohne Beweiskraft für das Gegenteil sein dürfte.

Er durchsuchte den Kartenraum, wo einer der Viscounts, ein Admiral, seinen Sextanten und andere Instrumente aufzubewahren pflegte, als er nach dem Verlust von Mallorca, Menorca, Bermuda, Goa, Simla, Hecla und Alabama in einer Reihe von Marineunternehmen den Dienst quittiert hatte.

Er durchsuchte die Waffenkammer, aus deren Fenster der Herzog von Orleans mit Sektkorken auf Leichen zu schießen beliebte.

Er durchsuchte den Düngerraum, wo der Master of Malplaquet, der drei getrennte Kartoffelroder erfunden hatte, für gewöhnlich

enorme Mengen von Hypersuperextrainfraphosphat für seine Pächter zu lagern pflegte.
Er durchsuchte sogar das Staatsgemach, in dem Königin Victoria den einzigen Empfangsabend gegeben hatte, der jemals außerhalb eines königlichen Schlosses abgehalten wurde; und hier stand sogar der Sessel, in dem sie gesessen hatte: mit einem gläsernen Deckel auf der Sitzfläche, um den königlichen Ein-Druck festzuhalten.
Der Professor hob den Deckel und ließ sich nieder, denn er wurde allmählich müde.
Mit einem Seufzer erhob er sich dann und stieg die Treppen zum Uhrenkabinett hinauf (im Giebel der Nordseite), das eine Uhr von Christopher Pinchbeck II. enthielt, die ›*When the Heart of a Man Is Depressed with Cares*‹ in vier Teilen spielte: eins jede Viertelstunde. Sehr deprimierend. Aber mit der Zeit gewöhnte man sich daran und hörte nicht mehr hin.
Das Ziel seiner Suche fand er nicht.
Der Professor fing an, den Kopf zu verlieren und von einem Stockwerk zum anderen zu eilen, so, wie ihm die unterschiedlichsten Einfälle kamen.
Er durchsuchte des Butlers Schatzkammer, die zu verschiedenen Zeiten die Derby und Grand National und Ascot Gold-Coups beherbergt hatte, dazu ein Épergne, einen Tafelaufsatz in Gestalt eines Banyan-Baums, den die dankbaren Einwohner von Bombay dem Sixth Duke überreicht hatten.
Er versuchte sein Glück in den Stallungen für 144 Pferde, in den Zwingern für 144 Hunde, im Dachgeschoß für 144 Zofen und Lakaien, sowie im Spielsaal, wo Charles James Fox, mit scharlachroten Absätzen und blaugepuderter Perücke, in einer einzigen Nacht einmal £ 144 000 verloren hatte.
Er versuchte es sogar in der Rüstkammer, die einst die Milizausrüstung der Third Duke's Own Northamptonshire Fencibles beherbergt hatte – nebst einer Gruppe von Besuchern, die 1915 auf ihrem Rundgang durchs Schloß (zu wohltätigen Zwecken) von einem vergeßlichen Butler versehentlich eingesperrt worden waren.

Seine Geisel war nirgends zu entdecken.
Der arme Professor ließ sich auf dem blanken Boden der Rüstkammer zu seiner zweiten Verschnaufpause nieder. Endlich rappelte er sich zu einem letzten Versuch auf und begann von neuem mit der Fahndung.
Er durchforschte den Pavillon, wo ein zerstreuter Lord Dudley einmal Sydney Smith mit den Worten zum Diner einlud: »Speisen Sie mit mir, dann werde ich Ihnen Sydney Smith vorstellen« – woraufhin Mr. Sydney Smith höflich erwidert haben soll, danke, den kenne er bereits und sei mit ihm andernorts verabredet.
Er durchsuchte die Kolonnaden, wo der große Pope in Person mit William Broome an jenem Abend spazierengegangen war, als er letzteren überredete, Tonson zu überreden, einen Brief von Lintot zu veröffentlichen, der jedoch von Cleland unterschrieben war und angeblich von Bolingbroke geschrieben worden sein soll und in dem Lady Mary Wortley Montagu beschuldigt wurde, einen Mr. Green zu verdächtigen, Broome zu überreden, Tonson die Erlaubnis zur Veröffentlichung eines Briefes von Cleland zu verweigern, der angeblich von Lintot ohne Wissen Bolingbrokes unter dem Pseudonym Swift unterschrieben sein sollte und sich auf ›persönliche Eigenheiten‹ von Dr. Arbuthnot bezog. (Andererseits sollte ein Individuum namens Worsdale, ein bloßes Werkzeug, als R. Smythe auftretend, Curll mitteilen, daß ein gewisser ›P. T.‹, ein geheimer Feind von Temple, eine Abschrift des Briefwechsels zwischen Lord Hervey und Colley Cibber in Besitz habe: mit erkennbaren Ergebnissen.)
Schließlich ging er ins Freie und nahm den Brunnen in Augenschein, in den Boswell einmal zum Ergötzen des großen Lexikographen hineingefallen war.
Er stöberte sogar unter dem Reiterstandbild des fixen kleinen George II. umher, der ohne Sattelgurt auf seinem Pferd saß, das möglicherweise aus diesem Grunde bei Dettingen mit ihm durchging.
Maria war nirgends zu sehen.
Im Garten entdeckte der Professor Miss Brown, die auf den Knien

hockte und einem Geranienbeet irgend etwas Schändliches antat. Sie trug einen Strohhut, handhabte eine Maurerkelle, kniete auf einer Matte und brütete bedrückt vor sich hin.
Der Professor nahm seinen grünen Bowler ab und sagte höflich: »Entschuldigung, Miss Brown.«
»Ach, Sie sind's. Und Sie wünschen?«
»Tja ... nichts. Dankschön. Ich ... ich spaziere nur so – umher.«
»Haben sich einen schönen Tag dafür ausgesucht«, sagte sie. »Das Tor ist dort.«
»Das Tor? Ah ja, verstehe. Das Tor nach draußen. Ja ... – Tjaja«, fuhr er nach einem Weilchen fort, »guten Tag dann, Miss Brown.«
»Guten Tag.«
»Guten Tag.«
»Und hören Sie mit Ihrer Schnüffelei auf.«
»Was?«
»Ich habe gesagt: Hören Sie mit Ihrer Schnüffelei auf!«
»Gewiß doch. Sicher.«
Er drehte etliche Male seinen Hut und sagte dann tapfer: »Rote Geranien, nicht wahr?«
»Wollen Sie«, rief Miss Brown bissig, schob sich auf ihren Knien herum und wies mit der Maurerkelle auf ihn, »daß ich den Vikar auf sie hetze? Verschwinden Sie. Machen Sie das Tor hinter sich zu. Was haben Sie hier zu suchen?«
»Ich ... ich wollte Maria besuchen.«
»Da können Sie sonstwo suchen. Die ist weg.«
»Bei einer Tante?«
»Wer hat Ihnen das gesagt?«
»Ich ... ich hab's nur so – gedacht.«
»Sie ist weg«, sagte Miss Brown boshaft. »Sie ist mit ihrer Tante dort, wo der Pfeffer wächst, hi-hiii! Da werden Sie sie wohl nicht besuchen wollen, wie? – Heben Sie sich hinweg, Sie Landstreicher, Sie.«
Der Professor trollte sich, Miss Brown lachte böse hinter ihm her; als er mit zitternden Händen errötend das Törchen schloß, hörte er, wie sie ihren Geranien vorsang:

»Tie-hief drunt im Ker-her-ker,
Tie-hief drunt im Ker-her-ker,
Tief,
    Tief,
        Tief,
            Tief,
Tief dru-hun-ten im Ker-her-ker
Laß
    sie
        ruuuhn.«

Nebenbei bemerkt war Miss Brown eine Blumennärrin, und jedem, der es hören wollte, sagte sie, diese lieben kleinen Röslein seien ihre größte Freude.

XXI

Dem Herrn Professor klangen die Ohren, als er heimwärtsging und Antworten erfand, die er hätte geben können, wenn sie ihm nur rechtzeitig eingefallen wären; er machte sich Sorgen um seine Freundin. Bestimmt hatte sie keine Tante, wo der Pfeffer wuchs – sie müßte denn eine Farbige sein –, aber das Lied der Gouvernante gab ihm zu denken. Klang verdächtig, dachte er, als hätt' sich da was abgespielt. Berkley Castle fiel ihm ein und der mit dem Tode ringende König.

Wie dem auch sei: er wußte nicht, was er anfangen sollte. Natürlich konnte er sich morgen erneut auf die Suche machen. Es gab noch reichlich Speisekammern, Wäschekammern, Abstellkammern, Schränke, zahllose Zimmer, Kohlenkeller, Außengemächer, die Dr. Johnson in jungen Jahren besucht hatte, Dienstbotenräume, Beinkammern, Sattelkammern, Geschirrkammern, Waschküchen, Milchküchen, Gerätekammern, Vorratskammern, Garderoben, Nebengelasse und so weiter – auch noch in dem Flügel, den er bereits durchsucht hatte; und darüber hinaus gab es weitere Flügel. Die Anzahl allein der Schränke mußte man, seiner Meinung nach, schon auf mindestens zweitausend schätzen. Die Gefahr aber war, daß er, wie sorgfältig er auch suchen mochte, vielleicht zu spät kam. Er wünschte, Miss Brown hätte nicht so grausam dreingeschaut.

Als der Professor nach Hause kam – es herrschte rosiges Zwielicht, ein wunderschöner Sonnenuntergang tauchte die Fenster seines Cottage in Flammen und meißelte die Admiral Byng geweihten Obelisken in tiefstes Ebenholzschwarz –, ging er schnurstracks in die Küche und schnupperte an den Bücklingen. Das machte, wie Riechsalz, einen klaren Kopf. Sofort wußte er, was zu tun sei. Er mußte sich an das Völkchen um Hilfe wenden. Wo ein alter Mann viele Wochen fahnden mochte, da konnten fünfhundert kleine Forscher, wenn sie gleichzeitig auf die Suche gingen, schnell zu Erfolgen kommen, einerlei, wie winzig sie waren.

Es war dunkel, als er sich neuerlich auf den Weg machte, denn es schien kein Mond. Er war von Bücklingen gesättigt, eins mit der Welt und zufrieden mit seinem Plan. Da es dunkel war, brauchte er seinen krempligen Bowler nicht aufzusetzen. Er dachte an dies und an das.

Von seiner Schwäche für ein Gläschen Löwenzahnlikör abgesehen, hatte der Herr Professor eine schwache Stelle: das war seine Abneigung gegenüber Hunden. Nicht, daß er sie für vulgär oder pöbelhaft hielt, nein: er mochte sie nicht, weil sie abhängig waren. Seiner Ansicht nach mußten Mensch und Tier frei und ungezügelt sein, wie zum Beispiel Falken, und gegen Hunde hatte er etwas, weil sie an ihrem Herrchen hingen, und zwar auf unwürdige Weise, wie er meinte.

Mit dem Völkchen war's dasselbe.

Er begriff nicht, wie so kleine Leutchen, die ganze sechs Zoll groß waren, auf Unabhängigkeit hoffen konnten, wenn sie sich mit Leuten zusammentaten, die sechs *Fuß* maßen. Aus diesem Grund hatte Maria ihn nie dazu überreden können, mit ihr die Insel zu besuchen. Schon der Gedanke daran bescherte ihm Unwohlsein. Er hatte das Gefühl – kannst Du es nachempfinden? –, daß sein bloßer Besuch einen Eingriff in ihre Freiheit darstellte, weil er so viel größer war als sie. Er verstand es wie Gulliver, als jener bei den Riesen war: daß es besser sei zu sterben, als sich auszuliefern ›der Schande, eine Nachkommenschaft zu hinterlassen, die in Käfigen gehalten würde wie zahme Kanarienvögel‹. Im tiefsten Innern mißbilligte er ihre Verbindung mit Maria. Es war, wie derselbe Autor bemerkt, ›*upon such a Foot as ill became the Dignity of human kind*‹; hier ging es um die wahre Würde, und seiner Vorstellung nach durfte niemand, der auf sich hielt, eines andern Herr noch Sklave sein.

Wenn ich jetzt, sinnierte er, ein wenig tattrig durch die nächtliche Allee dem fernen Quincunx zustrebend, die Wahl hätte, eins der von Gulliver beschriebenen Wesen zu erbeuten, würde ich mir lieber einen Brobdingnagier einfangen. Diese Aufregung, dieser Ruhm, jemanden zu überwältigen, der so groß war wie ein Kirch-

turm! Tja, dachte er, ich möcht' doch gar zu gerne wissen, wie groß sie wirklich waren. Im Buche steht, daß Glumdalclitch, neun Jahre alt und klein für ihr Alter, nur vierzig Fuß gemessen habe. Der Premier war ›annähernd so groß wie der Großmast der königlichen *Sovereign*‹. Die Gäule waren zwischen vierundfünfzig und sechzig Fuß groß. Nehmen wir an, daß ein Pferd von sechzehn Handbreit (zu je 4 Zoll) genau vierundsechzig Zoll mißt, dann wäre – wenn wir nach der alten Methode rechnen und sechzig Fuß gegen vierundsechzig Zoll setzen – der Vergleich der folgende: 1 Zoll bei ihnen entspräche ungefähr 1 Fuß bei uns. Da wäre dann der durchschnittliche Brobdingnagier an die 72 Fuß groß. Weiter hinten im Buch steht, ein berittener Brobdingnagier messe neunzig Fuß. Das wäre ungefähr viermal so groß wie meine Hütte.
Der beste Vergleich aber ist, so überlegte der Herr Professor enthusiastisch weiter (über Bücher wußte er alles, was man nur wissen kann), daß ihr größter Folio-Band nicht über achtzehn oder zwanzig Fuß lang war. Das wäre etwa das Format Royal Folio, schätze ich: zwanzig-zu-zwölfeinhalb Zoll – und so bekommen wir das genaue Verhältnis von einem Zoll zu einem Fuß! Sie waren zwölfmal so groß wie wir!
»Würde ich mich jetzt zwölfmal aufeinanderstellen«, so sagte er laut zu der dunklen Gestalt einer Buche, während um ihn her die Käuzchen von Malplaquet klagten, »dann wäre ich ein gut Teil größer als du.«
Der Baum rauschelte.
»Na ja, nehmen wir mal an, wir wollten einen von diesen Brobdingnagiern fangen, der so groß ist wie du, dann brauchten wir ein Schiff, um zum Land zu kommen (an der Westküste von Nordamerika, etwa oberhalb der Straße von Annian) und den Kerl zurückzubringen. Möcht' wissen, wie lang der Laderaum ist. In einem Öltanker? Wahrscheinlich nicht lang genug für eine Buche, ohne daß sie sich den Kopf stößt. Andererseits glaub' ich nicht, daß wir die *Normandie* oder die *Empress of Britain* brauchten. Ein P.-und-O.-Dampfer von zirka zwanzigtausend Tonnen würde reichen. Nein: besser ein mittelgroßer Flugzeugträger. Ein Flug-

zeugträger hätte auch den Vorteil, daß wir ihn leichter als Ruderboot verkleiden und tarnen könnten, weil er nicht so viele Schornsteine hat und all dergleichen. Ja doch: das wär's, was wir dann tun müßten. –
Natürlich müßte ich meinen ›Solinus‹ veröffentlichen, um zu Geld zu kommen, denn diese Dinger sind wahrscheinlich sehr teuer. – Und ein weitrer famoser Vorteil bei einem Flugzeugträger wäre, daß er ein Flugzeug tragen könnte.«
Heiteren Sinnes setzte er seinen Fußmarsch fort.
»Sobald wir in der Nähe der Straße von Annian kommen, schicken wir das Flugzeug zu einem Erkundungsflug aus, und wir bleiben ruhig liegen, außer Sichtweite des Landes von Brobdingnag, bis wir von dem Piloten hören – per Sprechfunk, oder wie man das nennt –, daß er einen dieser Riesen auf einem Ruderboot beim Fischen entdeckt hat. – Die Brobdingnagier fischen nicht viel, weil unsre Fische für sie kleiner als Elritzen sind, aber manchmal gehen sie auf Walfang. Der Riese wird unser Flugzeug wohl für einen großen Vogel halten, wenn er's sieht, möcht' ich meinen. –
Na ja. Und haben wir dann den Standort dieses einsamen Fischers in seinem Boot, räumen wir das Deck. Alle müssen sich verstekken. Wir dampfen leise von hinten an ihn ran, tun so, als drifteten wir bloß. Wenn er uns sieht, grüßt er uns, hält uns für ein Fährschiff oder so. Und dann, wenn er keine Antwort kriegt, rudert er ein- oder zweimal um uns herum, weil er wissen möchte, wer wir sind. Wir müßten eine gewaltige Trosse über die Reling hängen lassen, die er für eine Leine halten würde. Und nach einer Weile käme er dann an Bord.«
Der Professor schnippte mit den Fingern.
»Und da träten dann unsre früheren Vorkehrungen in Aktion. Auf dem Flugdeck haben wir nämlich einen großen Deckel angebracht (wie das Schiebedach auf dem Automobil, das ich einmal gesehen habe), und unter diesem Deckel wäre eine riesige Kabine, die den ganzen Teil des Schiffs da ausfüllt, und drin hätten wir einen vierzig Fuß hohen Stuhl und einen dazu passenden Tisch und eine Koje. Der Brobdingnagier würde das Ganze natürlich für das Logis

der Fähre halten, oder wie so was heißt. Auf dem Tisch fände er einen extra gebackenen Laib Brot von zwölf Fuß und eine Flasche Wein im entsprechenden Maßstab. –
Der arme Brobdingnagier würde zwei- oder dreimal rufen: ›He! Ist da jemand?‹ Und dann würde er die gewaltige Leiter runtersteigen. Natürlich wär' er neugierig. –
In dem Augenblick, wo er drin ist, drücken wir auf einen Knopf – und der Deckel geht zu!«
Als der Professor bis hierhin gekommen war, stolzierte er voller Genugtuung einher. Gleich aber fiel er wieder in eine nüchterne Gangart zurück.
»Wir müßten schon dafür Sorge tragen, daß der Flugzeugträger solide gebaut ist, denn der Kerl wird ganz hübsch rumtoben.«
Hierüber dachte er ein Weilchen nach. Die Stahlplatten müßten durch so kleine Nieten miteinander verbunden sein, daß der Riese sie mit seinem Taschenmesser nicht auseinander brächte ... Alsdann spann er seinen Plan weiter aus.
»Hat er zu toben und zu schreien aufgehört, was vielleicht ein paar Stunden dauert, wird ihm übel oder elend; er setzt sich an den Tisch, um nachzudenken. Da bemerkt er Speis und Trank. Plötzlich verspürt er Durst und will was trinken. Und hier zeigt sich zum zweitenmal unsere Schläue: denn in dem Wein ist ein Betäubungsmittel! Dann liegt der arme Riese in seiner Koje, weil's ihm im Kopf rum-und-rum geht, und fünf Minuten später schläft er. Wir werden Mandragora nehmen müssen. –
Sobald wir ihn unter Deck haben, fahren wir von Brobdingnag weg (das Fischerboot überlassen wir seinem Schicksal), und in dem Augenblick, wo er eingeschlafen ist, kommen wir mit Ketten und Handschellen und Fußeisen. Die könnten wir von einem Kran oder etwas Derartigem hinunterhieven. Wir fesseln ihn und warten, bis er aufwacht.«
Bei diesem Gedanken wurde der Professor mißmutig, und er fing an zu schlurfen. Ihm behagte die Vorstellung nicht, jemanden in Ketten zu legen, und sei es auch ein Riese.
»Jedenfalls, wenn er wach wird, muß der Kapitän in die Kabine

runter, und der wirft sich in die Brust und sagt zu ihm, er brauche keine Angst zu haben. Vorher müßten wir allerdings noch seine Sprache lernen. Möglicherweise gibt's irgendwo im British Museum ein Buch darüber – wie den Du Cange ...«
Und im Handumdrehn gelang es ihm, vom **tripharium** wieder loszukommen.
»Wir sagen ihm, er sei nur vorübergehend ein Gefangener, weil wir sicher sein wollten; wir würden ihn nicht für immer gefangenhalten; wir würden ihn nur ein Jahr lang in Gewahrsam halten, das könnten wir ihm versprechen, und danach würden wir ihn wieder heimbringen. Wir erklären ihm, daß wir ihn nach England schaffen, wo wir ein Vermögen verdienen wollen, indem wir ihn ausstellen; wir verlangten aber gar nichts von ihm, was unter seiner Würde sei, und wenn er sich uns gegenüber freundlich verhalte, wollten wir höflich und artig zu ihm sein. Auf der ganzen Reise ernähren wir ihn gut und reden vernünftig mit ihm über alles, und sobald wir in Southampton sind, oder irgendwo, darf er aufstehen und einen Blick aus der Ladeluke werfen. Dann erklären wir ihm die Flugabwehrkanonen, wie man die Geschütze nennt, und wir schießen für ihn ein paar Ballons ab, um ihm zu zeigen, wie die Dinger funktionieren. Wir würden sagen: ›Wir lassen dich jetzt völlig frei; du bist in England, ein paar tausend Meilen von daheim; du kannst nicht zurück, und anhaben kannst du uns auch nicht viel was – schließlich bist du ja bloß so groß wie ein Baum –, denn wir haben Waffen wie die hier, und mit denen würden wir dich in Null-Komma-Nichts erledigen; deshalb geben wir dich frei; so, Riese, und wenn du jetzt vernünftig bist und ohne Fesseln und Unwürdigkeit nach London gehst, bringen wir dich für ein Jahr in die Albert Hall, wo du wohnst, und wir verkaufen Eintrittskarten zu fünf Shillings, damit die Leute dir jeden Abend beim Essen zusehn können; wir verlangen keine Kunststückchen von dir, wir lassen die Leute dir bloß beim Nachtmahlen zuschaun; vielleicht bist du so freundlich und sprichst mit ihnen auf den verschiedenen Rängen, wenn dir danach ist; wir sorgen für Unterkunft und Verpflegung und behan-

deln dich respektvoll, und nach einem Jahr bringen wir dich wieder nach Haus‹.«
Dies bedachte er eine halbe Meile lang, ehe er schloß:
»Vielleicht wäre es klug, eine Kanone auf ihn gerichtet zu halten, von der Garderobe aus oder so ähnlich, bloß für alle Fälle. Selbstverständlich würden wir ihm das nicht erzählen: wollen ihn ja nicht beleidigen. –
Natürlich«, setzte der Herr Professor später hinzu, wobei ihm immer noch ein bißchen unbehaglich zumute war, »würden wir ihn mit zehn Prozent an den Einnahmen beteiligen.«

XXII

Als der alte Herr diese Angelegenheiten so weit geregelt hatte, war er am Quincunx angelangt und sich bewußt geworden, daß eine knifflige Aufgabe seiner harrte. Beim Bootshaus schob er sich durchs Reet, stand an einer morastigen Stelle, wo ihm das Wasser schnell bis über die Knöchel stieg, und blickte über den schimmernden See. Je länger er schaute, desto schlechter wurde sein Gewissen. Er hatte sich des Größenwahns schuldig gemacht.

Gleich aber erinnerte er sich der verzweifelten Lage seiner Freundin und nahm sich zusammen, so gut er nur konnte. Er ballte die Fäuste am Körper und rief mit barscher Stimme – halb kreischend und halb flüsternd, weil er ihrer nicht sicher war –: »Nachricht von Maria!«

Versuch Du mal, allein draußen zu rufen, mitten in der Nacht, auf dem Land, ohne zu wissen, ob Dich jemand hört – dann begreifst Du, wie er das machte.

Er wäre vor Schreck fast gestorben, als ein kleines Stimmchen neben seinem rechten Knöchel freundlich fragte:

»*Quid nunc, O vir doctissime, tibi adest?*«

Was bedeuten sollte: Wo brennt's denn, o gelehrter Herr?

Die Scheu des Professors verflog. Mönchslatein war die einzige Sprache, die ihn seine unangemessene Größe vergessen ließ.

Es war der Schulmeister, endlich dem Pfarrhaus entflohen, der da gesprochen hatte, und zwar nach Art des achtzehnten Jahrhunderts in einem Latein, mit dem man gebildete Fremde anredete. Er hatte den Professor nach der Beschreibung von Marias Gefangener erkannt.

»*Vir eruditissime!*« rief der Professor fröhlich. »*Sed solo voce mihi cognite …*«

Sie saßen nebeneinander auf der Plattformkante des Bootshauses und plapperten über Pomponius Mela, als die Fregatte aus der Dunkelheit sich ihnen näherte.

Der Admiral wünschte zu wissen, was los sei und was es Neues von Maria gebe. Die Besatzung hing mit offnen Mündern über der Reling, als wollten sie die Nachrichten verschlingen. Sogar dem Schulmeisterlein wurde da bewußt, daß Pomponius kaum der Hauptzweck des Besuchs sein könne; und dem Boten fiel's ebenfalls ein.

Als die Geschichte berichtet war, hielt man Kriegsrat.

Da man die Gesinnung der Kerkermeister kannte, war es klar, daß die Gefangene so bald wie möglich befreit werden mußte. Das Schloß lag vierhundert Schritt vom Quincunx entfernt. Um diese Distanz mit Drei-Zoll-Schrittchen zu bewältigen, würden die Streitkräfte von Lilliput eine Dreiviertelstunde brauchen. Der Herr Professor aber konnte es in ein paar Minuten schaffen. Man kam daher überein, daß sechzig Mann die Fregatte sofort verlassen sollten; der Professor würde sie, in seinen Ulster wie in einen Sack gewickelt, schnell aber behutsam transportieren, so daß sie unverzüglich mit der Suche beginnen konnten. Inzwischen würde die Fregatte Verstärkung von der Insel holen: Männer, gesattelte Ratten und so viele Frauen, wie entbehrlich waren. Wenn der Herr Professor wollte, konnte er zurückkehren und eine zweite Ladung aufnehmen: sie stünden bereit. Die Suchmannschaften sollten zur Abwechslung mit dem Ostflügel beginnen, sich in Trupps auf die Gänge und Geschosse verteilen und sich so schnell wie möglich von außen nach innen vor-arbeiten, bis alle sich in der Mitte träfen. Die zweite Ladung würde am Nordflügel beginnen, die dritte beim Westflügel und so weiter. Waren Tore oder Türen verschlossen, sollten sie versuchen, unter ihnen hindurchzulugen, wenn sich's machen ließ; wenn nicht, sollten sie rufen und lauschen und horchen. Ihre scharfen Ohren würden Maria vermutlich selbst dann noch hören, wenn sie geknebelt war, doch atmete. Falls und wenn man sie fand, sollte der Finder sofort auf die Stufen unterhalb der Uhr an der Nordseite laufen, wo ihn ein Erste-Hilfe-Trupp erwarten würde. In der Nähe des nord-nordwestlichen Salons mußte absolute Stille herrschen. War ein Bericht zu schreiben, sollte er unbedingt mit genauer Zeitangabe (in Stunden) und vor allem in dreifacher Ausfertigung in Großbuchstaben abgefaßt werden.

Eine Abteilung der Desperados stellte sich gern freiwillig zur Verfügung, bis Mitternacht zu warten, um dann, wenn es zum Schlimmsten kam, den Versuch zu unternehmen, Miss Brown ans Bett zu fesseln, wie man einst mit Gulliver im Schlaf der Erschöpfung verfahren war. Dann mochte man sie mit Nadeln stechen, bis sie preisgab, wo Maria gefangengehalten wurde.

Die Suche begann. –

Unterdessen saßen Miss Brown und der Vikar wie gewöhnlich im möblierten Salon beiderseits des Kamins: zwei stumme Gestalten in korrektem Habit. Die Leutchen konnten sie durch die Fenster und unter den Türen hindurch sehen: der Vikar in seinem schwarzen Geistlichen-Gewand nippte an einem halben Gläschen saurem Sherry, weil er zu knauserig war, sich ein ganzes zu gönnen, und Miss Brown in einem violetten *fichu* (einer Mantilla) mampfte mit geradezu gierigem Ingrimm Schokoladenplätzchen. Zur Zeit hatten sie einander nichts zu sagen. Vielleicht sannen sie darüber nach, wie man Maria am besten kirre-kriegen könne, und träumten von unermeßlichen Reichtümern, die sie erwarteten, wenn sie die kleinen Inselbewohner in die Sklaverei verkauft haben würden – an den Olympia-Zirkus oder an die Film-Magnaten und Mogule in Hollywood.

Als Miss Brown ihre Schokoladenplätzchen aufgefuttert hatte, ging sie ans Klavier. Sie intonierte einen Choral.

Während sie am Klavier klimperte, huschten die Leutchen von Lilliput leise und aufmerksam über die Gänge; ihre Schritte waren lautloser als fallende Blätter.

Getreu ihrer Instruktionen lugten sie unter Türen durch, flüsterten schrill: »Maria! Maria!« und bezwangen die hohen Treppenstufen mit Hilfe von Sturmleitern, die die Fregatte ans Festland gebracht hatte. Auf dem Weg nach unten rutschten sie auf den Geländern. Auf den Fluren liefen sie flink, um Zeit zu sparen. Draußen, im tintigen Schatten eines Pfeilers an der Nordseite, wartete der Herr Professor mit dem Erste-Hilfe-Trupp in nerven-

aufreibender Spannung. Er fürchtete, Miss Brown könne ihn erwischen und Landstreicher oder Herumtreiber oder Schnapsnase nennen, aber um Maria hatte er die größte Angst.
Endlich ertönte auf dem marmornen Fußboden das Tappsen und Trappeln mäuse-ähnlicher Füßchen, und keuchend stand ein Bote da. Seine dreifache Ausfertigung hatte er vergessen – nicht aber die Meldung. Er wurde, zusammen mit den wartenden Sanitätern, hochgehoben und in den Ulster-Überzieher gepackt. Der Professor stapfte die Dienstbotentreppe hinunter.
Abwärts ging's, an leeren Vorratsräumen und Besenschränken vorüber, Holzstiegen hinab, die unter des Professors genageltem Schuhwerk schauerlich tönten, hinab in tiefere Regionen, wo Steinmauern waren und Spinnweben herrschten und wo es nach schimmelnden Korken roch. An Weinfässern und staubigen Fußspuren vorüber und lauernden Gewölben, wo Schatten gespenstergleich im Licht der Taschenlampe huschten (die er sich vorsorglich von der Kochfrau geliehen hatte); vorbei an dem schweren Tresor, in dem einst der berühmte Malplaquet-Diamant funkelte (480 Karat), den William Malplaquet (›der gewaltige Zecher‹) dem Nabob von Poona gestohlen hatte; vorüber an zugemauerten Bogengängen, in denen jede Menge von Sherry-Verkostern durch Montresor lebendig begraben worden sein mochten; sie eilten an den massiven Kellertüren vorüber, die Riegel an der Außenseite hatten, doch keinen Schlüssel, bis sie schließlich auf die unbezwingbare Tür des eigentlichen Verlieses stießen. Sie war verschlossen. Ein kleiner Trupp Lilliputaner stand davor und wies auf Marias Fußspuren im Staub.

XXIII

Die Tür war ›*battle-axe proof*‹, wie man's dazumalen nannte: will heißen, daß sie von einer Streit-Axt nicht ohne weiteres eingeschlagen werden konnte. Sie bestand nämlich aus zwei Schichten starker Planken, einer horizontalen und einer vertikalen, so daß sie von Axthieben zwar angeschlagen, nicht aber gespalten werden konnte. Sie widerstand jedem Angriff. In der Frühzeit, als sie von irgendeinem Lehnsmann Wilhelm des Eroberers in die mächtigen Angeln gehoben und eingehängt worden war, hatte sie ein gewaltiger Holzbalken von der Größe eines riesigen Weihnachts-Scheits zusätzlich gesichert, der in zwei von den Maurern in den Wänden gelassenen tiefen Löchern lag. Als dieser Balken so um die Regierungszeit von Königin Elizabeth wurmstichig wurde, hatte der Dorfschmied ein schmiedeeisernes Schloß an seine Stelle gesetzt. Dieses war noch da, abgeschlossen. Den Schlüssel, ein Ungetüm von zwei Pfund und drei Unzen Gewicht, hatte Miss Brown an sich genommen. Aus der gleichen Epoche stammten auch ein paar hübsche Eisenriegel. Diese boten keine Schwierigkeiten, da sie nur zurückgeschoben zu werden brauchten – wenn man draußen war. Seit den Tagen Elizabeths hatten etliche andere Leute ihr Bestes für die Sicherheit des Kerkers getan. Während der Regency-Periode hatte jemand Eisenstangen angebracht, ähnlich kräftigen Fenstergittern, doch auch die konnte man, wie die Riegel, von außen öffnen. Unter Königin Victoria war von jemandem auch noch eine Sicherheitskette angebracht worden, wie man sie, in kleinerem Maßstab, an Haustüren findet. Unter König Edward war ein Experte der Bank von England gekommen und hatte ein Kombinationsschloß angebracht, das niemand auf Erden öffnen konnte, der nicht das Schlüsselwort wußte, und dieses lautete ›Mnemosyne‹. (Einer der Herzöge hatte mit einem Pferd dieses Namens das Derby gewonnen; die Buchmacher hatten's ›*N or M*‹ genannt.) Unter König Georg V. hatte ein Amerikaner dem regierenden Herzog ein

Zehn-Shilling-Schloß von Yale verkauft. Unter König Georg VI. war die ganze Chose mit Streifen von *antigas* und Verdunklungs-Papier verklebt worden. Die Tür war zu.
Unsere kleine Amaryllis, die sich wohl nur bei Kricket-Stars auskennt, könnte nun zu dem Schluß kommen, daß der Professor ein nichtsnutziger vertrottelter alter Gelehrter war. Weil er so viel von Büchern und dergleichen wußte, konnte man annehmen, daß er nichts von Einbruch verstand. Und das, um ehrlich zu sein, tat er auch nicht. Doch hatte er etwas – und hierin unterschied er sich von vielen bekannten Kricket-Helden –: nämlich Grips. Köpfchen. Das hatte er schon bewiesen, als es um Ursprung und Herkunft des Völkchens gegangen war. Wie er jetzt so vor der Tür des Kerkers stand, konnte man fast *sehen*, wie seine Hirnwindungen anschwollen, ähnlich einem Fußball, der aufgeblasen wird. Seine weißen Haare standen ihm vom Kopf, wie einer vom Donner gerührten Katze; die Augen sanken ihm vor angestrengter Konzentration in die Höhlen, die Adern an seinen Schläfen pochten wie das Herzklopfen eines Froschs; und seine Augenbrauen wölbten sich wie die Flügeldecken eines Maikäfers, der sich anschickt davonzufliegen. Die Tür bebte in den Angeln.
»Exakt«, sagte der Herr Professor. »Hier haben wir eine Tür. Treten Sie gütigst näher, hochgelehrter Magister, und assistieren Sie mir beim Meditieren.«
Die Lilliputaner traten in Scheu und Ehrfurcht zurück; nicht vor seiner Größe, sondern vor seinen Geistes-Kräften, und das Schulmeisterlein trat feierlich vor und platzte fast vor Stolz.
»Wann«, sagte der Professor, strich sich würdevoll durch den Bart und starrte auf das Schloß, »ist eine Tür *keine* Tür? Dies ist die Preisfrage, die zu lösen wir, unter anderem und nicht zum erstenmal, aufgerufen sind. *Hic labor, hoc opus est.*«
Während er nachsann, suchten die Leutchen nach einer Möglichkeit, ihre Kleinheit einzusetzen, um sie aufzubringen. Wenn der Herr Professor, zum Beispiel, einen von ihnen hochhob, konnte der sein kleines Ärmchen in das elizabethanische Schlüsselloch stecken und hätte vielleicht als Schlüsselbart fungieren

können, wenn der Mechanismus nicht gar zu schwer beweglich war. Aber es gab keine Möglichkeit, ihre Winzigkeit zum Öffnen des Kombinationsschlosses einzusetzen, das nur vom Geheimwort aufging, und das Yale-Schloß lag ebenso außerhalb ihrer Fähigkeiten, weil der Schloßkasten innen angebracht war, so daß er sich nicht von außen abschrauben ließ. Im Flüsterton unterhielten sie sich hierüber, als der Professor mit einer Handbewegung Schweigen gebot. Er hatte nachgedacht.

»Wann«, wiederholte er, »ist eine Tür keine Tür?«

»*Tibi ipsi, non mihi*«, sagte der Schulmeister ehrerbietig und meinte damit: Will ich gerne glauben.

»Wenn sie aus den Angeln ist.«

Dieser Geistesblitz überwältigte alle. Der alte Herr hätte nun fortfahren und darlegen können, daß Schloß und Riegel in Wirklichkeit meist nur Bluff seien; daß Fuchsjäger, die vor einem zugeketteten Zauntor standen, nur das andere Ende anzuheben brauchten; daß die Menschheit insgesamt von einem Vorhängeschloß fasziniert werde, als sei es eine Klapperschlange, anstatt derlei zu umgehen, drüber-, drunter- oder durch-zu-steigen. Er sagte nur: »Bringt mir einen Schürhaken her.«

Die Angeln bestanden aus Schmiedeeisen und waren vom gleichen Schmied gefertigt worden, der das Schnörkelschloß gebaut hatte. Es waren T-Scharniere, mit Haspen wie die *fleur-de-lis*, und zwar außen angebracht, damit die Gefangenen nicht an sie heran konnten. Mit dem Ergebnis, daß den Rettern dies sehr wohl möglich war. Sie waren alt und angerostet.

Zum Glück fand sich in einem der vorderen Keller ein alter Feuerhaken, und die Lilliputaner trugen ihn mit vereinten Kräften herbei, was aussah, als schleppten Zoowärter eine überdimensionale Boa Constrictor heran.

Der Professor machte sich ans Werk und stieß und zerrte, die altersmüden Angeln gaben Wolken von Roststaub von sich, die Bolzen fielen einer nach dem andern ab, und die übrigen Helfer standen staunend dabei und beobachteten mit zwergenhafter Besorgnis das Wüten des Titanen.

Im Salon hing unterdessen der Vikar seinen eigenen Gedanken nach. Weshalb, so fragte er sich, sollten wir die Männeken nur ans ›Olympia‹ verkaufen? Wenn wir erst einmal einen ordentlichen Haufen von ihnen gefangen haben, sagen wir: eine Karrevoll, nehme ich ein halbes Dutzend in einer Zigarrenkiste mit Löchern im Deckel nach London mit. Ich werde im Rolls fahren, oder doch erster Klasse, denn die Geistlichkeit soll den Geringeren ein Beispiel geben. Dann werde ich nicht nur im Büro des ›Olympia‹ vorsprechen, sondern auch bei Lord George Sanger, Barnum & Bailey und den anderen. Das wäre sogar besser, als sie nach Hollywood zu bringen. Ich zeige meine Muster vor und verkaufe jedem nacheinander eine Schubkarre voll, ohne den anderen etwas davon zu sagen. Schließlich sind's ja Kaufleute, möglicherweise moralisch anfechtbar, und gegen Arglist hilft nur arge List. Traurig, aber wahr. Man muß mit den Wölfen heulen. Ach ja: vielleicht wäre es auch klüger, Miss Brown von diesen Mehrfach-Verkäufen nichts zu sagen. Was ich nicht weiß, macht mich nicht heiß. Sie ist eine Frau und würde es vielleicht nicht verstehen, und wenn ich ihr nichts sage, brauche ich auch nicht mit ihr zu teilen. Sie bekommt schon reichlich vom ersten Verkauf, ja, sie wird über mehr Geld verfügen, als eine unverheiratete Frau sich nur wünschen kann, und ich weiß, daß ihre Bedürfnisse geringe sind. Es wäre doch frevelhaft, ihr schlichtes Wesen zu verderben. Hm-m-m-m. Außerdem müßte ich möglicherweise außer Landes gehen, bis die Wogen sich geglättet haben werden, nachdem ich denselben Artikel an drei verschiedene Firmen verkauft habe, und es wäre ganz nützlich, Miss Brown fürs Ausliefern hierzulassen. Wenn sie von meinem kleinen Dreifach-Geschäftchen erführe, möchte sie vielleicht ebenfalls das Land verlassen wollen. Frauengefängnisse sollen doch recht komfortabel sein, und das Klima von Bermuda bekommt ihr möglicherweise gar nicht. Hm-m-m-m. Palm Beach, Bermuda, Honolulu? Ich muß mir Reiseprospekte von den Agenturen schicken lassen. –

Auch Miss Brown machte sich ihre Gedanken. Falls, dachte sie, falls – falls Maria etwas zustieße? Selbstverständlich meine ich nichts Ernstes, nichts Vorbedachtes, nein, aber wenn ihr nun ein kleines Unglück widerführe, wenn sie – wenn sie krank würde – sehr krank – oder wenn sie – wenn sie gar stürbe? Ganz zufällig, natürlich. Wir würden sie alle sehr bedauern. Und wenn der Vikar hineingezogen werden könnte, so daß er sich schuldig fühlen müßte: – sich als – nun ja, als Mörder fühlen müßte? Wenn er versuchen sollte, mich um das zu betrügen, was mir rechtens zusteht? Man sagt, Erpressung sei ein stärkeres Band als Mutterschaft ... Aber heutzutage geschehen doch keine Morde mehr. Solche Gedanken sind nur Tagträume ... Und wenn wir dann hinterher auch noch das verlorene Pergament fänden und es zu unseren Gunsten fälschten? –

Der Vikar schreckte sie aus ihren Träumereien auf.

»Kommen Sie«, sagte er und trank rasch seinen Sherry aus. »Wir haben lange genug Geduld gehabt. Dickköpfigkeit ist eines – Unbotsamkeit ein anderes. Gehorsam muß sein, das steht schon im Katechismus. Maria muß zum Reden gebracht werden.«

»Jetzt?« fragte Miss Brown eifrig.

Sie standen auf und gingen hinunter.

*

Der letzte Bolzen fiel in einem staubenden Sturzbach aus Holzmehl aus der obersten Angel. Der Professor packte das verbogene Eisen und fing an, die Tür aufzubrechen. Sie quietschte, knarrte und knirschte auf den Steinfliesen, öffnete sich einen Spaltbreit und klemmte. Die malträtierten Flanschen der Scharniere an der anderen Kante bogen sich in ihren Muffen, zersplitterten das alte Holz des Rahmens und spuckten Schrauben. Er packte die Angel noch einmal und zerrte die Tür gewaltsam halb auf. Sie warteten nicht ab, bis sie ganz offen war, sondern zwängten sich ins Innere. Die Lilliputaner liefen ihm zwischen den Füßen durch, ohne sich darum zu kümmern, ob sie zertreten würden. Sie riefen: »Maria! Du bist gerettet!«

Da saß sie, im Schein der Taschenlampe, mit den Handgelenken an die Mauer gekettet, und blickte wütend drein. Aller Dank, der den Rettern zuteil wurde, war: »Warum seid ihr nicht früher gekommen?« Dann sagte sie trotzig: »Verraten hab' ich nichts.« Dann brach sie in Tränen aus.

Sie stellten fest, daß sie mit Kratzern und Schrammen übersät war, aber nicht, weil man sie geschlagen hätte – diese letzte Schande war ihr erspart geblieben –, sondern weil sie sich so wacker gewehrt hatte, als man sie nach unten schleppte, daß es wie in einem Tollhaus zugegangen war. Hätte sie sich nicht wie eine Wilde gewehrt, wäre sie wahrscheinlich geprügelt worden (ihre Peiniger waren immer noch wütend wegen des Wasserkannen-Tricks), doch das Getobe hatte sie außer Atem gebracht. Du siehst also: Man soll sich wehren; und wenn Dich jemand schlagen will, dann wehre Dich aus Leibeskräften.

Allerdings hatte sie ein hübsches blaues Auge.

»Richtig!« sagte der Herr Professor. »Nun aber genug damit.«

Er war derart zornig, daß er fast das Zittern kriegte.

Sie sagten ihr, wie stolz sie auf sie seien, daß sie so mutig gewesen sei und nichts verraten habe, und wie sehr sie ihr dafür dankten. Sie fanden die Schlüssel an einem Nagel neben dem Kamin und schlossen ihre Ketten auf. Sie fragten sie, ob sie ernstlich verletzt sei oder hungrig oder krank. Sie baten sie, nicht mehr zu weinen.

»Zuerst einmal«, sagte der Professor, »werde ich sie in meine Hütte mitnehmen. Keine Nacht bleiben wir auf Malplaquet, solange diese Angelegenheit nicht geregelt ist. Ich werde sie mit Himmelsschlüsselwein und Brot und Butter wiederbeleben. Hier, nimm mein Taschentuch. Und dann ...«

Er reckte die Fäuste gen Himmel.

»Und dann werde ich mich auf mein Dreirad setzen und den Lord Lieutenant oder den Chief Constable suchen, ich weiß nicht, welchen von beiden, und dafür sorgen, daß diese Ungeheuer für ihre Gewalttat büßen müssen bis zum letzten bösen Blutstropfen! Was für eine vom Himmel gesandte Gelegenheit! Ist euch klar, daß wir ihre Hütehunde mit diesen Handschellen und diesen Abschürfun-

gen aus dem Wege räumen und ins Gefängnis bringen können? Das wäre die einzige Hoffnung für das Völkchen von Lilliput. Sonst hätten sie das gesetzliche Recht, euch zu verkaufen, und Maria könnte euer Geheimnis kaum für immer bewahren. –
Ich muß sagen, dies ist eine famose Entwicklung«, fügte der Professor hinzu, von dieser Idee gleich wieder in die beste Laune versetzt. »Du bist doch nicht ernsthaft verletzt, mein liebes Kind? Kannst du gehn?«
»Kann ich. So richtig furchtbar wehgetan haben sie mir ja nicht.«
»Gut. Gehen wir gleich zur Hütte. Oder möchtest du lieber getragen werden?«
»Nein.«
»Nicht? Na gut, wie beliebt. Laß mich überlegen. Müssen wir noch irgend etwas mit dem Völkchen verabreden?«
Das Schulmeisterlein fragte: »Wollt Ihr dem Constable noch heute abend Bescheid sagen?«
»Ja. Je eher, desto besser. Je schneller wir diese Unholde hinter Schloß und Riegel bringen, desto besser für uns alle.«
»Sollte man sie nicht bewachen, solang' Euer Hochwohlgeboren unterwegs sind?«
»Nein. Ich werde die Tür absperren. Das dürfte genügen. Den Schlüssel lege ich immer unter meinen Blumentopf mit den rosa Geranien: ein äußerst geheimer Ort, nur mir allein bekannt. Ja, chrrr. Außerdem wissen sie nicht, daß sie weg ist, und wenn doch, dann wissen sie nicht, wo sie suchen sollen. Vorwärts marsch: in die Freiheit! Aber, potztausend, was ist das für ein Geräusch?«
Sie waren im Gewölbegang, der Freiheit zum Greifen nahe. Der Professor löste die Taschenlampe aus seinen Barthaaren und leuchtete zur Kellertür – der anderen, jener, die den Gang abschloß. Während er noch leuchtete, wurde sie langsam zugemacht. Etwas Verdächtiges – ein Kichern etwa – ertönte, wenn auch durch das Holz gedämpft, unter der Gewölbedecke des Ganges, und dann hörten sie, wie an der Außenseite die Riegel ruckten und einrasteten.

XXIV

Mr. Hater lehnte sich gegen die äußere Tür und stieß einen tiefen Seufzer aus, der zwischen seinen zusammengekniffenen Zähnen hervorzischte, als lasse er Dampf ab. »Hab' sie!«, sagte er. »Der Fußboden wimmelte von Viechern.«
Miss Brown hob die Kerze an sein Gesicht und sah ihn wortlos an.
»Mindestens fünfzig. Sagen wir: tausend Pfund pro Stück. Ich glaube, wir können Maria ihre Abendmahlzeit genehmigen.«
Sie hielt die Kerze dichter heran.
»Und der Professor?«
»Den können wir freilassen, sobald wir die Heinzelmännchen in Gewahrsam haben.«
»Sind Sie taub?«
»Taub, Miss Brown?«
»Er hat Ihr Mündel in einem Verlies an die Mauer gekettet gefunden und beabsichtigt, die Polizei zu verständigen. Das haben Sie doch selbst gehört. Die Behörden, Mr. Hater, hätten vielleicht ein Wort dazu zu sagen.«
»Ja, aber – wir können ihn doch nicht ewig dort drinnen eingesperrt lassen. Außerdem: wenn wir die Däumlinge verkauft haben ...«
»Ist Ihnen nicht aufgefallen, daß die sich offenbar kennen: er und sie?«
»Grundgütiger! Sie meinen, er hat ältere Ansprüche? Aber nicht doch: sie leben auf *unserm* Land, nicht auf dem seinen. Er hat keinerlei Anrechte – wie gut sie sich auch kennen mögen ...«
»Gutsherr – Herrin – ist Maria.«
»Aber, gute Frau, soll ich das so verstehen, daß ... Es wäre unmöglich, sie dauernd hier eingesperrt zu halten ... Die Beschwerlichkeiten mit dem Essen ...«
»Warum sollen sie essen?«
»Unmöglich! Wir können doch nicht ... Es wäre ... *böse!* Un-

freundliche Kritiker könnten das als gleichbedeutend mit Mord betrachten. Außerdem: selbst *wenn* wir sie hungern ließen, bis ... bis sie tot sind – was für ein Risiko! Undenkbar.«

»Der Köchin haben wir erzählt, daß sie bei ihrer Tante ist, und keine Menschenseele weiß was von dem Professor.«

»Aber das Verlies wird doch immer noch von Antiquarianern besucht!«

»Diese Besuche können wir für zwei oder drei Monate abstellen.«

»Miss Brown. Wir können nicht – nein: wir dürfen auch im *Traum* nicht an so etwas denken. Wir sind Christen. Wir dürfen nicht selbstsüchtig sein. Außerdem: selbst wenn wir die Großen eingesperrt hielten – wie bekämen wir die Kleinen raus?«

»Sir Isaac Newton hat einst ein Loch in die Tür gebohrt, um seine kleinen Kätzchen rauszulassen.«

»Genial. M-m-m-m-m. Sie meinen, ein Loch bohren und eine Rattenfalle aus Draht außen anbringen, um sie einzufangen. Ja. Der Professor und Maria blieben derweil drinnen ...«

»Der Informant und sein Beweisstück.«

»*Sie* haben doch die Handschellen vorgeschlagen.«

»Nein, Sie.«

»Es bedeutet Inhaftnehmung beider, wer's auch war, wenn die Behörden dahinterkommen.«

»Ja.«

»Miss Brown. Wir müssen dieser Versuchung widerstehen. Allein schon die Idee ist viel zu gefährlich. Mord kommt ans Licht. Nicht, daß wir einen Mord beabsichtigten, natürlich, denn es ist unsere Pflicht, den Professor bis an sein Lebensende zu verpflegen; aber wir müssen daran denken, was *andere* daraus deuteln könnten. Nein, Miss Brown. Wir müssen viel behutsamer vorgehen. Wir werden ein Loch bohren, wie Sie vorschlugen, die Winzlinge einfangen, den Inhaftierten Speise und Trank durch die Öffnung reichen und unseren Verkauf tätigen. Haben wir dann die Schecks eingelöst – den Scheck, heißt das –, fliegen wir nach Florida oder in irgendein Luxushotel auf den Azoren. Sobald wir dort sind, können wir der Köchin telegraphieren, sie freizulassen. Aber *Mord*?

Nein! Ich bin entsetzt, daß Sie derartiges auch nur in Betracht ziehen ...«

Miss Brown knetete mit einem knubbeligen Finger am Kerzentalg, während sie kalkulierte. Und sagte dann: »Sie müssen einen Bohrer aus dem Pfarrhaus holen, dazu eine Rattenfalle. Oder ein Vogelbauer.«

Bemerkenswert war, daß sie ihn nicht mehr respektvoll ›Mr. Hater‹ titulierte, sondern mit ihm wie mit einem Gleichgestellten oder gar Untergebenen sprach.

*

Im Kellergewölbe unterdessen versuchte sich der Herr Professor mit der Axt Königs Karls an der Tür. Sie erwies sich, weil gleichfalls überkreuz-gearbeitet, als ebenso widerstandsfähig wie die andere und wollte nicht zersplittern. Die Scharniere befanden sich an der verkehrten Seite. Sie saßen in der Falle.

Er ging ins Verlies zurück, wo Maria saß und zuschaute. Er hatte allzuviel Energie auf Kerkertüren und Kratzer verwendet und wurde ein wenig verdrossen.

»Tja, da haben wir's.«

Maria sagte munter: »Ich muß sagen, ich find's angenehmer als allein zu sein.«

»Für dich mag's angenehm sein, doch nicht für mich. Ich bin gern allein. Warum haben wir diese ganze Geschichte überhaupt angefangen? Mit einer Axt herumzuschlagen. Ich hatte mir einen Bückling fürs Abendessen aufgehoben.«

»Der wird warten müssen.«

Mit der Taschenlampe leuchtete er die Mauern ab.

»Es muß doch einen Ausweg geben. Wo ist die Hintertür? Wo sind die Fenster? Was für ein ungemütliches Haus!«

»Da, hinter dem Gerüst, ist ein kleines rotes Fensterchen.«

»Dann schlagen wir einfach die Scheibe ein und klettern raus.«

»Es ist bloß ganz klein und hat ein Gitter.«

»Warum?«
»Damit wir nicht rausklettern können, denk' ich.«
»Wie gedankenlos! Die hätten sich doch denken können, daß wir's brauchen. Kein Mensch denkt an andere – jeder denkt nur an sich selbst. Und wo soll ich schlafen?«
»Eur Hochwohlgeboren und mein Fräulein«, ließ der Schulmeister sich vernehmen, »die Di-men-si-o-nen dieses Fensters, wenn ich mir eine Be-ob-acht-bemer-kung erlauben darf, würden dem Ausstieg meiner Gefährten nicht hinderlich sein, sobald man die Scheibe einschlüge. Einmal befreit, könnten wir uns einen Weg bahnen zum anderen As-pek-t der Kellertür und die Riegel zurückschieben.«
»Du meine Güte! Natürlich!«
»Auch wenn ihr sie nicht aufkriegt«, sagte Maria, »könntet ihr uns was zu essen bringen. Ich hab' seit zwei Tagen einen ganz gehörigen Kohldampf. Miss Brown und der Vikar werden nicht reinkommen wollen, weil sie wissen, daß wir eine Axt haben, also werden wir verhungern müssen, wenn ihr uns nichts bringt.«
Das Schulmeisterlein sagte: »Ich hol' ger-ne eine Scheibe Bro...«
»Ach was«, sagte der Professor, »laß sie nur kommen.« Er gab Maria die Taschenlampe zu halten und schlug mit der Axt die Fensterscheibe ein, als hätte er den Vikar vor sich. Daraufhin mußten die Lilliput-Leutchen, eins nach dem andern, zum Stein-Sims gehoben werden. Sie gingen schweigend und ernst, ohne sich umzuschaun, damit die Eingekerkerten sehen sollten, daß sie den Ernst der Lage erkannt hatten und entschlossen waren, ihr Äußerstes zu tun.
Das Kellerfenster ging auf einen Kohlenschacht zwischen dem Kesselhaus und der Kardätschenkammer. Als sie hinaufgeklettert waren, befanden sie sich im Freien – unter einem Mond von der Form eines abgeschnittenen Fingernagels, der beinah schlanker war als sie selbst.
Sie schickten einen Vortrupp aus, um Alimentation für die Gefangengehaltenen zu requirieren, während andere die Hauptstreitkräfte versammelten, die noch über das Schloß verteilt waren. Die

übrigen machten sich auf den Weg zu der verriegelten Tür. Sie holten zwei der Leitern, die mit dem Schiff gekommen waren, dazu Seilzeug und Krampen. Die Treppen im Schloß bedeuteten für sie Bergbesteigungen, und deshalb hatten sie dieses Gerät mitgebracht.

Denn Malplaquet war für das Völkchen von der Insel ein richtiggehend regelrechtes Gebirge. Ein Gebirgsmassiv. Um uns ihre Schwierigkeiten vorzustellen, müssen wir uns in ein Haus versetzen, das so hoch ist wie der Höhenrücken von Selborne und gut und gerne sechs Meilen lang. Die zahlreichen Stufen der Terrasse waren für sie jede so hoch wie ein Mensch. Wenn eine Tür geschlossen war, konnten sie nicht an die Klinke reichen. Die Säulengänge waren Luftschiffhallen. Sogar die kleineren Säulchen schienen turmhoch; die größeren Säulen, die den Giebel trugen, waren noch einmal halb so hoch. Die Bassins der Brunnen bedeuteten Binnenmeere. Die Statuen waren gewaltige Kolosse. Acht Leutchen hätten bequem im Kopf König Georgs Platz gefunden.

Matt-silbern im Schein des Sichelmondes und der Sterne ragte über ihnen das steile Kliff der Südseite empor, kühn durchklüftet von tiefen Samtschatten und teilweise geborsten. Der Zustand des Verfalls ermöglichte ihnen die Kletterei. Geschnitzte Türen, normalerweise für sie nicht zu bewältigen, hingen schief in ihren Angeln oder standen sperrig offen. Mauerwerk, einst zu wohlgefugt und glatt verputzt, bot jetzt, im Stadium des Verfalls, den Füßen Angriffspunkte. Fenster mit zerbrochenen Scheiben öffneten sich weiten Räumen. Spinne und Schwalbe, Maus und Fledermaus hatten von der verfallenen Pracht längst Besitz ergriffen.

Hindernisse, die *wir* nicht wahrnehmen, waren für Lilliputs Leutchen schier unüberwindlich. Kieswege erschienen ihnen wie Strände mit grobem Geröll, groß und gefährlich. Das hohe Gras war ein Dschungel aus verfänglichem Wurzelwerk. Sie rackerten sich ab, kletterten, turnten akrobatisch und schufteten, wo unsereins lässig spazierengeht.

Die Leitern lagen am Fuß der Treppe an der Südseite in einem Haufen. Die mußten sie nun um drei Seiten der Rüstkammer herumschleppen, durch einen Bogengang, über den Hof des Kesselhauses und durchs Erdgeschoß oder Souterrain zur Kellertür. Nach ihren Maßstäben war's ein Gewaltmarsch von drei Meilen – und keineswegs über ebenes Gelände.

Der erste Abschnitt führte entlang der ehemals mit Kies bestreuten Auffahrt, allwo die Vierte Herzogin, invalid, in ihrer Ponykutsche umhergefahren worden war; einen gepuderten Lakai an jedem Rad und einen, der das Riechsalz trug, dahinter. Jetzt war's ein überwachsener Pfad mit Furchen, dessen Unkraut für die Leutchen Wälder waren und dessen Kiesel für sie festgefügte Felsen darstellten. Es war eine anstrengende Tour, und doch noch einen Grad besser als das Dickicht aus Mädesüß, Wiesenschwingel, Skabiosen und, an der Begrenzung, Lorbeerbüschen. Dieser Abschnitt endete an der Westecke der Rüstkammer, wo ein eisernes Tor, gut haushoch, und eine Steinstufe von der Größe eines ausgewachsenen Menschen zum Menagerie-Pfad und zur Orangerie führten.

Sie wandten sich nach rechts, einen weiteren Kiesweg entlang, genauso ungepflegt wie der erste, und mühten sich vorwärts. Hier gab es Kröten, die sich aufblähten, ihr Hinterteil ungelenk erhoben und den Rettern im Vorübereilen seltsame Mondgrimassen schnitten. Auch konnte man Ringelnattern begegnen, die auf dem Weg zum Boswell-Brunnen waren, der Frösche wegen.

Um den Bogengang zu erreichen, mußten sie sechs Stufen erklimmen. Sie mußten die Leitern gut festhalten, weil die Steine glatt und schlüpfrig waren. Über ihnen verdeckte der große Bogen – gewidmet der unglücklichen Königin Caroline Matilda und geschmückt mit dem königlichen Wappen von Dänemark – einen Teil der glitzernden Sterne.

Der Kesselhaushof war eine wahnwitzige Wüstnis aus Gesteinsmassen, zwischen denen Brennesseln sich mit Wucherblumen stritten, und für so winzige Leutchen war ein Nesselstich wie der spitzige Spritz-Biß einer Viper.

Die Fledermäuse über ihnen kreischten, schriller noch als Eisvögel, auf ihren verschlungenen Winkelflügen zwischen den todbringenden Bäumen. Außerhalb des Hofs, hinter dem Tempel der

Grazien, sägte eine Kornschnarre auf ihrem Kamm. Aus einem verwahrlosten Blumenbeet drang der süße Duft von Levkojen herüber.

Die Tür zum Parterre war verschlossen. In ihrem oberen Teil aber hatten einst Scheiben gesessen, und die waren nun nicht mehr da.

Sie mußten die Leitern zusammenbinden, doch auch dann noch reichten sie nicht hin. Der Dachdecker mußte mit Krampen nach oben klettern, die er ins Holz schlug, wie Tritte an einem Telephonmast, bis er die Oberkante fassen konnte. Von dort aus ließ er innen an der Tür ein Seil hinab und machte es fest. Der Rest kletterte die Leitern hinauf, dann die Krampen, und endlich am Seil wieder herunter. Der letzte mußte dem Dachdecker / Fassadenkletterer helfen, die Leitern hochzuziehen und drüben herabzulassen.

Dann waren sie tatsächlich im Dunkeln. Der Kellergang, vier Achtelmeilen lang und zum Geschwindschritt verführend, war selbst bei Tageslicht düster. Nachts, wenn hier die Ratten rannten, war's ein Tal des Todes. Auch ein paar Fledermäuse jagten hier und flatterten durch das Türloch aus und ein. Die Rohre und Abflüsse über ihnen und die Myriaden Klingelzüge wurden von keiner Taschenlampe erhellt.

An Nachtarbeit aber waren sie gewöhnt. Ihre Augen waren klein, doch äußerst scharf. Nach einer Minute schon konnten sie ein wenig sehen.

Die Fliesen des Kellergangs waren groß wie Tennisplätze. In lockerer Gefechtsformation eilten sie stumm dahin; jedes Flüstern war untersagt.

Draußen konnten sie sich verteilen, konnten sie rennen, sich im Unterholz verstecken oder reglos vor dunklem Hintergrund verharren. Hier drinnen aber, in den vier Wänden, war's etwas anderes. Angenommen, Miss Brown spränge hervor, lauere hinter einem Pfeiler oder stieße mit ihrer Kerze aus einer gähnenden Tür? Wie konnten sie sich auf dem steinernen Boden verstecken oder verteilen, da sie von Mauern umgeben waren, oder gar weglaufen, wo sie in der Klemme steckten und auf Leitern ins Freie klettern mußten? Ein einziger Schritt des Verfolgers maß ein Dut-

zend der ihren. Später, wenn sie drunten waren, würde ihnen der Rückweg durch eine Anzahl Klippen abgeschnitten sein, die Miss Brown mit Leichtigkeit bezwang, weil's für sie ja nur simple Treppenstufen waren.
Also drangen sie lautlos vor, wie Indianer auf dem Kriegspfad, Späher vorweg. Die mußten in Ecken lugen, erkunden, lauschen, sogar schnuppern und schnüffeln. Menschen haben einen beißenden Geruch an sich, für Tiere deutlich wahrnehmbar; und die Lilliput-Leutchen witterten ebenso fein.
Nahm ein Späher die Witterung des Vikars auf, sollte er dreimal wie eine Maus quieken. Alle würden dann stumm kehrtmachen und in der Dunkelheit verschwinden; Stillsein war ihre einzige Hoffnung.
Doch wenn der Vikar von hinten kam, wenn es ihm gelingen sollte, ohne wahrnehmbare Ausstrahlung irgendwo reglos zu liegen und ihnen den Rückweg abzuschneiden, dann sollten sie so viel Wirrwarr wie möglich verursachen. Sollte er einen von ihnen zu fassen kriegen (vorsichtig, damit dem Zwerglein auch nichts geschehe, was dem Verkauf hinderlich sein könnte), nun, in diesem Fall gelänge es vielleicht einem anderen, eine Stufe zu ersteigen.
Die Tür zu den Kellerräumen war schon vor zwanzig Jahren aus den Angeln gegangen. Die Kellertreppe war von zahllosen Füßen ausgetreten: es waren die ältesten Stufen des Schlosses, so alt wie der Kerker selbst. Sie mußten die Leitern herunterlassen, zwei Treppentritte hinabklettern, sich auf der dritten sammeln, die Leitern wieder hinunterlassen und den Vorgang wiederholen.
Unter den massiven normannischen Gewölbebogen kamen sie an den Kellerkammern und Weinverschlägen vorüber. Sie hinterließen winzige Fußspuren im Staub. Sie kamen an den modernden Korken und den Spinnweben vorbei und an den zugemauerten Nischen.
Durch die verriegelte Tür hörten sie gedämpft, wie der Herr Professor und Maria miteinander sprachen. Aus irgendeinem Grunde begannen die beiden zu wiehern.

Der untere Riegel war mit einer Leiter leicht zu erreichen. Sechs (menschliche) Zoll hinter dem Schieber wurde eine Krampe in die Tür getrieben. Ein Seil wurde am Griff des Riegels befestigt und über diese Krampe geführt. Einer hielt den Griff von der Leiter aus hoch, und die anderen zogen am Seil. Der Riegel löste sich leicht.
Der obere Riegel war für die Leitern zu hoch, auch wenn man sie zusammenband. Der Fassadenkletterer mußte mit Krampen emporklimmen, die er versetzt einschlug, bis er eine Handspanne überwinden konnte; drei weitere waren nötig, um den Riegelgriff zu erreichen und ein längeres Seil daran festzubinden.
Er hatte Mühe, den Griff aus seinem Schlitz herauszuhieven, obwohl er nur knapp darinnen steckte. Ehe er ihn bewegen konnte, mußte er ihn mit einer Krampe herausschlagen. Das Seil wurde über die Rollenkrampe und zu den anderen nach unten geworfen.
Sie zogen mit allen Kräften, kletterten teils am Tau hoch, um mit ihrem ganzen Gewicht zu zerren.
Der Riegel rührte sich nicht.
Im Lauf der Jahrhunderte hatte die Tür sich in den Angeln gesenkt und schleifte auf der Schwelle. Es bedurfte menschlicher Kräfte, den Eisenriegel zu verschieben.

XXV

Der Professor ging mit der Taschenlampe an den Wänden entlang und las die Inschriften.

»Nicht die Spur von **tripharium**«, sagte er bekümmert, »allerdings eine interessante Verwendung von ›*questeur*‹ von diesem Ablaßkrämer hinter dem Block, die sich 1389 datiert. Wie ich sehe, war 1324 Dame Alice Kyteler, die irische Hexe, über ein Wochenende hier.«

Maria lag auf der Folterbank, den berühmten Ulster-Paletot als Kissen.

»Vor einem Monat«, sagte sie, »wollten die Leutchen unbedingt nach Lilliput und sehn, ob da noch jemand ist. Ich hab' gesagt, wenn Sie erst reich wären, würden wir eine Yacht kaufen und hinfahren.«

»Feine Ferien. Ja. Wir könnten allen vier Ländern einen Besuch abstatten, einen Brobdingnagianerich entführen, bei den Balnibarbianern vorbeischauen und von ferne einen Blick auf die Pferde werfen.«

»Bei den Balnibarianern?«

»Den Leuten mit der fliegenden Insel drüber, dem luftigen Eiland Laputa.«

»Wie lustig! Wir könnten's von einer ›Fliegenden Festung‹ aus kapern.«

»Warum?«

»Man könnt's vielleicht mal brauchen. Wir könnten's im nächsten Krieg über London als Fliegerdeckung verwenden.«

»Leider funktioniert's nur über Balnibarbi. So steht es geschrieben.«

»Na ja, dann könnten wir's als Höhenluftkurort verwenden. Oder zur Erkundung der Stratosphäre, wie Professor Picard.«

»Die Obergrenze war nur vier Meilen. Flugzeuge fliegen höher.«

»Wir könnten ...«

»Ich begreife erst einmal überhaupt nicht, warum du's partout erobern willst«, seufzte der Professor verdrießlich. »Warum kannst du's nicht denen lassen, die es haben? Sie waren vollkommen glücklich und zufrieden.«

»Aber die waren doch blöd. All die alten Philosophen mit dem Kopf auf einer Seite und einem Auge nach innen und den Dienern, die sie anschubsen müssen, wenn sie geistesabwesend werden ...«

»Was ist daran so komisch?«

»Na ja. Denken Sie doch mal an die lächerlichen Sachen, die sie erfunden haben. Denken Sie bloß an den Erfinder, der Sonnenstrahlen aus Gurken ziehen wollte!«

»Und wieso nicht? Er war nur seiner Zeit ein wenig voraus. Was ist mit Lebertran und Vitaminen und all dem? Man wird Sonnenstrahlen aus Gurken gewinnen, eh wir's uns versehn.«

Maria blickte überrascht drein.

Er blieb stehen und setzte sich auf den Block.

»Weißt du was«, sagte er. »Ich glaube, es war töricht von Dr. Swift, sich über Laputa lustigzumachen. Ich halt's für falsch, sich über Leute zu mokieren, bloß weil sie denken. Auf jeden, der denkt, kommen auf dieser Welt neunzigtausend, die *nicht* denken, und die hassen die Denker wie die Pest. Auch wenn ein paar Denker Phantasten sind, so ist's doch dumm, sie deswegen zu verspotten. Immer noch besser, über Gurken nachzudenken, als überhaupt nicht zu denken.«

»Aber ...«

»Sieh mal, Maria. Diese Welt wird von ›praktischen‹ Leuten regiert, das heißt, von Leuten, die nicht denken können, die nie eine Ausbildung im Denken gehabt haben und niemals eine haben wollen. Viel weiter kommen sie mit Lügen, Angeben, Verdrehen, Schwindeln, Stimmenfangen, Mord und all dem, was man ›pragmatische Politik‹ nennt. Wenn also nun jemand kommt, der denken kann, und der sagt ihnen, was sie falsch machen oder wie sie's richtig machen könnten, dann erfinden sie schleunigst was, damit sie ihn mit Dreck bewerfen können, weil sie Angst haben, ihre Macht zu verlieren, und gezwungen werden, das Richtige zu tun. Dann schreien sie alle gemeinsam auf, der Rat dieses Denkers sei

›visionär‹, ›unpraktikabel‹ oder ›theoretisch gut‹. Wenn sie dann seinen Teil der Wahrheit durch Wortspielereien madig gemacht haben, können sie ihn in aller Ruhe verleumden und lustig weiter Krieg und Elend verbreiten: das Ergebnis pragmatischer Politik. Ich glaube, ein denkender Mensch wie Dr. Swift hätte den praktischen Politikern nicht helfen dürfen, indem er Denker lächerlich machte, wenn er auch bloß die spinnerten hat lächerlich machen wollen. Im nachhinein rächt sich die Zeit an diesem Meister. Sie bringt als wirkliche Erfindungen grad jene, die einst bespöttelt wurden.«

»Was täten Sie«, fragte Maria argwöhnisch, »wenn wir Laputa besuchten?«

»Mir einen Schubser suchen und mich zur Ruhe setzen.«

»Hab' ich mir gedacht.«

»Jedenfalls glaube ich nicht ganz an Laputa. Ich vermute, Gulliver hat da seiner Phantasie die Zügel schießen lassen. Viele dieser Reisenden neigen dazu. Wie Sir John Mandeville ...«

»Warum glauben Sie nicht ganz dran?«

»Erinnerst du dich, wie sie angeblich in der Luft gehalten wurde?«

»Sie haben einen enormen Magneten innendrin gehabt, und ein Ende zog die Erde an, und das andere Ende stieß sie ab. Wenn sie höher wollten, haben sie das abstoßende Ende nach unten gelenkt.«

»Eben. Ich glaube nicht, daß das funktioniert. Sir Thomas Browne erörtert genau diese Frage in seinen *Pseudodoxia Epidemica* im Zusammenhang mit Mohammeds Grabmal und anderen Dingen, wie dem Erzpferd von Bellerophon, die angeblich von Magneten in der Luft gehalten werden. Er sagt, das ginge nicht.«

»Warum nicht?«

»Wenn ein Magnet stark genug anzieht, um dich hoch zu ziehen, zieht er auch stark genug an, um dich höher zu ziehen. In dem Augenblick, wo du oben bist, bist du näher, und infolgedessen wirst du stärker angezogen. Das war der eine Grund. Ein anderer ist dieser: wenn du einen Gegenstand zwischen zwei gleich-star-

ken Magneten aufhängst, ist die Balance so unendlich empfindlich, daß der leichteste Lufthauch sie zerstören würde, und das Ding flöge entweder zu dem einen oder zu dem andern. Weißt du übrigens noch, wie groß die fliegende Insel war?«
»Sie war auf einer Platte aus Adamat, zweihundert Yards dick und zehntausend Acker groß.«
»Was ist Adamat?«
»Ja, was ist das?«
»Wie Demant: ein altes Wort für Diamant. Wenn du einen Grund suchst, Laputa zu erobern, Maria, dann dürfte ein Diamant von fünf Meilen Länge und zweihundert Schritt Dicke wohl völlig ausreichend sein.«
»Au weia!«
»Ich frage mich, weshalb der Wundarzt Gulliver nicht ein Bröckchen davon gestohlen hat.«
»Vielleicht konnt' er's nicht abbrechen.«
»Vielleicht.«
Sie dachten an das gewaltige, blaue, in den Lüften funkelnde Feuer, dessen Lichterglanz von den Wellen zurückgestrahlt und von seinem blitzenden Boden gebrochen wurde, als Gulliver es zum erstenmal sah, bis sie nicht mehr denken konnten.
»Erzählen Sie mir was von den Pferden.«
»Zum Beispiel?«
»Erzählen Sie mir«, sagte sie verlegen, »wie man sie richtig ausspricht.«
Der Professor legte seinen Kopf in den Nacken und begann zu wichern.
»Was soll *das* denn?«
»Kannst du wiehern?«
Maria versuchte es.
»Wie hast du das gemacht?«
»Warten Sie. Ich hab' den Mund zugehalten, und ich glaub', ich hab' die Zunge nicht bewegt, und ich hab' so was wie geprustet, so'n gluckerndes Kreischen hinten in der Nase.«
»Wie würdest du ein Wiehern buchstabieren?«

»Kann man nicht gut buchstabieren, weil man's ja mit zu-e-nem Mund macht. Da kann man eigentlich keine richtigen Buchstaben nehmen, keine wirklichen Vokale.«

»Nun ja. Dr. Swift hat für das Prusten ein ›hou‹ verwendet, und ein Y für das Quirrtschen, und die N's und die M's sind das hinten in der Nase: Houyhnhnm. So spricht das Pferd.«

»Das ist aber nicht leicht zu buchstabieren; schon gar nicht, wenn man's aus dem Buch laut vorlesen soll.«

»Ist nur eine Frage der Übung«, sagte der Herr Professor überlegen. »Übung und Selbstvertrauen.«

Er fing an, fröhlich drauflos zu wiehern, und sagte, er zitiere gerade einen Abschnitt am Ende von Kapitel neun. Maria fing ebenfalls an, und jeder meinte, der bessere Imitator zu sein, und draußen schüttelten die Lilliputaner die Köpfe.

»Zu schade«, sagte er und hörte plötzlich auf, »daß wir sie nicht besuchen können.«

»Warum nicht?«

»Wir sind Yahoos.«

»Aber ich hab' gehört, Yahoos wären entsetzliche haarige Viecher, die überall Mist machen und klauen und sich kloppen.«

»Das tun wir doch.«

»Wir?«

»Dr. Swift dachte an menschliche Wesen, meine Liebe, als er die Yahoos beschrieb. Er dachte an die Politiker, von denen ich dir erzählt habe, und an die ›praktischen‹ Leute und an den ›Durchschnittsbürger‹, für den unsre fabelhafte Demokratie existiert. Nur so. Ist dir klar, daß der Durchschnittsbürger wahrscheinlich weder lesen noch schreiben kann?«

»Aber ...«

»Mit diesem ›Durchschnittsbürger‹ ist das durchschnittliche Menschenwesen auf der Welt gemeint, Maria, und dieser Mensch lebt in Rußland und in China und in Indien, genau wie in England. Nicht einmal die Hälfte davon kann lesen.«

»Aber die Yahoos haben Klauen ...«

»Wir haben Maschinenpistolen.«

»Wir riechen nicht!«
»Wir riechen *uns* nicht. Wie ich gehört habe, soll ein Europäer für einen Asiaten abscheulich riechen.«
»Glaub' ich nicht.«
»Nein.«
»Naja – aber die Pferde könnten uns nicht wegschicken.«
»Und wieso nicht? Gulliver haben sie auch weggeschickt.«
»Warum eigentlich?«
»Weil er ein Mensch war wie wir.«
»So eine Unverschämtheit!« sagte Maria laut. »Ich möcht' gar zu gern alle Tiere wegschicken.«
»Sieh an«, sagte der alte Mann gelassen, »da spricht der junge Yahoo. Exakt. Da spricht unser hoffnungsvoller Sprößling Homo Sapiens.«

XXVI

Die Schloßküche war ein wenig zu klein für einen Flugzeug-Hangar, doch Dartiquenave hatte ihre Einrichtung gelobt, und der Küchenchef des Prinzregenten hatte dortselbst seine berühmte *Sauce Chinoise* kreiert; sie bestand in der Hauptsache aus rotem Pfeffer, da der Prinz mittlerweile nichts anderes mehr schmecken konnte.
In einem halbdunklen Winkel der Küche saß die müde Kochfrau und schlummerte vor sich hin. Eine Talgkerze warf gespenstische Schatten von gigantischen Herdstellen, von Bratspießen, an denen ganze Ochsen gebraten wurden, und von Kohlenpfannen für gepfefferte Wal-Steaks. Die Köchin saß in einem lädierten Schaukelstuhl, den sie, samt Captain, von ihrem Dahingeschiedenen geerbt hatte; die Stahlbrille rutschte ihr von der Nase, das Buch von ›Mirabelles letzter Chance‹ glitt ihr aus den knotigen Fingern, ihr Kopf sank, sank, sank – und reckte sich wieder; auf dem Handarbeitskorb neben ihr lag ein Paar von Marias schwarzen Strümpfen, und Captains Kopf ruhte auf ihren Knien. So saß sie da und nickte immer wieder ein. Mitternacht war längst vorbei, doch sie blieb auf, um für Miss Browns Wärmeflasche Wasser heiß zu machen.
Captain, den Kopf auf ihren Knien, blickte sein Frauchen mit seelenvollen Augen an, während er ihr mit aufgestülpten Lefzen die Schürze besabberte. Gewöhnlich bekam er jeden Abend zur Schlafenszeit ein Zuckerbiskuit, und deshalb sabbelte er vor sich hin. Auch sinnierte er darüber nach, was für eine reizende Person die Köchin sei und was er, um des lieben Himmels willen, wohl ohne sie anfangen sollte.
Ach, mein' arme Miss Maria, dachte die Köchin zwischen zwei Nickern, ach mein Täubchen. Aber *Rule Britannia* is' mein Motto, un' wo Leben ist, da is' alleweil Hoffnung. Un' ihr alter Herr, der wo sein' Hand hat auf sie gelegt un' sie gesegnet, getreu der Schrift, eh daß die Tyrannen sie ha'm in Gewalt, denen Böses soll vom Allmächt'gen herabgewünscht sein un' sie erwischen, tät' mich nich' wundern, wo alleweil Hoffnung is', wer nicht verzagt

un' hat sein' Frieden un' Seelenruh un' is' allzeit wohlgetan. Meiner Treu, meiner Treu. Hab'ch doch grad wollen ihre Strümpfe stopfen ...

Zum fünften Mal schnellte ihr Kopf hoch; sie blickte sich um, als wolle sie sagen: »Hab' nich' geschlafen, neinein«, und legte ihre Brille auf den Handarbeitskorb.

Kaum war diese in Sicherheit, nickte sie neuerlich ein, das müde Haupt sank ihr auf die Brust, und sie begann zu schnarchen.

Armes Frauchen, dachte Captain. Ich muß netter zu ihr sein. Sie ist nun mal so ein liebes Tierchen. Wie treu sie ist! Ich sage immer: von einem Tier kann man längst nicht die Liebe erwarten wie von einem Menschen. Und so schlau. Ich glaub', sie versteht jedes Wort, was ich sage. Jo, ich glaub', sie haben Seelen, genau wie Hunde, bloß, daß man sie eben nicht riechen kann. Geradezus unnnheimlich, wie hündisch ein Mensch sein kann, wenn man nett zu ihm ist und ihn gut behandelt. Ich weiß, wie's in den Geschichten Hunde gibbbt, die gestorben sind, und ihre Herrchen und Frauchen haben sich aufs Grab gelegt und die ganze Nacht geheulllt und kein Essen angerührt und sind dahinnngeschmachtet. Nur Instinkt, natttürlich, keine bewußte Intelligenz, und trotzdem gibt's einem zu denken. Wenn ein Mensch stirbt, glaube ich, kommt er in einen Extrahimmel für Menschen und hat nette Hunde, die sich um ihn kümmern. Kann senntimental sein, daß ich so was denke, aber helf' er sich. Armes Viehzeug, warum denn nicht? Jo, ach, im Ernst: ich glaub' sogar in *unserm* Himmel gibt's Menschen, damit die Hunde was zum Streicheln haben. Wär' doch gar kein richtiger Hundehimmel für'n paar Hundchen, wenn sie ihr Frauchen/Herrchen nicht bei sich hätten. Jo, jau, ich tät' die Köchin mitnehmen ...

Plötzlich hob Captain den Kopf vom Knie und blickte zur fernliegenden Tür. Ihm sträubten sich die Haare im Genick; von seinen Vorfahren mußte er Setter-Blut in den Adern haben, denn er stand stocksteif vor, die Rute gerade abgestreckt. Seine Nüstern machten schnff, schnff, schnff. In der gewaltigen Türwölbung stand das ängstliche Schulmeisterlein, hielt ein Lilliputaner-Biskuit von der

Größe eines Gänseblümchens hoch und sagte heiser: »Braver Bello, braves Kerlchen. Brav, der Hund. Ein kleines Trö-s-terchen für den braven Bello ...«

Immer war's der Schulmeister, der vorgeschickt wurde, wenn es um heikle Angelegenheiten ging. Seine Gefährten hielten sich im Hintergrund und warteten den Ausgang des Unternehmens ab.

Bello! dachte Captain voller Verachtung. Herr im Hundehimmel!

Steifbeinig stelzte er zur Tür, um den Eindringling zu beschnuppern.

Der arme Schulmeister hielt das Biskuit vor sich hin wie eine Verteidigungswaffe, schloß fest die Augen und gab weiterhin Besänftigungslaute von sich, während er ausgiebig beschnüffelt wurde.

Hat jo die Gestalt eines Menschleins, dachte Captain, wenn man von der Winzigkeit absieht. Und riechen tut er auch so, bloß weniger. Ich glaube, ich werd' ihn mir als Spielzeug halten, jo-jau, ein Streicheltierchen, wie die Köchin. Hoffentlich wird sie nicht eifersüchtig.

Also nahm er den Lehrer in seine samtweiche Schnauze und trug ihn zum Korb, der neben dem Schaukelstuhl stand. Matt sagte das Schulmeisterlein: »Ein bra-v-er Hund, so ist brav«, wobei er umgeladen wurde. Das Biskuitplätzchen ließ er fallen.

Nun war Captain ein angejahrter Junggeselle, und wie's bei manchen dieser Gattung so geht, nährte auch er unbewußt die kümmerliche Hoffnung, eines fernen Tages vielleicht Junge zu haben. Die Größe des Schulmeisters mußte ihn auf diese Idee gebracht haben, denn er setzte sich behutsam auf den Korb und legte sich das Schulmeisterlein in den Schoß. Etliche Male stupste er ihn mit der Nase an, um ihn in die richtige Lage zu bringen, aber der Schulmeister sagte: »Laß mich los, du e-ke-li-ges Bie ...«

Doch ehe er noch ›Biest‹ sagen konnte, wischte ihm Captains Zunge wie ein riesenhafter Reibekuchen übers Gesicht, und ehe er sonst irgend etwas vorzubringen vermochte, wurde er gebadet. Captain wußte ganz genau, was bei Welpen zu geschehen habe:

zuerst einmal mußten sie gründlich abgeschlabbert werden, und das tat er denn auch hingebungsvoll, während das verstörte Magisterlein nur immer wieder »Be-be-biest« hervorstottern konnte. Er versetzte Captain sogar einen Schlag auf die Nase, so erbost war er, doch sein Muttertier nahm's liebevoll hin und hielt ihn mit einer Pfote behutsam nieder, denn der kleine Kröterich schien zerbrechlich zu sein.

»Au, du Mistvieh! Kusch, du Köter! Laß mich los! Böser Hund, Bello! Laß-mich-jetzt-so-fort-los!«

Viel später, als Captain zufrieden eingerollt schlummerte, krabbelte das Schulmeisterlein vorsichtig unter seinem Kinn hervor. Auf Zehenspitzen stellte er sich neben den Korb und zupfte am langen grauen Rockvorhang der Kochfrau.

»Is' scho' recht, mein Guter«, sagte die Köchin, ohne ganz aufzuwachen. »Kriegst's ja gleich, mein Spatz. Aber erst beim Winke-Winke.«

Sie meinte, Captain bettle um sein Biskuit.

Beim zweiten Zupfer öffnete sie ein Auge.

Dann öffnete sie beide Augen, rieb sie verwundert, setzte sich die Brille auf, betrachtete das Schulmeisterlein, schrie entsetzt auf und warf sich geistesgegenwärtig die Schürze über den Kopf. Zwei Minuten später lupfte sie einen Zipfel, lugte mit dem Auge, das sie zuerst geöffnet hatte, darunter hervor, stellte fest, daß er immer noch da war, und warf die Schürze wieder über.

»Mamsell, gnä-Frau ...«

Die Köchin fing an, mit den Absätzen aufzustampfen, was besagen sollte, daß sie gleich einen hysterischen Anfall haben werde, wenn er nicht augenblicks verschwinde.

Der Schulmeister fuhr sich durch die feuchten Haare. »Weibs-Berge!« dachte er mitgenommen. »Ha! Ein ganz kleines bißchen Grips schon wird bei einem Weib gewürdigt, wie uns die paar nach-ge-plap-per-ten Worte eines Papageis erfreun.«

Er machte kehrt, damit sie sich an ihn gewöhnen könne, ohne ihm ins Gesicht sehen zu müssen.

Alsbald hörten seine feinen Ohren, wie die Schürze zum drittenmal gelupft wurde, aber er blieb still stehn, ohne etwas zu sagen, und wartete ab.

»Dunnerlittch!« sagte die Köchin.

»Gnä-Frau, wenn Ihr Euch bitte so bald wie beliebt fassen könntet, habe ich die Ehre, mich in einer Mis-si-i-on an Euch zu wenden, welche von äußerster Dringlichkeit ist.«

»Ein Elf!«

»Elf oder Zwölf, Zwerg, Sylphe, Sylphide, Kobold, Genius, Gnom, Dämon, Däumling oder Wichtelmann, gnä-Frau: ganz wie belieben. Wenn Ihr nur die Güte hättet, mich aus den Fängen von Bello hier, oder Schreck oder Schock oder wie immer, befreien könntet, wäre ich Euch zutiefst verbunden.«

Die Köchin holte ihre Schere aus dem Handarbeitskorb und hob die Talgkerze hoch.

»Hebe dich hinweg von mir!« sagte sie. »Bei der Kraft des Eisens un' der Macht des Feuers, für ewig un' immerdar, bei Chrissoff Columbumm un' dem heiljen Dunnerjan, amen.«

Der Schulmeister drehte sich vorsichtig um.

»Die Mühen, Euch von meiner Wirklichkeit zu überzeugen, gnä-Frau, wären ein Unterfangen, das meine mäßigen Kräfte derzeit überstiege. Indes wollt Ihr mir bitte zu bemerken erlauben, daß ich, gleich welcher Sub-s-tanz, der Überbringer einer dringlichen Botschaft vom Fräulein bin.«

»Schnipp-schnapp-schnorum un' Kickel-kackel-lorum ...«

Verärgert stieß er mit dem Fuß auf, was Captain zu einem Knurren veranlaßte.

»Der Herr Professor Hochwohlgeboren und das Fräulein sind im Keller verriegelt!«

»Maikäfer flieg, Maikäfer flieg. Dein Vater is' im Krieg. Dein' Mutter is' ...«

»Kreuzigung-und-Kanniba-lis-mus!« schrie das Schulmeisterlein, dem, wenn man's genau bedenkt, ziemlich übel mitgespielt worden war. »Z-z-zum Teufel mit Eurn Maikebern! Pestilenz-und-Pocken, gnä-Frau, versteht Ihr denn beileibe nicht? Wir wollen, daß Ihr das Tor entriegelt!«

»Maria im Keller?«
»Hört Ihr nicht, gnä-Frau (jetzt wutentbrannt), wenn ich Euch sage, daß der Riegel klemmt? Muß ich mich zutode beschlabbern und besabbern lassen und von diesem s-schmierigen Gerippe eines Köters eines bar-bar-ra-ri-schen Koch-Weibs ersäufen und von den Klauen Eures Kläffers zerschmettern und in Höllen-und-Fegefeuer schmoren ... und ... und ... Das Fräulein ist im *Keller*, sage ich, Tod-und-Teufel-noch-eins!«
Des Schulmeisters wütende Entrüstung war überzeugender als irgendeine Erklärung es hätte sein können, und da die Köchin sicher war, daß Elfen normalerweise nicht fluchen, fing sie an, der Nachricht Glauben zu schenken. Als ihr klar wurde, daß es darum ging, für den Herrn Perfesser und ihr Maria-Täubchen den Kerker aufzuriegeln, gab sie's auf, sich darüber zu verwundern, daß der Besucher-Bote nur eine Handspanne groß war. Sei er nun ein Gottgesandter Engel oder die Verkörperung des Bösen: sie war entschlossen, ihm zu folgen, wenn es hieß, ihrem Herzchen zuhilfe zu kommen.
Sie holte ihr Fahrrad aus einem der kleineren Koch-Herde hervor, der ihr als Garage diente, und schickte sich zum Handeln an. Da strömten mehr und mehr Lilliputaner in die Küche. Sie hatten Captains Verhalten von ferne verfolgt und traten nun vor, da die Botschaft offensichtlich in die rechten Hände gelangt war. An der Lenkstange des Fahrrads befand sich ein Körbchen, und in das stellte sie, auf deren Wunsch, ein paar der Leutchen.
Captain wollte den Schulmeister im Maul schleppen, doch davon wurde er mit großer Mühe abgehalten. Er lief hinterher, als der Geleitzug sich in Bewegung setzte, und behielt scharf das Körbchen im Auge, aus Angst, sein neues Spieltierchen könne herauspurzeln.
Die Köchin radelte, volle Kraft voraus, den Dienstbotengang entlang und klingelte an jeder Ecke. An der Kellertreppe lehnte sie das Veloziped an die Wand und eilte die uralten Stufen hinunter, so schnell sie's mit ihrem schlimmen Bein vermochte. Um die verriegelte Tür herum war ein großer Teil des Völkchens versammelt.

Sie trugen rauchende Fackeln aus in Hammelfett getauchten Binsen. Es gelang ihr, den Riegel zurückzuschieben.
Als die Tür schließlich aufging, zeigte sich ein trautes Bild: am Ende des Gangs saßen der Herr Professor und Maria auf der Folterbank im schwindenden Licht der Taschenlampe und verzehrten ein herzhaftes Mahl aus Lammfleisch und kleineren Brotlaiben, das ihnen der andere Trupp durchs zerbrochene Fenster hereingereicht hatte. Der Professor war vorzüglicher Laune und hatte völlig vergessen, daß er eingesperrt war.
»Ah, Mrs. Noakes«, rief er, eine Hammelkeule schwingend. »Hereinspaziert, hereinspaziert! Sie kommen gerade recht, an unserm bescheidenen Imbiß zu partizipieren. Ganz Ihrem Geschmack entsprechend, Mrs. Noakes, wahrhaft vorzüglich – würde auch den Göttern munden. Das Lamm zergeht einem förmlich auf der Zunge. Nehmen Sie Platz. Kein Stuhl da? Dann platzen Sie auf dem Block, Mrs. Noakes. Gestatten Sie mir, Ihnen etwas Lamm zu offerieren. Sie werden sich der ungewöhnlichen Fehlrechnung von Dr. Swift erinnern, als dieser die Anzahl der vom Wundscher Gulliver auf der Insel Lilliput täglich verspeisten Schafe schätzte. Ich fürchte, der Meister muß sich in seinen Kubikwurzeln verfangen haben. Ausreichend, sagte er, meine liebe Mrs. Noakes, für eintausend siebenhundert und zwanzig und acht Lilliputaner. Wenn aber ein Lilliputaner, sagen wir: eine Hammelkeule pro Tag essen könnte, würden eintausend siebenhundert und zwanzig und acht das Äquivalent von zweihundert und achtzig und acht ganzen Schafen verzehren. Glauben Sie, daß Sie zweihundert und achtzig und acht dieser ausgezeichneten Lammkeulen an einem einzigen Tag verspeisen könnten, Mrs. Noakes – Jungschafe, wie Sie sich erinnern werden, die der Meister selbst als größenmäßig einer-Lerche-gleich bezeichnete, und wie eine Lerche seinerzeit *ganz* gegessen, mitsamt der Knöchelchen? Könnten Sie an *einem* Tag zweihundert und achtzig und acht Lerchen essen, Mrs. Noakes? Nein, nein. Zwanzig und acht käm' schon eher hin. Die Schätzung muß zehnmal zu hoch gelegen haben.«
Die Kochfrau nahm von diesem ganzen Unsinn keine Notiz. Sie

eilte auf ihre lang-entbehrte Maria zu, schlang ihre Arme um sie und drückte sie an ihren einladenden Busen. Während der Herzerei machte der Professor sich auf die Suche nach einem passenden Block für seine alte Freundin. Er hatte sich in den Kopf gesetzt, daß sie das Lamm kosten müsse, und nachdem er mehrere provisorische Sitzgelegenheiten ausprobiert hatte, entschied er sich für eine uralte Truhe, die neben den Handfesseln stand. Als er sie über den Boden zu zerren versuchte, ging der Deckel auf. Sie war voller Papiere und Pergamente.

»Du meine Güte!« rief er aus. »Was für eine Entdeckung! Jemand halt die Taschenlampe. Sieh an: hier ist eine Urkunde, Maria, die besagt, daß deine Vorfahren im dreizehnten Jahrhundert mit dem Castel of Malplacé belehnt wurden! Und hier ist Castellum Male Positum in spät-karolingischer Minuskel. Aber warte! Was ist das hier? Meine Güte, das könnte ... möcht' bloß wissen ... Gesetzt den Fall, wir machten *mort d'ancestre* geltend, zufolge dieses Manuskripts, vielleicht eine Spur *praemunire* dazu, hauptsächlich aber *mort d'ancestre,* und gesetzt den Fall ... Du meine liebe Güte! Das ist ja äußer-äußerst interessant! Ich glaub', ich werd' mir die Freiheit nehmen, dies Dokument in die Tasche zu stecken, Maria, um es in Muße und in allen Einzelheiten zu studieren?«

XXVII

Es war tiefe Nacht, und zwei Expeditionen bahnten sich ihren Weg durch das ausgedehnte Gelände, das Marias Vorfahren einst einen ›Garten‹ genannt hatten. Der Vikar kam von seinem Pfarrhaus herbei, geschniegelt und gestriegelt, während Maria und der Professor sich in entgegengesetzter Richtung, auf anderen Wegen, zum Cottage begaben. Nach einer derart erholsamen Pause und solch herzhaftem Mahl hatte sie sich, zu des Professors Bedauern, strikt geweigert, sich im Pfadfindersitz tragen zu lassen. Er tröstete sich damit, daß er ihr unterwegs die Namen der Sterne erklärte. Der Mottenflügel der Milchstraße schimmerte sanft zu ihren Häuptern und hätte, seiner Meinung nach, eigentlich Milchraum heißen müssen, nur, daß man's durcheinandergebracht hatte.

Es war fast ein Uhr in der Früh, so daß Sagittarius, der Schütze, niedrig den Meridian durchkreuzte; und der alte Herr erzählte ihr, daß die Nabe des Universums sich in der Nähe dieser Konstellation befinde. Sie selber drehten sich um die Sonne, und die Sonne drehe sich, zehntausendmal geschwinder als ein Expresszug, um diese Nabe, und die Nabe befinde sich im Augenblick im richtigen Aszendenten. Maria war's ganz schwindlig von all dem Drehn, besonders deshalb, weil sie beim Gehen dauernd den Kopf in den Nacken legen mußte, um den Zenit zu bewundern. Sie hatte das Gefühl, gleich selbst gedreht zu werden, bis sie in ein pulverfeines Blau gewirbelt würde, um dann ins mehlige Meer der Sternennebel zu tauchen.

Im Cottage bekam sie eine ordentliche Dosis Löwenzahnwein verpaßt und wurde zu Bett gebracht.

Als sie versorgt war, rollte der Herr Professor sein Dreirad aus dem Schuppen, holte den eingekrempten Bowler-Hut und zerschlissenen Ulster, um seinen schäbigen Anzug zu verbergen, schloß die Vordertür ab und versteckte den Schlüssel, wie versprochen, unter der Geranie. Er warf einen Blick auf das Fenster, hinter dem Maria bereits friedlich schlief, und sagte sich, daß alles seine geregelte sichre Ordnung habe. Es war höchste Zeit, wegen der Kratzer und der Handschellen um Polizeischutz nachzusuchen und über die in unsrer Geschichte hausenden Unholde Bescheid zu geben. Selbst wenn der Lord Lieutenant hoch dekoriert war und im Bette läge, würde er ihn ohne Zögern wecken. »Tempo!« rief der Herr Professor und trat in die Pedale. »Expreß! Schmiede das Eisen, solange es heiß ist! Verschiebe nicht auf morgen, was du heute kannst besorgen!« –

Als der Vikar nach seinem Hin-und-Her endlich wieder das Schloß erreichte, stieg er sogleich mit Miss Brown in den Keller, um das Völkchen einzufangen. Beim Flackerschein der tropfenden Kerze starrten sie auf die offne Tür, und das Hmmmm erstarb ihm in der Kehle. »Weg!«

Zuerst sah er Miss Brown an – überzeugt, daß sie ihn hereingelegt habe. Als sie ihn aber mit demselben Ausdruck ansah, ihr Gesicht genauso boshaft wie seins, da vertrauten sie einander instinktiv. Hastig betraten sie den Kerker und stöberten zwischen den Folterwerkzeugen herum. Sie durchsuchten die anderen Keller. Sie setzten sich, von Spinnweben überzogen, auf ein leeres Faß und schwiegen so lange, daß sich die grauen Mäuse wieder hervorwagten und im Staub umherhuschten.

Miss Brown erholte sich als erste.

»Wie auch immer – sie sind weg.«

»Die Wichtel auch.«

»Er hat sie zum Cottage gebracht, wie er ja sagte, als wir ihn belauschten, und jetzt ist er auf seinem Dreirad zur Gendarmerie, um uns anzuzeigen.«

»*Sie* waren's doch, die die Handschellen vorgeschlagen haben.«

»Narr«, sagte Miss Brown.

Gleichmütig fuhr sie fort: »Der alte Tölpel hat gesagt, er werde sie einschließen und den Schlüssel unter seinem Geheimblumentopf mit rosa Geranien verstecken.«

»Was soll's denn, *wo* er sie versteckt? Wenn wir verhaftet werden und die Zwerge fort sind ...«

»Brauchen uns nicht verhaften zu lassen.«
»Wie das?«
»Niemand weiß, daß Maria hier war. Sie soll doch irgendwo zu Besuch sein. Haben wir uns selber ausgedacht.«
Mit ihren Kieselstein-Augen forderte sie ihn zum Widerspruch heraus.
»Haben wir selbst geglaubt. Haben wir der Köchin gesagt. Trotzdem entdecken wir, daß es ihm irgendwie gelungen ist, sie in sein Cottage zu locken. Was, wenn sie dort nun tot aufgefunden würde, Mr. Hater?«
»Ich lehn' es strikte ab, irgend etwas damit zu tun zu haben! Ich lasse mich nicht in so eine Geschichte hineinziehen. Ist zu gefährlich. Ist unmöglich.«
»Er hat sie eingesperrt, als er weggefahren ist«, fuhr Miss Brown unbeirrt fort, »und hat den Schlüssel unter dem Topf mit rosa Geranien versteckt – ›an einer geheimen Stelle, die nur er selber kennt‹. Auf dem Schlüssel sind seine Fingerabdrücke. Angenommen, der Schlüssel wäre an Ort und Stelle, wenn er mit der Polizei wiederkommt, und das Cottage wäre noch zugeschlossen und der Schlüssel noch mit seinen Fingerabdrücken? Wir brauchen ihn nur vorsichtig anzufassen – mit Handschuhen.«
»Da mache ich nicht mit.«
»Im zugesperrten Haus, das er selber zugesperrt hat, wie er zugibt, liegt das entführte Kind – tot.«
»Das ist doch absolut widersinnig.«
»Er wird für unzurechnungsfähig erklärt werden, weil er selbst die Gendarmen geholt hat.«
»Aber Miss Brown, das ist doch heller Wahnsinn! Es gibt doch überhaupt keinen Grund, keine Veranlassung, Maria umzubringen – und wenn wir's täten, kämen wir nicht heil davon.«
»Entweder dies – oder das Gefängnis. Wenn er normal ist, steht seine Aussage gegen die unsre, und Maria ist Zeugin und Beweis. Wenn er verrückt ist, und sie ist tot, dann haben wir's geschafft.«
»Aber die Männekens!«
»Sie und Ihre Männekens.«

Sie hielt ihm wieder die Kerze dicht ans Gesicht, und die purpurnen Äderchen und die blauen Lippen waren bleich.
»Können wir doch nicht machen.«
»Wir müssen sofort los, sonst ist's zu spät.«
»Ich weigere mich. Ist doch alles übereilt.«
»Wir müssen zuerst da sein, einerlei was passiert. Vielleicht fällt uns unterwegs etwas Besseres ein.«
Sie standen gleichzeitig auf und verließen eilends den Keller.

*

Der unerschrockene Gradnag – wie Allan Quatermain ein verläßlicher Nachtbeobachter – trat hinter einem Weinbehälter hervor, als sie gegangen waren, und machte sich geschwind daran, die Treppe hinaufzusteigen. Alles hing vom Tempo ab. Der Schulmeister und der Admiral mußten sofort gefunden werden. Pläne mußten entworfen werden, wie Maria zu warnen sei, auch sie zu beschützen, wenn möglich, da das Geheimnis des Geranientopfs gelüftet war. Es schien im Bereich der Möglichkeit zu liegen, daß sie tatsächlich vorhatten, sie umzubringen. Der Herr Professor mußte ebenfalls gewarnt werden, wo er auch sein mochte, und der Polizeischutz hatte alsbald in Aktion zu treten.
Zum Glück war das Gros der Fahnder noch im Schloß, denn alles spielte sich jetzt sehr rasch ab. Der Schulmeister befand sich mit der Köchin in der Küche, wo er versuchte, ihr den Unterschied zwischen sich und einem Elf klarzumachen, da die Gefahr nun gebannt schien.
Der nahm die Sache auch gleich in die Hand, als ihm von der Krise berichtet wurde, und tat sein Bestes, einen Plan auszuarbeiten.
Geschwindigkeit war die Hauptsache, und Schnelligkeit war ein Vielfaches der Länge. Man konnte nicht so-und-so-viele Meilen pro Stunde gehen oder ›machen‹, wenn man die Meilen nicht auch tatsächlich zurücklegte. Zuerst also war es – wegen der unterschiedlichen Schrittlänge – unmöglich, zu Fuß mit den Mördern

konkurrieren zu wollen, sobald sie sich zum Cottage in Marsch gesetzt hätten, und das hatten sie vermutlich bereits getan. Allein wegen des Schrittmaßes waren sie schon zwölfmal schneller als die Leutchen, und das ließ die Bodenbeschaffenheit noch ganz außer Betracht. Was für *die* ebenes Gelände war, bedeutete für die Lilliputaner gewöhnlich bergiges Gebiet, und wo *sie* geradeaus marschieren konnten, mußten die Lilliput-Leutchen häufig beschwerliche Umwege machen. Zum großen Glück stand eine Schwadron Garde-Kavallerie auf schnellen Ratten bereit, und er gab Anweisung, auf Deubel-komm-raus zur Cottage-Klause zu galoppieren, wo er mit ihnen auf einer der Reitratten, die noch im Schloße waren, zusammentreffen wollte, sobald er den Rest des Feldzugs organisiert haben würde. Eine Abteilung wurde abkommandiert, den Feind zu stören und hinzuhalten, während andere Maria wekken und sie in sichres Versteck bringen sollten, falls sie früher einträfen. Wenn nicht, mochten sie nach Gutdünken verfahren.
Hier stellte sich neuerlich das Problem des Größenmaßes. Lilliput verfügte nicht über Flugzeugträger, Fliegerabwehrgeschütze und die anderen Kriegsgerätschaften, mit denen der Herr Professor seinen Brobdingnagianer hatte einfangen wollen. Es war die Frage, ob die Schwadron Sechszöller überhaupt etwas gegen einen einzigen Menschen-Berg auszurichten vermöchte. Der Admiral war im Verlauf der Vorbereitungen eingetroffen, und er und die Frau Köchin bildeten, mit dem Schulmeister zusammen, eine Art Verteidigungsrat, um die taktischen und strategischen Fragen zu erörtern. Sie konnten die Angreifer auf Ratten umschwärmen und ihnen kleine Geplänkel und Scharmützel liefern, sie mit den Nadelschwertern molestieren und sich gleich darauf in Sicherheit bringen; aber das würde wohl kaum über eine unwesentliche Belästigung des Gegners hinausgehen. Auch konnten die Bogenschützen schießen: doch sowohl der Vikar als auch Miss Brown trugen Brillen (wie weiland Gulliver). Alles in allem schien eine Kriegslist die beste Aussicht auf Erfolg zu bieten. Wie sie auszusehen habe, das würde von den Gegebenheiten auf dem Kriegsschauplatz abhängen. Man mußte jeden Vorteil nutzen, der sich auf die

eine oder andere Weise ergab, und konnte vielleicht den Gegner so in die Irre führen oder aus-tricksen oder mit List und Tücke und Schläue überwinden. All dies würde vor Ort im psychologisch günstigsten Moment zu entscheiden sein. Falls erforderlich, mußte, Mann gegen Mann, die offene Feldschlacht gewagt werden.

Das schwierigste Problem bestand derzeit darin, den Herrn Professor zu kontaktieren. Der mußte natürlich so schnell wie möglich zurückbeordert werden, damit er die Polizei dort einsetzen konnte, wo Maria unmittelbar bedroht und gefährdet war. Das Beste, was das Völkchen gegen derart ruchlose Gesellen zu tun imstande war, bestand nun einmal darin, sie so lange hinzuhalten, bis Hilfe kam. Die Telephonleitungen von Malplaquet waren im Verlauf des allgemeinen Niedergangs der Familie unterbrochen worden, das Fahrrad der Köchin hatte auf dem Rückweg vom Kerker unheilbare Platten bekommen, und das Völkchen selbst war nie außerhalb des Gutsbereichs gewesen. Sie wußten den Weg zum Lord Lieutenant nicht, und in der zur Verfügung stehenden kurzen Zeit hätten sie ihn auch auf Ratten nicht erreichen können, da diese Tiere keine weiten Distanzen gewöhnt waren.

Das Problem schien unlösbar. Und zu ausführlichen Erörterungen fehlte die Zeit.

Der Schulmeister zwickte die Köchin in den kleinen Finger, denn er stand auf dem Handarbeitskorb neben ihr; er zwickte sie zweimal.

»Mamsell, gnä-Frau: unter diesen Ums-stän-den sind wir gezwungen, uns auf unsern Scharfsinn zu verlassen. Irgendwie muß eine Meldung hinausgehen. Denkt nach, gnä-Frau, ich bitt' doch sehr. Zermartert Euch das Hirn. Es geht um Leben und Tod und um die Ehre. An Euch ist's, die Meldung zu überbringen. Also bitte: auf-auf, marsch marsch! – Bleibt uns nur zu hoffen, daß wir's noch rechtzeitig schaffen!«

*

Auf dem dunklen Reitweg unterdessen stieß Miss Brown einen Schrei des Entsetzens aus und griff sich an den Knöchel, wie seinerzeit Maria. Sie hoppelte noch auf einem Bein umher, als der Vikar mit dem Fuß in eine Falle aus zwei zusammengebundenen Grasbüscheln trat und auf die Nase fiel.

Es war in der Tat ein sonderbarer Anblick, den die beiden boten, als sie danach unter dem kobaltblauen Sternenlicht die nächtliche Allee entlangstolperten und sich Marias wegen stritten. Unsichtbar griffen die Rattenreiter an und stießen und stachen mit ihren Nadeln: von den Bösewichtern irrtümlich für Dornen gehalten. Im hohen Grase blinkte dann und wann eine kleine Rüstung auf. Ab und zu stürzten sie über eine Gras-Falle. Und humpelten wütend weiter. Bisweilen stützten sie einander in ihrer Unbeholfenheit, und hin und wieder zischelten sie sich etwas Ermunterndes zu oder fauchten sich an.

Im Dunkel um sie her regten sich die kleinen rachelüsternen Bewohner der Inselwelt. Wie beim Rodeo im Wilden Westen, so galoppierten sie umher.

Kurzsichtige Dachse schoben ihre gestreiften Schnauzen tiefer ins Dickicht. Füchse mit funkelnden Lichtern betrachteten sie und wunderten sich. Neugierige Kaninchen setzten sich auf die Hinterläufe, spitzten die Löffel, blickten ratlos drein und fragten sich, was denn das nun wieder solle. Und die Eulen von Malplaquet glitten auf stummen Schwingen über den Aufruhr hin.

In der verwunschenen Cottage-Klause schlief seelenruhig Maria. Im Gewölbe der Schloßküche mühte sich die brave Kochfrau mit dem Schreiben. Die Spitze ihrer Feder war rostig, die Tinte bestand bloß aus Bodensatz in einem billigen Fäßchen, und ihre rosige Zunge lugte hervor. Redlich folgte sie den Windungen des Schriftzugs.

›Gnediger Herr Perfesser koṁen gleich zerük indem daß Sie wissen gne Herr denn Sie wissen schon, haben wider nix Gutes im Sinn ...‹

XXVIII

Der Professor hatte den Lord Lieutenant im Wachzustand angetroffen – eben jenen *Master of the Malplaquet Hounds*, den Malplaquet'schen Meuteführer mit der Klingelanzeige, die Maria sich so sehnlich für ihre Möwen-Insel gewünscht hatte –, und der war offensichtlich auf einem Jagdball oder einem Bauernempfang gewesen, denn er trug einen scharlach-roten Frack mit violettem Revers und dazu die nur ›Für Meriten‹ verliehenen Jägerorden. Er hatte malvenfarbene Hausschuhe an, die mit seinem Monogramm (in Gold) bestickt waren.

Er war ein hochgewachsener Mann mit angespanntem Gesichtsausdruck und hatte einen Walroß-Schnäuzer, den er mit einer Hand anheben mußte, wenn er essen wollte.

Er führte den Professor ins Eßzimmer und kredenzte ihm ein Glas Portwein, wobei Letzterer seine Geschichte erzählte.

Im Eßzimmer stand ein blanker Mahagoni-Tisch mit passendem Bufett; vierzehn Stühle, auf denen die Diener jeden Morgen ihr Gebet hersagen mußten, waren an den Wänden verteilt. Die Tapete war dunkelrot, und an den Wänden hingen Ölgemälde. Ein Bild zeigte den Lord Lieutenant auf einem barsoiähnlichen Pferde, von Lionel Edwards gemalt; allerlei Hunde wieselten zwischen seinen Beinen. Eins zeigte Lady Lieutenant auf einem anderen dicken Gaul (von Munnings), und ein anderes ein paar kleine Lieutenantchens auf anatomischen Kleppern: von Stewart. Ein Baby-Lieutenant ritt auf einem Schaukelpferd, und mehrere Generationen von Opa-Lieutenants saßen auf Rössern namens Mazeppa, Eklipse oder schlicht ›Araber-Stute‹. Einige Bilder zeigten *nur* Pferde, darunter ehrbare Gäule von Romney, feurige von Delacroix, kluge von Landseer und verdrehte Geschöpfe mit geblähten Nüstern von anonymen Künstlern des achtzehnten Jahrhunderts. Die einzige Person ohne Pferd war Ihre Hochwohlgeborene Lettuce Lieutenant, die älteste Tochter, die den Fehler begangen hatte, sich von August John porträtie-

ren zu lassen. Der hatte das Tier mit Absicht weggelassen. Aus Bosheit.
Der Lord Lieutenant sagte: »Ich sage doch, ich meine, wollen Sie sagen, mein Verehrtester, daß dieser Herr Vikar da und diese reizende Miss Wie-heißt-sie-doch das Meechen in dem Wie-sagten-Sie-doch-gleich mißbehandelt haben?«
»Ich hatte nur sagen wollen ...«
»Mein lieber guter Freund. So was können sie doch nicht im neunzehnten Jahrhundert machen oder im zwanzigsten oder sonst einem. Ich meine, nehmen Sie die ersten beiden Zahlen und fügen Sie eine hinzu oder ziehen Sie eine ab, ich weiß nicht was, und wes*halb* weiß ich schon überhaupt nicht, vielleicht wegen des ›X‹, was diese Leute immer auf Monumente malen, und da ist's auf einmal was anderes. Aber wenn sie Pferde nehmen ...«
»Ob sie können oder nicht: es ist geschehen. Ich sage Ihnen ...«
»Mein alter Großpapa oder dessen Großpapa, ich weiß nie welcher, hat ein Jagdpferd als Galopper rennen lassen und zuschanden geritten, bis es krepierte, alter Knabe, einfach *kaputt*. So was können Sie doch heutzutage nicht mehr machen, nicht in diesem Jahrhundert, einerlei was für eins's ist, ohne den Tierschutzbund auf'n Hals zu kriegen. Absolut nicht zu machen. Keinesfalls. Ist aus der Mode. Hörte, mit Verliesen sei's ähnlich?«
»Mag aus der Mode gekommen sein, ist aber geschehn. Sie haben Maria in den alten Kerkerkeller gesperrt, weil ...«
Der Lord Lieutenant schenkte sich einen Portwein ein, führte das Glas manierlich unter dem Schnauzbart zum Munde und beäugte den Professor argwöhnisch über ein Silberpferd voller Walnüsse hinweg.
»Sind Sie gefoltert worden?«
»Nein, bin ich nicht. Es ist so ...«
»Sehn Sie, da haben wir's ja. Alles Hörensagen. Nun nehmen wir mal Pferde. Sie finden immer einen, der Ihnen sagt, er kennt ein Pferd, das dreißig Meilen die Stunde macht; aber wenn Sie ihn fragen, ob's *sein* Pferd ist, dann sagt er, nein, von jemand anderem, und da haben Sie's. So, und ...«

»Grundgütiger Gott ...«
»Ja doch. Hier, nehmen Sie eine Zigarre. Die stecken bei Parties in diesen Stuten-Füllen. Sehen Sie: Sie brauchen nur ihren Schwanz runterzudrücken, so: und schon kommt die Zigarre aus ihrem Maul, so, oh pardon, und im selben Augenblick geben die Nüstern Feuer, da können Sie sie anstecken. Hübsch, nicht?«
Die Zigarre schoß aus einer vergoldeten Stute und sprang dem Professor an die Nase; dazu plinkerte im Innern eine Spieldose: ›Auf, auf, zum fröhlichen Jagen!‹
»Ich wollte Sie ersuchen ...«
»Mein lieber alter Freund. Schaun Sie mal her. Lassen Sie mich Ihnen einen Rat geben. Vergessen Sie die ganze Sache. Sie haben sie durcheinandergebracht. Vollkommen natürlich, selbstredend; nicht persönlich gemeint. Jeder könnte bei so was durcheinandergeraten, ich auch. Aber wenn Sie so lange Lord Lieutenant wären wie ich oder Chief-Constable oder was ich auch bin, dann wüßten Sie, daß ein Lord Lieutenant vor allem erstmals *eins* in die Finger kriegen muß, und das ist ein Motiv. Ohne das haben Sie kein Verbrechen. Kann ich Ihnen versichern. Glauben Sie mir! Das erste, was ein Kriminaler tun muß: ein Motiv entdecken. Können Sie nachlesen. Ist gedruckt. Steht in Büchern. So, und was für ein Motiv könnte Miss Wie-heißt-sie-doch-gleich dafür haben, die Dingsda im Was-war's-doch in Handschellen zu legen?«
»Es gibt ein triftiges Motiv, aber ich bin nicht befugt, darüber zu reden. Es berührt die Identität anderer.«
»Ah, ich verstehe. Sehr einleuchtend, ohne Frage. Keine Namen, keine Strafen. Tjaha. – Es wird doch wohl nicht wieder«, flüsterte der Lord Lieutenant atemlos, »die gute alte Lottie Catamount sein? Mit einem der Lakaien durchgebrannt?«
»Keineswegs. Nichts dergleichen. Maria hatte Kenntnis vom Aufenthaltsort gewisser Leutchen, denen Miss Brown auf die Spur zu kommen suchte, und da hat sie das Kind mißhandelt, um's herauszufinden.«
»Auf-den-Hals-Ort, was? Zigeuner, ohne Frage. Können famos mit Pferden umgehn. So, und ...«

»Nicht Rauf-und-halb-fort!« schrie der Professor. »Auf-ent-halts-ort ...«
»Hier, trinken Sie einen Kaffee. Haben wir in diesem Kupferpferd hier, mit einer Spirituslampe unterm Bauch. Sie brauchen bloß an der linken Vorderhand zu drehen, so, und schon kommt er aus dem Ohr, so, oh, tut mir leid; und der Zucker liegt hier in diesem Silberstall, als Streu. Hübsch, nicht?«
Verzweifelt wischte sich der Professor den Kaffee vom Knie, während die Kaffeekanne ein Reiterlied spielte.
»Als Bürger dieses Landes habe ich ein Recht, um polizeilichen Schutz nachzusuchen, und Ihre Pflicht als Lord Lieutenant ist es, den Gründen nachzuspüren ...«
»Lieber Gott, Verehrtester, wo wollen Sie denn hier Polizeiprotektion hernehmen? Was hat's für einen Sinn, Ihnen den alten Dumbledum zum Schutz zu schicken? Außerdem hat er'n Hexenschuß, wie ich weiß. Seine Frau hat erst heut' abend um ein Plätteisen geschickt. Und wer, so frage ich, soll all die Autos anhalten und ihre Kennzeichen aufschreiben, wenn der alte Dumbledum Sie die ganze Zeit über beschützen würde?«
»Dumbledum ...«
»Hier, nehmen Sie von der Schokolade. Bewahren wir in diesem Porzellanhund auf. Praktisch. Brauchen nur die Rute anzuheben, so, und die Schokolade kommt raus, so, oh, *I am sorry*, und er spielt das ›Hunde-Potpourri‹ – fehlen bloß ein paar Töne. Nützlich, nicht?«
Wütend fischte der Herr Professor die Schokolade aus seinem Kaffee.
»Und noch etwas, verehrter Freund. Wie steht's mit Zeugen? Muß man bei einem Verbrechen gleich von Anfang an dabei haben, glauben Sie mir, als Lord Lieutenant – es sei denn, Sie wollten einen Indizienbeweis führen, wie wir's nennen, oder wie man's heißt. Zeugen! Unabdingbar. Ohne Zeugen können Sie kaum was anfangen. Denken Sie an den Kerl, der den andern in der Garage in die Luft gejagt hat, wenn er's nicht selber war, neulich, oder im Schwimmbad oder wo das gewesen ist. Der hatte Dutzende von

Zeugen. Hat sie allesamt und sonders mit in die Luft gejagt. Sehn Sie? Ich meine, man könnt' fast sagen: ohne sie können Sie kein Verbrechen begehen. Und wo sind Ihre, bitte, was?«

»Ich habe eine Zeugin, Mrs. Noakes.«

»Und wer ist diese Mrs. Noakes, wenn ich fragen darf?«

»Mrs. Noakes ist die Köchin auf Malplaquet.«

»Lieber Himmel! Doch nicht *die* Mrs. Noakes! Mrs. Noakes ist Mrs. Noakes. Ja, Mrs. Noakes kenne ich wie meine eigene Mutter. Das ist aber höchst sonderbar seltsam, muß ich sagen, ich meine, daß sie das sein soll! Tjaha, ich kann mich noch gut an ihre Wachteln in Aspik erinnern, damals, zur Zeit des verstorbenen Herzogs, armer Teufel, ja, und an ihr Austern-Soufflé. Eine unschätzbare Person. Wie oft haben wir versucht, sie zu uns herüberzuholen, aber sie wollte lieber bleiben. Treue Seele. Familien-Anhänglichkeit. Nehmen Sie zum Beispiel Pferde ...«

»Keine Pferde!«

»Dann Hunde.«

»Bloß keine Hunde!«

»Ja. Hunde. Nehmen Sie Hunde. Ein Hund frißt so ziemlich alles. – In der Tat«, setzte der Lord Lieutenant verlegen hinzu: »sie fressen oft Pferde. Gekocht, wissen Sie. In einer Art Suppe. Grausam, wenn man's recht bedenkt. Aber das liegt nun mal in ihrer Natur. Wenn man's genaunimmt, versuchen sie sogar häufig, *mich* zu fressen. Verzweifelte Geschöpfe. Kommt wohl daher, daß sie draußen leben, schätze ich. Macht sie hungrig. Und Pferde auch; fressen alles mögliche. Heu und so was. Aber Menschen, nein, die wollen Wachteln in Aspik. Gibt einem zu denken, nicht? Was? Meinen Sie nicht auch?«

»Ich meine gar nichts. Ihre Pferde und Hunde interessieren mich nicht, und ich bestehe ein-für-alle-mal ...«

»Großer Gott. Ich glaube, Sie fangen wieder mit Ihren Verliesen an. Sie sollten mal an was andres denken, verehrter Freund. Sonst könnt's sich zu einer fixen Idee auswachsen, wie beim Wetterwechsel. Hier, nehmen Sie eine Zigarette. Verwahren wir hier in diesem Polo-Pony aus Platin, sentimentalerweise. Ist ein altes

Pony von mir, armes Kerlchen. Tot, natürlich. Muß mittlerweile an die vierzig Jahre tot sein. Brauchen nur den Poloschläger hochzuheben, so, und es macht's Maul auf, so, und heraus kommt eine Zigarette, oh, Verzeihung, nehmen Sie eine Serviette, und, sehn Sie: es spielt: ›In alter Treu‹. Traurig, nicht wahr?«

Das Platin-Pony hatte einen Schwall von fast fünfzig Zigaretten ausgespien, die Kaffeetasse umgeworfen und den Portwein dem Herrn Professor in den Schoß gekippt.

Der sprang auf die Füße, schlug auf den Tisch und schrie außer sich:

»Ich verlange Gehör! Ich verbitte mir, mit solchem Firlefanz beworfen zu werden!«

Dann verschränkte er die Arme und setzte sich auf ein komisches Kissen, das sogleich zu spielen begann: ›Sattel, Pfe-he-herd und Reitersmann ...‹

»Guter Gott, verehrter Freund, warum setzen Sie sich denn *dar*auf? Dafür ist es nicht gedacht. Ist als eine Art Scherz gemeint; soll Fremde ...«

Der Professor schleuderte das Kissen zu Boden (wodurch es wieder zu spielen begann), fegte etliche Pferde aus dem Weg, räumte Hunde ab und drohte dem Lord Lieutenant mit geballter Faust.

»Was soll diese Drohgebärde, lieber Freund? Lord Lieutenants werden ständig bedroht. Hat überhaupt keinen Sinn. Um Ihnen die Wahrheit zu sagen, Verehrtester: ich glaub' Ihnen kein Wort. Wollen mich wohl foppen. Klappt nicht. Tjaha – wenn Mrs. Noakes mir etwas von diesen Verliesen und solchen Sachen erzählen würde, tjaha, der würd' ich unbesehen glauben. Der würd' ich sogar glauben, wenn sie mir erzählte, ein Pfannkuchen wär' ein Schinken-Omelette. Aber wenn jemand wie *Sie* daherkommt und erzählt von Auf-und-als-Worten ...«

»Aber ich sage Ihnen: Mrs. Noakes wird alles bestätigen, was ich sage ...«

»Dann bringen Sie sie doch her. Bringen Sie ihre Zeugin bei. So heißt's wohl, glaube ich, vor Gericht. Bringen Sie Ihre Zeugin bei.«

»Wie kann ich sie beibringen, wo sie eine alte Frau mit einem schlimmen Bein ist und fünf Meilen entfernt und mitten in der Nacht?«
»Da haben wir's, sehen Sie? Sobald wir zur Sache kommen, sagen Sie jedesmal, es geht nicht. Wie mit den dreißig Meilen die Stunde. Ich sage, ich werd' Mrs. Noakes glauben. Sie sagen, Sie können sie nicht beibringen. Ich sage, ich glaube Ihnen nicht – und schon schmeißen Sie mit Kissen rum. Aber nehmen wir mal Pferde ...«
Der Professor raufte sich die Haare.
»Nu, nehmen wir Pferde. Einem Pferd können Sie immer glauben. Tjaha, ich sage immer: gib mir ein Pferd, und ich will's glauben. Wenn ein Pferd sagt, da ist ein Draht drin, glauben Sie mir, verehrter Freund, dann ist ein Draht drin. Ein Haken dran. Oder nehmen wir Hunde. Ich sage immer: gib mir einen Hund, und ich will's glauben. Wenn ein Hund sagt, da ist ein Fuchs im Bau oder im Stachelbeerbusch oder in der Hutschachtel oder meinswegenwo – verlassen Sie sich drauf, mein Freund: da ist ein Fuchs drin. Einem Pferd oder einem Hund können Sie immer glauben.«
Der Herr Professor war in seinem Sessel zusammengesunken und riß sich Haare und Haarsträhnen aus. Da wurde sacht an die Tür gekratzt.
»Das wird einer der Hunde sein«, sagte der Lord Lieutenant frohgemut. »Wollen ihn mal reinlassen. Ich schätze, ich hab' an die vierzehn oder fünfzehn Stück im Haus rumlaufen, überall. Bei Tisch sitzen sie unter den Stühlen da und warten auf einen Keks – wie der gute alte Lord Londsdale. Glauben Sie immer ...«
Ein Lakai öffnete von außen die Tür und verkündete ehrerbietig: »Ein fremder Hund, Herr.«
Captain stand höflich auf der Matte und hielt ein Einkaufskörbchen in der Schnauze. Als er den Herrn Professor sah, wedelte er mit dem Schwanz und kam herein.
Der Professor las den Brief im Körbchen und reichte ihn an den Lord Lieutenant weiter.
»Lesen Sie selbst.«

»Schockschwerenot: ein Brief von einem Hund? Interessant. Tjaha, äußerst interessant.«
Aus der Westentasche holte er ein Monokel, entwirrte die Schnur aus seinem Schnauzbart, klemmte es ins Auge und begann, den Brief vorzulesen.
»›Gnediger Herr Perfesser koñen sie gleich ...‹ Orthographie mangelhaft. Ein ›s‹ zuviel, und ein ›m‹ zu wenig. Gestrichen ›m‹? Aber von einem Hund kann man ja wohl auch keine korrekte Rechtschreibung erwarten. Liegt in ihrer Natur ›... indem das sie wissen gne Herr denn sie wissen schon ... nemlich das der Wikar un seine Lippste‹ – Lieber Himmel, das muß doch die Wie-war-jetzt-gleich-der-Name sein, wie Sie sagten – ›und sin drauff auss‹ – Lieber Himmel – ›drauff auss un wollennn Maria die Kehle durchschneidn‹! – Armes Kind, armes Kind. Hol's der Henker: das ist ja entsetzlich! ›so bitte koñen sie soforttt‹ – hielt' ich auch für das beste – ›wo es könnt zu spet sein un sagn sie seiner Lordschaft‹ – das soll *ich* sein, nehm' ich an – ›er soll die Armee bringen!‹ – Grundgütiger! Dem Himmel sei Dank, daß der Hund zur rechten Zeit gekommen ist! Einem Hund müssen Sie immer glauben! Hat er schön geschrieben. Muß er im Zirkus gelernt haben oder irgendwo. Die Armee bringen, sagt er. Tjaha, natürlich. Die Armee. Einem Kind die Kehle durchzuschneiden – stellen Sie sich vor! Wohlan, wir müssen handeln. Aktion. *Action*. Mal sehn. Wo ist Kingdom? Hol jemand Kingdom.
Ach, da sind Sie ja, Kingdom. Hier, Kingdom, schaffen Sie mir ein paar Leute ans Telephon. Her mit der Armee und der Marine und der Airforce und der Feuerwehr und dem Zivilschutz und dem Landrat und dem Roten Kreuz. Her damit. Hier, geben Sie mir das Telephon. Ich werd's selber ...«
Der Diener brachte einen Telephonapparat in Gestalt eines Derby-Siegers aus Kunststoff, und der Lord Lieutenant fing an, Orders in dessen Maul zu brüllen, wobei er gelegentlich den Schweif ans Ohr hielt.
»Ist dort das Fernsprechamt? Die Vermittlung? Wo ist die Vermittlung? Warum nicht? Tjaha, aber warum haben Sie das nicht

gleich gesagt? Verbinden Sie mich mit Mr. Winston Churchill. Aber gewiß doch. Ich sagte ›Mr. Winston Churchill‹. Verbinden Sie mich sofort mit ihm. Wo zum Henker sind Sie, Sir? Ich sag' Ihnen doch: ich bin der Lord Lieutenant. Nein, bin ich nicht. Natürlich sind Sie. Schwindler? Sie auch. (Dem hab' ich's gegeben.) Hal-lo, Pi... – Was? Mein lieber Mann, was soll ich mit Mr. Attlee? Geben Sie mir Mr. Churchill – und das ein bißchen dalli, wenn's gefällig ist.«

XXIX

Nun ja, sie brachten ihn schließlich davon ab, auf einem Gespräch mit Mr. Churchill zu bestehen. Danach wollte er mit General Eisenhower, Feldmarschall Montgomery oder Scotland Yard sprechen. Der Herr Professor schlich sich schlau beiseite und schrieb eine Meldung nieder, die er Captain zur Besorgung anvertraute und in der es hieß, die Fernost-Flotte sei zwar sehr willkommen, sie selber aber wären näher und kämen früher an. Der Lord Lieutenant war ob dieses zweiten Beispiels hündischer Gewitztheit herzlich entzückt und erklärte sich bereit, sofort P. C. Dumbledum holen zu lassen. Unverzüglich wurde das Aufgebot zusammengestellt.

Das Rettungskommando setzte sich in den frühen Morgenstunden mit allen Anzeichen der Erregung in Bewegung. Der Lord Lieutenant saß zu Pferde, der Herr Professor saß auf seinem Dreirad, und P. C. Dumbledum saß, seines Hexenschusses zufolge, in einem Schubkarren. Dieser wurde von seinem Eheweib geschoben, einer Frau mit Grundsätzen, die gleichzeitig die Posthalterin des Sprengels war.

»Schneller, Mrs. Dumbledum! Fixer, Herr Professor! Wie kann ich galoppieren, verehrter Freund, gute Frau, wenn ich mit einer Schubkarre Schritt halten muß!?«

»Schneller, Herr, wie soll ich denn? Aber reiten Sie mit dem Herrn da schon voraus, und Dumbledum wird Ihnen auf den Fersen folgen.«

»Schneller, fürwahr! Wie denn kann jemand auf diesem vermaledeiten Gaul vorankommen, der überall drauftritt? Haben Sie Haftbefehl, *habeas corpus, de heretico comburendo*?«

»Nein, nein, nein. Ich sag' Ihnen, es reicht, wenn Dumbledum seinen Gummiknüppel schwingt. Da ist das königliche Wappen drauf, datiert 1807. Wie geht's Ihnen, Dumbledum? Können Sie sich bewegen? Sind Sie noch bei Bewußtsein?«

»Jawohl, Herr, o weh!«

»Da sehen Sie's. Er kann seinen Knüppel schwingen. Ich wünsch', ich hätte einen Sheriff-Stern oder ein Lasso oder so was dergleichen. Egal: ich kann mit meiner Peitsche knallen! Ich sage doch ... Herr im Himmel! Verehrter Freund, ich meine, seh' ich dort was Weißes? Sehn Sie da, vorab? Potzblitz! Beelzebüberei – Glauben Sie an Geister?«

»Nein, tu ich nicht.«

»Ich eigentlich auch nicht. Können wir dichter zusammenrücken?«

»Das ist was Weißes. Ich seh's deutlich.«

»Schock-Wehr-und-Not! Ich sage, soll'n wir umkehren? Ich meine, wir könnten morgen früh wiederkommen. Klingeln Sie nicht so doll, Sie könnten's verschrecken. – Nehmen wir mal Pferde«, fügte der Lord Lieutenant hinzu. »Pferde glauben an Geister. Weiß ich. Tjaha, häufig *sind* sie Geister. Kopflose, mit Leichenwagen und allem. Meinen Sie nicht, es wär' besser, ratsamer, wenn wir ... Ich sage nur, meinen Sie, es kriecht da rum? Gleitend, verstehen Sie. Hören Sie doch auf zu klingeln, verehrter Freund! Ich meine, wenn wir irgendwie vorbeikönnten, ohne hinzusehn – vielleicht würd's vorübergehen, weiterziehen, oder? Nicht? Was?«

»Es ist ein Hund dabei.«

»Ja, ich seh's. Tjaja, nehmen wir mal Hunde. Auch sie sind häufig Geister. Kopflos, selbstredend, beim Leichenwagen, gewöhnlich schwarz. Ich sage, ich meine, müssen wir dauernd von Leichenwagen reden? Grundgütiger, sei uns gnädig, sind wir noch alle beisammen?«

»Es ist Mrs. Noakes.«

Sie war es, und Captain war bei ihr, und sie humpelte, zum zweitenmal an diesem Tag, tapfer durch das hohe Gras. Der Hund war sofort heimgekehrt, nachdem er die beiden lebenswichtigen Botschaften so hervorragend überbracht hatte.

»Mrs. Noakes! Hurrah! Haloooo Mrs. Noakes! Meiner Seel', Sie haben uns einen ganz gehörigen Schreck eingejagt! Wir hielten Sie für einen Geist, tjaha, bloß, daß wir nicht an Geister glauben. Tjaha, nun ja, jaja. Ich meine, wir sollten jetzt einen Keks zu uns nehmen, das könnt' uns nach dem Schrecken gut tun. Zum Glück hab' ich meine Keksdose mitgebracht; hab' ich immer bei mir, wenn ich auf die Jagd geh'. Bewahr' ich in diesem verchromten Springpferd hier auf, sicherheitshalber. Man braucht bloß seinen Schweif nach links zu drehen, so, und sein Sattel geht auf, so, und eine Maschine drinnen spendet Kekse, so, oh, tut mir leid; macht nichts, wir kriegen andere, wenn wir heimkommen, und natürlich spielt's ›Auf, auf zum fröhlichen Jagen!‹ Praktisch, nicht, was?«

Sie ließen die Kekse im Grase liegen, wohin der Mechanismus sie in weitem Bogen verstreut hatte, und eilten mit dem neuen Rekruten und seinem Meldegänger weiter. Sie kamen am sichernden Fuchs und am scheuen Dachs vorüber, am neugierigen Karnickel und an der sanftschwingenden Eule. Die Sterne der kurzen Sommernacht verblaßten, als sie dahinschritten, und die leichte Brise, die bei Morgengrauen erwacht, raschelte mit einem leichten Seufzer in den Wipfeln der Bäume. Schon konnten sie den Umriß des Schornsteins des Cottage sehen, dunkel vor der Dämmerung, als der zweite Geist erschien.

Er befand sich vor der Cottage-Klause und tanzte verträumt im Tau. Als er Mrs. Noakes erkannte, stieß er einen Jubelruf aus und lief eilends herbei, um sich von ihr in die Arme schließen zu lassen.

»Maria, mein Schäfchen! Da ham' sie dir also doch nich' die Kehle durchschnitten gehabt! Ei, mein Täubchen, ach-je, mir is' ganz schinnelich, un' ich kann mein Taschentuch nich' finnen. – Wuu-huu-huu«, setzte die Köchin hinzu und vergoß glückliche Tränen in Marias Nacken, »un' du tust tanzen in'nen Tautropfen un' has' keine Schuh nich' an, mein Engelchen, un' ins Nachthem' von Herrn Perfesser! Halleluja, sag' ich, der Himmel vergeb's, aber so'n Tag wie er is' gewesen für mein' alte Knochen un' dies un' jenes, das is' mehr wie mancher kann tragen, un' die Rettung von den' mit un' Güte un' wie's sich ergeben tut un' in Wohlgefalln! Un', oh, mein Herzensschäfchen, dem Übeljane sin' gewesen hinner dir her, die könn' noch gut hier rum irgendwo sind!«

»Wir ham' sie«, sagte Maria. »Wir ...«

Der Professor hüstelte.

»Ich hab' sie«, sagte Maria einschränkend. »Ich hab' sie im Stall eingesperrt. Kommt, seht sie euch an.«

Der Herr Professor lagerte seinen selbstgekelterten Wein im hölzernen Kohlenschuppen, also führte er die Gruppe um das Cottage herum, um nachzusehen, welchen Schaden man angerichtet hatte. Innen herrschte absolute Stille.

»Nun denn, Dumbledum, schwingen Sie Ihren Gummiknüppel. Allmächtiger, er hat ihn vergessen. Egal. Holen Sie Ihre Armbinde hervor. Sind blaue Streifen drauf. Tja-ha. Reicht völlig. Mrs. Dumbledum, kippen Sie ihn aus der Karre. Leben Sie noch, Dumbledum? Prachtvoll. Versuchen Sie, ihn aufzurichten, Professor. Stöhnen Sie nicht so, Dumbledum, sonst ist's keine Überraschung. So, und jetzt: Mrs. Noakes, öffnen Sie die Tür. Zuerst aufschließen, selbstredend. Maria, nimm die Pferde. Ich meine, nimm mein Pferd. Ich meine, halt's fest. Halt's an dem Ding hier. So ist's richtig. Ich stell' mich hinter Sie, Mrs. Noakes, mit meiner Jagdpeitsche, für den Fall, daß sie vielleicht was Böses im Schilde führen. Ausgezeichnet. Also dann. Wenn ich sage: ›Eins‹, dann schließen Sie auf; wenn ich sage: ›Zwei‹, reißen Sie die Tür auf. Dann stürmen wir alle rein und überwältigen sie oder sie stürmen raus und überwältigen uns, kann auch sein, klar, kommt drauf an, wie's vor sich geht, und Dumbledum muß seine Pflicht tun. Lassen Sie ihn nicht fallen, Professor. Er hängt in der Mitte durch. So ist's recht. Alles fertig? Nur die Ruhe, Leute. Keine Aufregung. Keine Panik. Ich fang' in einer halben Minute an zu zählen, wenn ich wieder Luft kriege. Desperados. Herr im Himmel! Beim Wort ›zwei‹, Eins, zwei, drei, vier, fünf, sechs, sieben, acht ...«

Die Tür schwang auf, und da saßen die Gefangenen stumm nebeneinander auf einem Faß. Auf ihren Gesichtern zeigten sich so viele Gefühle – Angst, verletzte Würde, und, ja auch das: Triumph –, daß ihre Züge sich veränderten wie Wasser im Wind. Um die Mundwinkel des Vikars zuckte es; er konnte nichts dagegen machen.

»So«, sagte der Lord Lieutenant und nahm die Sache in die Hand.

»Ich verhafte Sie im Namen des Herrn Lord. Dumbledum, die Handschellen.«

»Ich protestiere«, sagte der Vikar. Er war heiser, sein Gesicht war scharlachrot, und er zitterte. »Ich bestehe darauf, eine Feststellung zu treffen. Unter Zeugen. Dieses Faß enthält mehrere hundert Leutchen, sechs Zoll groß. Von mir und Miss Brown auf unserem eigenen Grund und Boden entdeckt. Wir bestehen darauf, das Faß unter Zeugen zu öffnen.«

»Delirium tremens.«

»Ich bin bestallter Geistlicher der Kirche von England und wurde in diesem Kohlenschuppen widerrechtlich gefangengehalten. Ich bestehe auf ...«

»Tjaha«, sagte der Lord Lieutenant, »nicht doch.«

Der Vikar stieß ihn mit einer tapsigen Handbewegung beiseite.

»Aber Sie können mich doch nicht schubsen, Hochwürden! Ich bin der Lord Lieutenant. Sie haben des Königs Uniform beleidigt. Dies blau-und-weiße Ding von Dumbledum. Das ist eine strafbare Handlung. Wahrscheinlich Hochverrat!«

»Wir bestehen darauf«, rief Miss Brown mit schriller Stimme. »Wir bestehen darauf, daß das Faß geöffnet wird. Unser eigenes Faß. Wir rufen Sie zu Zeugen!«

Mit größter Sorgfalt wälzten sie es herbei und schlugen den Deckel ein. Es war leer.

»Delirium tremens«, sagte der Lord Lieutenant. »Klarer Fall. Glauben, kleine Männchen rumlaufen zu sehen. Blaue Elefanten und weiße Mäuse und so was. Ist nicht norma ... Tjaha, eigentlich traurig. Ich meine, wenn man's recht bedenkt. Wir werden sie natürlich verhaften müssen. Selbstredend. Können Sie sich bewegen, Dumbledum? Herr Professor? Tjaha, genau. Ich beschuldige Sie des Hochverrats, der Trunkenheit und des ungebührlichen Benehmens sowie der Behinderung der Polizei in Ausübung ihrer Pflicht – das ist der Stoß, den Sie mir gegeben haben – und des versuchten Totschlags an Maria. Das dürfte fürs erste genügen; vielleicht fällt uns auf dem Heimweg noch eine bessere Formulierung ein. Die der, ich sag's mal so: der Überführung dienlich wäre.

Und alles, was Sie sagen, kann gegen uns verwendet werden; Sie können also nicht behaupten, ich hätte Sie nicht gewarnt. Vorwärts, Dumbledum. Schieben Sie ihn vor, Professor. Legt sie in Eisen. Hängen ist zu schad' für sie. Ich sage doch, ich meine, was für ein aufregender Abend! Her damit, Dumbledum. Hier, geben Sie mir die Handschellen. Ich werd's selber machen. Sehn Sie: Sie brauchen nur Ihre Hände in dieses Nickel-Steigbügel-Dings zu legen, so, und ich drück' auf diesen Knopf, so, und da muß irgendein Mechanismus in dem Ding drin sein, schätze ich, weil so eine Art von Bolzen da rauskommt und Sie einsperrt, so ... Lieber Gott, es funktioniert, aber leider spielt's kein Lied dazu. Tjaha. Geniale Konstruktion, was, finden Sie nicht?«

»Sie haben sie gestohlen!« schrien der Vikar und Miss Brown, die sich gleichzeitig erholt hatten, und obwohl sie bereits aneinandergefesselt waren, fuhren sie sich gegenseitig an die Kehle.

Mrs. Dumbledum fuhr sie, unterstützt vom Lord Lieutenant, in der Schiebekarre davon ...

*

Für den Fall, daß Du wissen möchtest, wie's ihnen danach ergangen ist, will ich's Dir hier erzählen. Die meisten Anklagepunkte, die der Lord Lieutenant gegen sie vorgebracht hatte, waren unhaltbar, sehr zu seinem Ärger, doch die grausame Behandlung ihres Mündels ließ sich klar beweisen, und darüber hinaus wurde entdeckt, daß sie das bißchen Geld, das ihr zukam, veruntreut hatten. Sie bekamen schwere Strafen. Das letzte, was man von ihnen im Northampton-Distrikt sah, war ihr Abtransport ins Gefängnis in einem Waggon dritter Klasse. Der Vikar saß auf einem Eckplatz und hielt sich mit bebenden Händen eine zwei-Tage-alte Nummer des *Daily Express* verkehrtherum vors Gesicht.

Ein paar Jahre später wurde berichtet, daß sie geheiratet hätten, was wohl das Schlimmste war, was ihnen widerfahren konnte; und ein Mann aus der Gegend, der aus seinem Urlaub in Whitby zurückkehrte, erzählte, daß er sie in jenem Distrikt gesehen habe; die kleinen Jungen riefen hinter ihnen her, die Kneipiers weigerten sich, ihnen etwas auszuschenken, und die Bus-Schaffner nähmen sie nicht mit. Der Herr Professor glaubt nicht, daß sie unsre Heldin tatsächlich umgebracht hätten, aber es geschieht ihnen trotzdem recht, sage ich.

Maria erzählte in der Wildhüter-Hütte den anderen ihre Geschichte – bei einem kargen Frühstück aus kochendem Wasser und dem übriggebliebenen Bückling.

»Der Schulmeister ist viel früher gekommen als sie«, berichtete sie, »aber Sie hatten die Tür zugeschlossen, und er reichte nicht ans Schlüsselloch. Er ist dann auf dem Pflaumenbaum hochgeklettert bis zum Fensterbrett, aber die Scheibe konnt' er nicht einschlagen, weil das Glas zu dick war, und da mußte er wieder runter, um einen Steigbügel zu holen, und mit dem hat er's schließlich eingeschlagen. Zum Glück waren drinnen alle Türen offen, und er sagt, ich müßt' mich verstecken, und wir haben überall nach einem Versteck gesucht, und er hat gesagt, im Wald wär's am besten. Und als wir rausgegangen sind, da hat er in den Kohlenschuppen geschaut und gemeint, wär' doch schade, daß ich mich nicht in so einem Faß verstecken könnte wie er, und da ist er reingegangen und hat mit dem Steigbügel an die Fässer geklopft, und eins war leer, und da hatte er eine glänzende Idee. War einfach phantastisch. Und wir konnten hören, wie sie sich beim Byng-Denkmal zankten. Da hab' ich die Vordertür aufgemacht, und die Kerze haben wir so hingestellt, daß die Treppe beleuchtet war, und wir haben die Kellertür aufgemacht, und ich hab' mich dahinter versteckt. Und schließlich kamen die kleinen Leutchen und rannten rum und galoppierten auf Ratten rum, und er postierte sie auf der Treppe, so daß sie zu sehen waren, und als die beiden dämlichen Typen das Tor aufmachten, da warfen die Kleinen mit groben Ausdrücken um sich und fuchtelten mit den Schwertern und sonst was! Und der Vikar und Miss Brown haben mich ganz vergessen und sind hierhin gelaufen und dahin gelaufen und haben gegrappscht wie zwei arme Irre, aber die Leutchen sind ihnen immer entwischt, wie wir's verabredet hatten, und zum Schluß sind sie in den Kohlenschuppen gerannt, und Miss Brown und der Vikar nix wie hinterdrein. Und ich hab' sie Tür zugeschlagen und abgesperrt und hinterm Haus getanzt. Ich konnt' hören, wie sie Streichhölzer angemacht haben und fluchten. Die Leutchen waren natürlich in das leere Faß geklettert, durchs Spundloch, wo sie nicht dran kamen! Und das war der Plan. Phantastisch, was? Aber es kommt noch besser. Ich hab' mir ihr Bohrzeug geholt und bin hinter den Schuppen gegangen und hab' mit dem Dreiviertel-Zoll-Bohrer drei Löcher gebohrt, ganz durch die Wand und durchs Faß, und die Leutchen sind alle hinten rausgeklettert! War das nicht eine blendende Idee? Nebenbei bemerkt: sie stecken draußen unter den Stachelbeerbüschen ...«

Hastig stand sie auf, als sie an ihre Freunde dachte, und ging fröhlich zum Fenster, wo sie mit dem Bückling winkte.

Von draußen kamen, im goldenen Schein der aufgehenden Sonne, jubelnde und juchzende Klingel-Stimmchen.

XXX

Fast fünf Monate später schob ein müder alter Herr im Bowler-Hut mit fadenscheinigem Ulster sein Dreirad durch den Schnee der Grand Avenue von Malplaquet. Eine müde junge Dame saß auf dem Sattel und hielt ein umfangreiches Paket fest, und die kahlen Bäume waren bereift und vereist. Die Sonne ging mit krapplack-roter Glut unter und färbte die Weite zwischen den purpurnen Schatten mit zarten safran-gelben Tönen. Verschiedene Rotkehlchen hüpften wie vorgeschrieben umher. Es war Weihnachten.

Sie waren lange fort gewesen; sie hatten während des Prozesses gegen den Vikar in der großen Hauptstadt von Northampton in einer billigen Herberge gewohnt, und jetzt kehrte Maria als freier Mensch ins Schloß ihrer Väter heim. Sie würde keine Gouvernante mehr haben und keine Algebra mehr lernen müssen. Man war übereingekommen, daß der Herr Professor ihr Privat-Unterricht erteilen solle, und zwar gegen ein Honorar von *sixpence*, alles inclusive, zur Aufbesserung seiner Haushaltskasse. Sie waren ermüdet und ermattet von den Aufregungen des Prozesses, von den schwierigen Einkäufen am Vortag und von der langen Reise von Northampton, die sie zu Fuß unternommen hatten, um das Fahrgeld zu sparen. Hungrig waren sie auch, weil sie aufs Mittagessen verzichtet hatten, um alles Geld für ihre Einkäufe auszugeben; hinzukam, daß der Herr Professor wunde Füße hatte; und Maria fror.

»Du meine liebe Güte«, sagte er. »Na, endlich haben wir den Triumphbogen vor uns. Nur noch eine Meile, und ich kann mich hinsetzen. Sieht edel aus, so mit der Sonne im Hintergrund.«

Der Triumphbogen, *›the Triumphal Arch‹*, war doppelt so groß wie der Arc de Triomphe. Man hatte ihn zum Willkommen des Ersten Herzogs erbaut, als dieser nach dem Sieg über den Nabob von Ooze (im Jahre 1707 bei Marzipan) heimkehrte.

»Man merkt kaum, daß er einstürzt; jedenfalls nicht von weitem.«

»Nein.«

»Hoffentlich geht's dem Völkchen gut.«
»Hoffe ich auch.«
»Tun Ihnen die Füße weh?«
»Sehr.«
»Weißt du was?« sagte der Herr Professor später. »Ich fürchte, ich werde alt. Heutzutage scheine ich kaum mehr ohne Essen und einen Stuhl zum Sitzen auszukommen. Wäre schön, wenn man sich das leisten könnte. Ja ja, man kann nicht alles haben. Muß schon sagen: sehr hübsch, ein Dreirad zu haben. Hab' vergessen, wer's mir geschenkt hat. War ein wohl-überlegtes Geschenk. Jetzt, wo du's erwähnst, fällt mir ein, daß ich's im Straßengraben gefunden habe. Es muß eine Menge Menschen geben, die weder Nahrung noch Dreirad haben. Wenn man's recht bedenkt, so kann man schon sagen, daß es einem gut geht, verglichen mit denen. Und mit diesen *sixpence* pro Quartal komme ich lange aus, sehr lange. Ich kann's mir erlauben, für einen *penny* den Angelhaken zu kaufen, und dazu alle möglichen luxuriösen Dinge. Bin schon beinah ein Plutokrat. Du meine Güte, ich glaube, gleich geht's im Freilauf bergab.«
»Da ist was im Bogen.«
»Tatsächlich. Liebe Güte: er scheint gesperrt zu sein.«
»Ich glaub', es ist was Wunderhübsches!«
Sie beschleunigten ihre schlurfenden Schritte, um dahinterzukommen, was das wohl sein mochte.
In dem gewaltigen Bogengang hing ein Plakat. Es war mindestens so groß wie ein ausgewachsenes Schnupftuch – und so hoch angebracht, daß sie bequem drunter durchgehen konnten.
Darauf stand:

WILLKOMMEN DAHEIM!
ERGEBENE GRUESSE VON LILLIPUT
UNSERER MARIA
UND IHREM GELAHRTEN FREUND
VENI ✻ VIDI ✻ VICI
SIC SEMPER TYRANNIS!

Darunter war die Kapelle aufmarschiert, angetan mit ihren besten Gewändern aus dem achtzehnten Jahrhundert, dazu Dreispitz; an einer Stange hing eine Laterne, so daß die Leutchen aussahen wie die Stadtmusikanten auf einer Weihnachtskarte. Die Flötisten trugen rote Halbhandschuhe, um die blauen Finger warmzuhalten, und sie leckten sich die gefrorenen Lippen, um blasen zu können. Sobald die Reisenden in Hörweite kamen, brach die Kapelle in das lauteste Fortissimo aus, das sie zustandebrachte: ›Ein Hoch auf unsre heimkehrenden Helden!‹

Es gab eine buntbemalte Grußadresse, und während der Schulmeister sie laut verlas, schwärmte ein Trupp Matrosen unter Leitung des Admirals aus und bemächtigte sich des Dreirads, um ein Zuggeschirr aus Roßhaaren anzubringen. Hätte es Pferde gegeben, wären diese angespannt worden; da es aber keine gab, mußte man sich ohne sie behelfen. Als die Adresse verlesen war, setzte sich das Musikkorps unter den Klängen von ›*Rule Britannia*‹ in Bewegung, und die Zugmannschaft legte sich ins Zeug; glücklicherweise ging's das letzte Stück bergab. Dann wurde Maria von ihren ergebenen Mitbürgern im Triumph heimgezogen! Der Herr Professor machte den Beschluß: mit geradezu beschwingten Schritten, denn das Latein auf dem Spruchband, das eigens für ihn hinzugesetzt worden war, hatte ihn angerührt.

Als sie die Nordseite erreichten, stand ganz Lilliput auf der obersten Terrassenstufe (in Pelzen und Schals), und die Köchin stand in der Mitte und schwenkte ein rötliches Banner aus Baumwoll-Flanell, das man früher verwendet hatte, wenn die Herzöge aus der Schule heimkamen; darauf stand: FROHE FERIEN! Sobald die Kavalkade (oder Cortège) an der Treppe anlangte, holte alle Ladies von Lilliput ihre Taschentüchlein hervor und winkten damit, und alle Kinder rissen ihre Mützchen vom Kopf, wie man's ihnen einstudiert hatte, und schrien schrill dreimal hurrah für die Gutsherrin, und in der Stille, die darauf folgte, läuteten die Glocken das Weihnachtsfest ein.

(Eine Gruppe von Musikanten war in den Glockenraum unterm Giebel geschickt worden, um das übliche Läutewerk außer Betrieb zu setzen und statt dessen die Weihnachtsglocken anzuschlagen.) Am auffälligsten war, daß aus dem großen Ballsaal grelles Licht herausstrahlte. Sie eilten hinein, um die Ursache zu ergründen, und da stand ein riesiger Tannenbaum, ein richtiger Christbaum (eine Blautanne in einer Tonne), mit Hunderten von Binsenkerzen daran, die der Lord Lieutenant mit einem Feuerzeug in Form eines Fohlens anzündete, während Dumbledum die Leiter hielt. Das Völkchen hatte diese beiden in sein Geheimnis eingeweiht, um beim Herbeischaffen des Baumes zu helfen und zur Feier des Tages zugegenzusein. Am Baum hingen Geschenke für jedermann, gebastelt von den Handwerkern der Insel in ihrer Freizeit. Für Maria gab's ein Paar Spinnen-Seiden-Strümpfe, um die sie jeder Filmstar beneidet hätte. Die Kochfrau bekam einen Maulwurfs-Pelz für ihr schlimmes Bein. Dumbledum bekam eine Salbe aus Schlangenfett gegen seinen Hexenschuß, der sich bereits gebessert hatte. Captain, der den ganzen Abend dem Schulmeisterlein folgte, bekam ein neues Halsband aus kunstvoll gegerbtem Froschleder. Und der Lord Lieutenant bekam einen geschnitzten Hund, kaum größer als sein Fingernagel, der (fast unhörbar) ›Bobby Dingo‹ spielte und eine Wolke von Schnupfenpulver ausstieß, so daß alle niesen mußten. Des Professors Geschenk war ein Meisterwerk. Es war ein Wörterbuch mittelalterlichen Lateins (Baxter *and* Johnson, 10s.6d.), das von dem Erlös gekauft worden war, den die Köchin für die Verpfändung ihrer Sprugs in Northampton erzielt hatte. Dabei war man so vorgegangen, daß man einen Brief auf ein Stück Millimeterpapier aus Marias Schulheft schrieb, ihn mittels der Kästchen zehnfach vergrößerte und die Buchstaben mit einem Rattenhaarpinsel malte. Dieser Brief und das Geld von den geopferten Gold-Sprugs hatten den Kauf des Wörterbuchs ermöglicht, in dem der Herr Professor auf Anhieb ›TRIFARIE = Dreiblatt‹ fand, woraufhin er mit der Köchin einen Coranto tanzte.

Maria lief hinaus, sobald sie konnte, um ihr Paket zu holen, das die Krönung des Ganzen bildete. Im Verlauf des Prozesses war es dem Professor gelungen, den Lord Lieutenant um einen Fünfer anzupumpen, und die gesamte Summe war in Geschenke für das Völkchen angelegt worden. Es gab Woolworth-Seide in Mengen; die feinsten Fädchen und Garne, die zum Binden von Forellen-Fliegen verwendet werden; dazu *Greenwell's Glories* (Größe 000) für die Hüte der Damen; Sägeblätter zum Schlagen von Bauholz, sowie Laubsägeblätter; Zugtaue aus dünnstem Draht für die Fischer; Ameisen-Eier als Köder, die natürlich Puppen waren; reichlich Stifte und Nadeln; flache Hornknöpfe ohne Löcher als Teller; silberne Fingerhüte als Trink-Pokale für festliche Anlässe; ein Tütchen Samen der kleinsten Steingartengewächse; für die Kinder allerlei Dinge wie Rosinen von Plumpuddings und Korinthen, eine pro Kind; für die Erwachsenen Delikatessen wie: Weißfisch, Kaviar, Dünnbier und Schnepfen; Medikamente wie *Carter's Little Liver Pills*; eine Spielzeug-Yacht für Vergnügungsfahrten; ein Kinder-Teleskop, durch das man, verkehrt herum, Maria betrachten konnte, falls jemand Minderwertigkeitskomplexe entwickeln sollte; ein Penguin Book mit *Elizabethan Miniatures*; etliche weiße Mäuse und ein Meerschwein-Pärchen zur Zucht; und ein kleines Detektor-Radio mit Kopfhörern, die als Lautsprecher dienen mochten. Kaum waren alle Gaben und Geschenke verteilt, bestaunt und bewundert, da läuteten die Männlein im Glockenstuhl ›*God Rest You Merry, Gentlemen*‹, und die Tür zu Miss Browns Eßzimmer wurde aufgestoßen und gab den Blick auf einen Bankettsaal frei. Es gab Hors-d'œuvres von Lämmchen; einen Fischgang mit dem zwanzigpfündigen Hecht, von der Köchin so zubereitet, daß er wie Lachs schmeckte; Pfefferochs als Entrée; Fasan, im Schloßpark mittels Fallen gefangen; Plumpudding von Mrs. Dumbledum; und ein pikantes Gericht aus Stichling-auf-Rossrücken für den Lord Lieutenant. Dumbledum hatte die Fässer des Professors auf der Schubkarre herangeschafft, und der Lord Lieutenant hatte einige Flaschen Portwein beigesteuert.

Nach Tisch wurden Toasts ausgebracht. Der Lord Lieutenant prostete Mrs. Noakes zu, Mrs. Noakes prostete Dumbledum zu, Dumbledum prostete dem Professor zu, der Professor prostete Maria zu und Maria prostete dem Völkchen zu. Die kleinen Leutchen vergaßen nicht, Captain zuzuprosten, der mit dem Schwanz

wedelte. Alle Toasts wurden drei Mal dreimal ausgebracht. Alsdann blies der Lord Lieutenant zur Fuchsjagd und holte ein Weinglas hervor, das die Form einer Reiterkappe hatte und ›*The Horn, the Horn, the Noble Horn*‹ spielte und plötzlich explodierte und jedermann mit Portwein übergoß. Der Herr Professor hob sein Glas auf den ›Supposed Continuator von Ingulf auf Croyland‹. Dumbledum hob sein Glas auf nicht-anwesende Freunde, auf welche die Köchin nicht mittrinken mochte – doch die anderen hatten dem Vikar und Miss Brown im Gefängnis bereits vergeben, und für sie stellten sie ein leeres Glas auf den Kopf. Endlich kamen die Liederknaben, kleine Buben von ungefähr Daumengröße, denen ihre Mütter die Haare mit einem Tropfen Wasser sorgfältig glattgebürstet hatten, und die sangen nun: »Oh kommt, all Ihr Gläu-bi-gen« mit zittrigen Stimmchen, bis Maria weinte.
Was da alles zusammenkam –: die Glocken und die Geschenke und die Transparente und das Bankett und die Mühe, die sie aufgewendet hatten, sie so weit draußen im Schnee zu begrüßen –: das war mehr, als sie verkraften konnte.
Sie hielt eine Rede, die größtenteils aus Schluchzern bestand, bis sie sich zusammennahm; und dann löste sich alles in kleine Grüppchen auf, man trank noch einen letzten Pokal und beredete den ruhmreichen Feldzug, den sie alle gemeinsam geführt und siegreich beendet hatten.
An diesem Punkt fiel der Köchin ein, daß tags zuvor ein wichtigaussehender Brief mit sieben roten Siegeln angekommen war: den händigte sie Maria allsogleich aus – er mochte ja ein Präsent enthalten.
Es würde zu lange dauern, die ganze Historie im einzelnen zu erzählen. Um es kurz zu machen: der Brief war von Marias Anwälten. Man darf wohl vermuten, daß sie während des Prozeß-Verlaufs gegen die Unholde mit dem Herrn Professor in ein ersprießliches Gespräch gekommen waren und, auf seinen gelehrten Rat hin, ein Verfahren eingeleitet hatten: *mort d'ancestre* in *trailbaston* mit gleichteiligem *praemunire* und einem Spritzer *oyer and terminer, in partibus*, basierend auf jenem Dokument, das er

im Verlies gefunden hatte. Das Resultat war, daß Maria wieder in ihr gesamtes gewaltiges Erbe eingesetzt wurde. Der Jubel, der daraufhin ausbrach, soll ohrenbetäubend gewesen sein! Zumindest war er fast schon *laut* zu nennen. Jeder schüttelte jedem die Hand; ›*Auld Lang Syne*‹ und »*She's a Jolly Good Fellow*‹ und ›Oh Du Fröhliche‹ wurden gleichzeitig und durcheinander gesungen; der Schulmeister gab Captain doch tatsächlich einen liebevollen Klaps; der Herr Professor küßte Mrs. Noakes; der Lord Lieutenant beförderte Dumbledum auf der Stelle zum Sergeanten; und alle blickten frohgemut in die Zukunft, da die alten Sterne von Malplaquet wieder hell erstrahlen würden wie ehedem, und gingen durch die weihnachtlichen Schneewehen nach Hause.

Dies also ist das Ende unserer schlichten Geschichte, liebe Amaryllis, und jetzt ist's Zeit für Dich, zu Bett zu gehn. Zuvor aber möchte ich Dir noch etwas erzählen. Wenn man heute auf der Chaussee von Northampton nach Monk's-Unmentionable-cum-Mumble geht, kommt man an dem steinernen Portal einer eindrucksvollen Allee vorüber. Alle Türangeln sind geölt, alle Bäume sind gestutzt, und wenn Du fünf oder sechs Meilen auf ihr weitergehst, gelangst Du zu einem Triumphbogen. Aus einer Seitentür wird ein sieben-Fuß-großer Pedell mit goldbetreßtem Hut auf Dich zu treten; er hat einen goldenen Stab und eine Tischglocke aus Messing; und ihm reichst Du Deine goldgeränderte Visitenkarte. Daraufhin wird der Pedell dreimal mit seinem Stab aufstoßen, und zwei Unter-Pförtner werden das Tor weit aufmachen, während er wie wild mit der Tischglocke läutet, um Dein Nahen zu verkünden. Wenn Du dann eine der fünf weiteren Alleen hinaufgehst, werden hundert zufrieden-dreinblickende Gärtner von den schmucken Tulpenbeeten oder den gepflegten Salvienrabatten aufschauen und würdevoll eine Hand an die Mütze legen. Wenn Du im Vorübergehen einen Blick auf die einstige Wildnis wirfst, dann siehst Du, daß sie wieder zu einem wundervollen Japanischen Garten gestaltet worden ist, der jeden Freitag den Besuchern gezeigt wird (gegen ein Eintrittsgeld von 1s. fürs Rote Kreuz) – mit all seinen beschnittenen Bäumen und kleinen Häuschen und der tatsächlich fahrenden Lilliput-Eisenbahn. Vor Dir siehst Du, umgeben von gepflegten Rasenflächen, die güldene Fassade von Malplaquet. Jeder Dachziegel sitzt an seinem Platz, jeder Stein ist wieder gerichtet. Ein Dutzend Lakaien, gepudert und in Scharlachrot, kommt die Treppe herab, wenn Du die Nordseite erreichst, und nimmt Dir Deinen Regenschirm ab. Ein Dutzend Diener in gestreiften Westen reicht ihn, von Hand zu Hand, die Treppenstufen hinauf. Jetzt wirst Du wohl sagen, Du möchtest endlich Maria kennenlernen.

Leider aber wirst Du höchstwahrscheinlich zu hören bekommen, daß sie nicht da ist. Alle werden freundlich zu Dir sein. Man wird Dir Wein in Kelchen oder Champagner in Kübeln kredenzen, je nach Wunsch; doch wenn Du nach Maria fragst, werden sie dümmlich dreinblicken. Tatsache nämlich ist, daß jeder auf dem Gut – und das dürften genau 365,2564 Personen sein – feierlich hat geloben müssen, *ein* Geheimnis unter allen Umständen für sich zu behalten. Wenn Maria Du-weißt-schon-wo-ist, werden sie's Dir mit keinem Wort verraten.

Doch kommst Du dann auf Deinem langen Heimweg am Quincunx vorüber, Amaryllis, kannst Du vielleicht einen frisch-lackierten Kahn auf dem Teich funkeln sehn. Ganz vielleicht auch entdeckst Du das Wehen eines Rocks oder das Leuchten eines langen weißen Barts zwischen den schlanken Säulen von Mistress-Masham's-Ruh im See von Schloß Malplaquet.

Bibliothek der phantastischen Abenteuer

Thorne Smith
Das Nachtleben der Götter
Band 2710

Der amerikanische Privatgelehrte Hunter Hawk hat das Geheimnis entdeckt, wie man lebende Wesen in steinerne Statuen verwandeln, Steinernes dagegen zum Leben erwecken kann. Nach allerlei interessanten Versuchen im Familienkreis und dem heimatlichen Provinzstädtchen wird ihm der Boden dort etwas zu heiß. Mit seiner flotten Geliebten, der 900 Jahre jungen Megaera (»Meg«) Turner, seiner Nichte Daphne und deren Freund, dem schüchternen Cyril, sowie dem wackeren Butler Betts bricht Hunter nach New York auf. Dort belebt er ein ganzes Museum mit antiken Götterstatuen. Leider haben die Götter des klassischen Griechenlands mit dem New York von 1930, insbesondere seiner Spießigkeit und der Prohibition, gewisse, zwerchfellerschütternde Schwierigkeiten, die in einem entsetzlichen Skandal in einer Hotelsauna gipfeln. Die entfesselten Götter treiben Schockierendes, besonders Neptun, der sich unter Wasser geradezu unmöglich verhält. Man ergreift die Flucht, kann aber später doch einer durch gegenseitige, äußerst komische Mißverständnisse geprägten Gerichtsverhandlung nicht entgehen. Um diesen Zuständen endgültig zu entkommen, greift Hunter zu einem ausgesprochen originellen und nicht jedermann zugänglichem Mittel.

Fischer Taschenbuch Verlag

fi 460/1

Bibliothek der phantastischen Abenteuer

Sigfridur Skaldaspillir
Die Hexe von Orkney
Band 2708

Eine Wölfin rettet dem norwegischen Wikinger Thorolf im Kampf gegen seinen König das Leben. Ihrer Tochter, Wölfin und Zauberin auch sie, begegnet Jahre später Thorolfs Sohn Atli. Und deren Tochter wiederum, die aber nicht die seine ist, wird er eines Tages heiraten: Swanhild, die Hexe von Orkney. Schön ist das Mädchen, aber eine Zauberin, eine Giftmischerin, eine Totenbeschwörerin, die zudem nicht Atli liebt, sondern den jungen Isländer Erik, den sie nicht vergessen kann. Swanhilds seltsame Ehe mit Atli, ihr Sieg über ihre Rivalin Auga, ihr Liebesverhältnis zu einem Seehundsmann, der nachts in Eriks Gestalt ihr Lager teilt, ihre kühne Fahrt zu der Insel der Toten und zuletzt ihre einzige Nacht mit dem Geliebten, das alles wird mit großer Eindringlichkeit und atemberaubender Spannung berichtet. Swanhilds Geschichte ist die notwendige Ergänzung zu Erik Hellauges Abenteuern, und wer sie liest, begreift, warum die unselige Schöne keine Ruhe findet, ehe sie nicht als einzige Lebendige mit Eriks Totenschiff aufs Meer hinaussegelt.

Fischer Taschenbuch Verlag

fi 461/1

Bibliothek der phantastischen Abenteuer

Maribelle Cormack
Stern unter Segeln
Band 2709

An einem stürmischen Septemberabend hat die Studentin Mercy Goddard aus Rhode Island, Neu-England, eine seltsame Begegnung: ein Fenster zersplittert im plötzlich ausbrechenden Orkan und vor ihr steht ein merkwürdiger, junger Mann, der sich als Kapitän Soule, Walfänger, vorstellt. Aber aus einer alten Seekarte weiß Mercy, daß er schon fast hundert Jahre tot sein muß. Seine Gestalt wirft keinen Schatten und so schnell, wie er kam, ist er auch wieder verschwunden. Mercy kann ihn nicht vergessen. Ein Jahr später begleitet sie eine Forschungsexpedition in die Südsee, auf der Suche nach einer verschwundenen Insel. Das geheimnisvolle Mondriff-Eiland soll zwischen Polynesien und Tahiti liegen. Auf der alten Seekarte ist es eingezeichnet – und heißt dort »Mercys Eiland«. Tatsächlich stößt die Expedition auf die Insel – aber inzwischen haben sich die Sterne verändert, hat sich die Zeit verschoben, man ist im Jahre 1821. Mercy wird in einem Beiboot von der Insel abgetrieben – aber aus den Nebeln taucht ein Schiff auf und nimmt sie an Bord. Es ist die »Bowditch«, Kapitän Soules Walfänger, und er selbst steht vor ihr.

Bibliothek der phantastischen Abenteuer

Marcel Brion
Die Stadt im Sand
Band 2707

In den Hochebenen Zentralasiens muß ein junger Forscher vor einem Sandsturm fliehen und drei Tage in einer Höhle aushalten. Als der Sturm vorbei ist, erblickt er ein Wunder: wo vorher eine öde Fläche war, in deren Mitte ein riesiger Sandberg aufragte, liegt nun eine lebendige Stadt an einem breiten Fluß. Zaghaft betritt der junge Mann den Ort, aber zu seinem Erstaunen begegnet man ihm freundlich. Er findet Freunde und Arbeit, verliebt sich in ein schönes Mädchen und denkt nicht mehr an Rückkehr. Immer aber quält ihn das Gefühl, daß das Glück nicht von Dauer sein kann, daß etwas geschehen muß, daß er in einer anderen Welt, in einer anderen Zeit lebt. Eines Tages stirbt sein Freund, der Märchenerzähler, mitten in einem Märchen, und mit seinem Tod beginnt der Untergang der Stadt: der Sand kehrt zurück. Eine geheimnisvolle, rätselhafte Geschichte, doppelbödig und voller Farben, Stimmungen, Eindrücke, gespiegelt in der Ungewißheit des Fremden: erlebt er eine Wirklichkeit, träumt er, ist er verzaubert?

Fischer Taschenbuch Verlag

fi 463/1

Bibliothek der phantastischen Abenteuer

Abraham Merritt

Das Volk der Fata Morgana

Band 2703

Der junge Bergwerksingenieur Leif Langdon hat auf einer Expedition nach Zentralasien erlebt, daß ihn das aussterbende Volk der hellen Uiguren, wikingerartiger Krieger, für die Reinkarnation eines uralten Helden ihres Stammes hält – des unbesiegbaren Dwayanu. Für sie ruft er den furchtbaren Krakengott Khalk'ru und flieht entsetzt, als er seine Tat begreift. Aber wer Khalk'ru gerufen hat, der muß auch seinem Ruf folgen – und Monate später ruft der Gott Leif, im äußersten Alaska, in einem Tal, das unter einer ewigen Fata Morgana verborgen liegt. Mit der Herrin der weißen Wölfe und dem gewaltigen Schmied Tibur kämpft Leif um die Macht und um das Leben der schönen Evalie, die zum Opfer für Khalk'ru bestimmt ist. Aber der heißeste Kampf tobt in ihm selbst, als Dwayanu, der grausame Krieger der Vorzeit, Macht über seine Seele zu gewinnen beginnt – Macht für Khalk'ru!

Fischer Taschenbuch Verlag

fi 466/1

Bibliothek der phantastischen Abenteuer

Henry Rider Haggard
Erik Hellauge
Band 2704

Im vorchristlich-mittelalterlichen Island lebt der reiche Priester Asmund. Von seiner Frau hat er eine Tochter, Gudruda die Schöne, von seiner heimlichen Geliebten, einer finnischen Hexe, ebenfalls: Swanhild die Vaterlose. Beide Mädchen verlieben sich in Erik Hellauge, einen stolzen, jungen Wikinger. Ihre Todfeindschaft bringt Asmunds und Eriks ganzem Geschlecht Verderben. Durch Zauberei versucht Swanhild, den von ihr Geliebten zu gewinnen, aber als ihr Zauber versagt, greift sie zum Schwert. In seiner Hochzeitsnacht kehrt sie zu Erik zurück und nimmt an Gudruda und ihm furchtbare Rache. Im Berserkerkampf vor einer Höhle im Gebirge kommt es zur letzten Entscheidung.

Eine Romanze im Stil der altisländischen Sagas, ein faszinierendes Gemälde von Liebe und Treue, Haß und Rache, im Mittelpunkt Erik mit den hellen Augen, dessen Schicksal der Fluch einer schönen Hexe bestimmt, vor dem es kein Entrinnen gibt.

Bibliothek der phantastischen Abenteuer

Thea von Harbou
Das indische Grabmal
Band 2705

Der junge Baumeister Fürbringer erhält einen seltsamen Auftrag: er soll für den Maharadscha von Eschnapur ein wundersames, riesiges Grabmal bauen – zum Andenken an dessen verlorene Liebe. Zu niemandem darf er von diesem Auftrag sprechen, in derselben Nacht noch muß er abreisen. Im fernsten Indien, in einem märchenhaften Palast, inmitten eines unheimlichen Sees, begrüßt ihn der Fürst. Trotz des freundlichen Empfangs und der großzügigen Gastfreundschaft ahnt Fürbringer bald, daß irgend etwas nicht stimmt. Der finstere Ramigani belauert ihn, eine geheimnisvolle Frau wandelt nachts durch den Palast, rastlos brüllen gefangene Tiger. Ist Irene, Fürbringers Frau, wirklich auch im Palast gefangen, oder bildet sich der junge Mann das nur ein? Und eines Tages erfährt der entsetzte Fürbringer von dem Maharadscha, daß das Grabmal, das er baut, für eine Lebende bestimmt ist...

Bibliothek der phantastischen Abenteuer

Schwertschwester
Herausgegeben von
Marion Zimmer Bradley
Band 2701

Fünfzehn aufregende Geschichten neuer amerikanischer Autorinnen und Autoren, in denen Frauen (ohne daß es etwa an interessanten Männern fehlte) die Hauptrolle spielen – sei es im Kampf gegen den schwarzen Gott Dathru in den Alten Hügeln, in der Liebe einer schwarzen Schönen zu einem gespenstischen Sänger und Spieler, in der listigen Flucht einer Vagabundin vor einem ungefügen Zyklopen, in der Suche einer Ex-Gladiatorin des alten Roms nach einem geheimnisvollen Kult, oder in der Rache eines Beduinenmädchens an dem Mann, der ihr Leben verdunkelt wie ein finsterer Schatten. Wie diese Frauen Stärken und Schwächen ihres Geschlechtes nutzen, um gefährliche Situationen zu meistern und Aufgaben zu lösen, an denen mancher starke Mann gescheitert wäre, das lohnt sich zu lesen.

Fischer Taschenbuch Verlag

fi 469/1

»Die wunderbarste Nach-Erzählung der Sage um König Artus, die ich je gelesen habe. Absolut unwiderstehlich.«
Isaac Asimov

Marion Zimmer Bradley
Die Nebel von Avalon
Roman. 1118 Seiten, geb.

Marion Zimmer Bradley schuf ein gewaltiges Epos in der großen Tradition der Ritterromane, die anhand der Genealogie und des Schicksals großer Helden ein Stück Zeit- und Kulturgeschichte erzählen. Aber wohl zum ersten Mal sind es nicht nur die Ritter, sondern ebensosehr faszinierende Frauen, die das Geschehen bestimmen. In diesem Roman geht es nicht nur um Zeitkolorit oder um das Heraufbeschwören vergessener Ideale, sondern um Einblicke in geistige Zusammenhänge und um das Erhellen eines unverständlichen, märchenhaften Geschehens. Eifersucht, Kampf und Ängste, Haß und Liebe, Lust und schmerzliche Loyalität, Fanatismus und Leidenschaft, Magie, Macht und Ehrgeiz setzen folgenschwere Ereignisse in Gang und bestimmen das Leben der Menschen. Im Strom des großen Geschehens ist es ihre Zerrissenheit und Unsicherheit, ihr Denken, Fühlen und Handeln, dem man mit atemloser Spannung folgt.

CUM GRANO SALIS